アラブ、祈りとしての文学

岡 真理

みすず書房

アラブ、祈りとしての文学＊もくじ

1　小説、この無能なものたち

二〇〇〇年九月末、第二次インティファーダ(1)の勃発を契機にイスラエル軍が侵攻したパレスチナでは、パレスチナ人の命など虫けらほどの価値もないかのように、そして、愛する者を暴力的に奪われた彼らの嘆きなど一顧の価値もないかのように、日々、人々が——女も男も子どもも老人も——命を奪われ続けた。二〇〇一年九月十一日のワシントンとニューヨークでの出来事を受けてアメリカ合州国が「対テロ戦争」を国際的に展開すると、「テロリスト撲滅」を掲げるイスラエル軍の侵攻はさらに激化し、翌二〇〇二年四月、攻撃は頂点に達した。抵抗の拠点であった、ヨルダン川西岸北部のジェニン難民キャンプは徹底的に破壊された……。

あの頃、朝、電子メールを開くたびに、パレスチナの各地から、悲鳴のようなメールが世界じゅうを転送されて何通も届いていた。いても立ってもいられぬ思いで、四月末、私はパレスチナに赴いた。ジェニン難民キャンプの中央部は震災直後の神戸の街のように、一〇〇メートル四方にわたり土砂の海と化していた。自治政府のあるラーマッラーにもイスラエル軍は侵攻し、アラファト議長のいる自治政府ビルは包囲され、砲撃にさらされていた。ベツレヘムの街では何週間にもわたり外出禁止令がしかれ、住民は自らの家で囚われ人となっていた。

このような現実を前に、私は、自分がアラブ文学研究者であることの意味を問い直さずにはおれなかった。ジャーナリストなら、この現実を写真や文章で広く世界に伝えることができる。医者であれば現地に赴き、傷ついた人々を助けることができる。手品師なら鮮やかなマジックで、怯える子どもたちに束の間の笑顔をとりもどしてやれる。だが、私はアラブ文学者だった。それはおそろしく無能で、役立たずのことのように思われた。パレスチナでパレスチナ人が虫けらのように殺されているとき、文学は何ができるのか？

かつてサルトルは、アフリカで子どもが飢えて死んでいるとき『嘔吐』は無力であると語った[2]。では、パレスチナでパレスチナ人が非常事態を日常として生きているとき、小説を書き、小説を読み、小説について語ることに、いったいいかなる意味があるのだろうか――。

檻の中の生

二〇〇六年夏、四年ぶりに訪れたパレスチナで、ベツレヘムにあるディヘイシャ難民キャンプを訪ね、そこで二五歳の青年ジハードに出会った。「聖戦」を意味する「ジハード」や「闘い」を意味する「ニダール」を名前にもつパレスチナ人は多い。この六〇年近い歳月、パレスチナ人、とりわけ難民たちが置かれてきた歴史的境遇を考えるなら、それも領ける話ではある（とはいえアラビア語の「ジハード」の原義は「努力すること」だけれど）。

ディヘイシャ難民キャンプでは、一九四八年のイスラエル建国によって故郷を追われた人々とその子孫、約一万二千人が、狭い敷地に犇めきあって暮らしている。ジハードは難民の三世。六〇年たってもキャンプから抜け出せない何万人ものパレスチナ人青年の一人だ。七年かかって今年、高校を卒業した。大学に進学したいが資金がない。お金を貯めようにも仕事はない。一九六七年から四〇年近くに及ぶ占領で西岸の経済基盤は破壊された。経済の植民地主義的従属構造のなかで、占領地のパレスチナ人住民、とりわけ難民たちは、イスラエル領内で廉価な労働力として搾取され、イスラエル経済の底辺を担うことでかろうじて食いつないできた。だが、第二次インティファーダによってパレスチナ人の抵抗が激化し、イスラエルの諸都市で占領地のパレスチナ住民による攻撃が頻発するにともない、外国人出稼ぎ労働者によって代替労働力を確保したイスラエルは分離壁を建設し、西岸住民のイスラエル領内立ち入りを完全に禁じた。そのため、今ではキャンプ住民のほぼ一〇〇パーセントが失業中だ。

ベツレヘムの街を囲む丘陵地帯、そのいたるところにイスラエル人入植地がある。入植地はイスラエル人専用道路で結ばれ、専用道路はパレスチナ人の侵入を防ぐための高い金属製のフェンスで守られている。つまり、入植地にとり囲まれた街全体がフェンスで包囲されているということだ。フェンスに指をからませながらジハードが呟く、「ぼくたちは檻の中の猿だ」。占領下のパレスチナ人のようすを視察に来る私のような外国人の存在も、自分たちが被っている不正を外の世界に伝えるためと歓迎する一方で、彼らをまなざす私の視線それ自体が「檻の中の猿」という彼らの恥辱の一部、痛みの一部となっているのだと思った。街を出ればそこここにイスラエル軍が設けた検問所があり、歳若いイスラエル兵から屈辱的なハラスメントを受ける。四年前、ベツレヘムの街がイスラエル軍の侵攻に見舞われたとき、ジハードはキャンプの他の青年たちとともに目隠しされ、手錠をかけられ、下着姿でイスラエル軍に連行された。占領下で若いパレスチナ人の男性であることは潜在的テロリストであることと同義であり、日々、恥辱にまみれることにほかならない。

ジハードにとって生きるとは、ただただ己れの無力を思い知らされるだけの毎日を送ることだ。未来への展望など何ひとつ思い描けない。自らの努力によってこの八方塞がりの情況が好転する望みはどこにもないのだから。外出禁止令がしかれていなくても、フェンスに囲まれた小さな街の囚われ人であることに変わりはない。二五歳の青年が生きるには残酷すぎる、まさに飼い殺しのような人生。ジハードの人生を想像して思った。彼がある日、自爆したとしても、私はちっとも不思議に思わないにちがいないと。祖国解放のために抵抗者となって殉じることは、生きているかぎり彼から奪われている社会的尊厳を手に入れる、唯一残された手立てなのだから。むしろ不思議なのは、このような救いのない情況のなかで、それでもなおジハードが、そしてほかにも無数にいるであろう彼のような青年たちが、自爆を思いとどまっていることのほうだった。

あなたが置かれている情況を考えれば、自爆しても何の不思議もないと思う。いったい何があなたに自爆を思いとどまらせているの？　そう率直に訊ねると彼は言った。

「ぼくはテロリズムには反対です。ぼく自身死にたくはないし、人も殺したくない。でも、分かりません。ぼくの友人にも、そう言いながらある日、突然、自殺攻撃をした者がいます。ぼくも同じようにしないとは言い切れません……。でも、ぼくは生きたい。パレスチナ人が正当な権利を回復するという希望がある限り……」。

「希望があるの？」

「希望は……あります」。

「いったいどこに？　どんな希望があるというの!?」

残酷にも重ねて訊かずにはおれなかった。未来への展望などまったくない、どう考えても救いのないこのような情況のなかで、それでもジハードや、彼のような青年たちに自爆を思いとどまらせているものがあるのだとしたら、それは何なのか。いかなる力が彼らをこの世界に踏みとどまらせているのか。その力を明らかにすること、それは今、この時代の思想的急務であるように私には思われた。

「どこにどんなとは言えないけれど……希望はあると信じています」。

それは決して確信に満ちた口調ではなかった。むしろ、懐疑と苦渋のなかから絞りだされた言葉だった。希望を託したいと思う現実の何事も、理性による吟味に決して耐ええないことを彼自身よく分かっている。しかし、だからこそ、希望はあると信じないなら、あとに残されているのは他者の命を巻き添えに自らの肉体をダイナマイトで木っ端微塵に吹き飛ばすことだけだ。希望とは今日を生き延びる力のことであるとすれば、明日また新しい日が始まるから、新しい別の未来がありうるかもしれないと根拠なく信じることこそが、今日を生きのびるためには、どうしても必要なのではないか。ジハードに出会い、彼が生きているこの生こそがパレスチナ問題なのだと思った。ジハードが、そして無数にいる彼のような青年たちの生、その一つひとつこそが「パレスチナ問題」であるのだと。

パレスチナ人青年の自爆は忌まわしき犯罪、テロリズムとして世界じゅうのメディアが大きく報道する。しかし、彼らのその行為が、占領下でこの四〇年間、彼らが生きることを強いられている、いかなる具体的な現実から生み出されているのかを詳細に報道するメディアはほとんどない。そして、自爆した青年たちよりはるかに多い、ジハードや彼のような無数の青年たちが、もしかしたら三ヶ月前、あるいは一年前、あるいは三年前に自爆していても不思議ではない現実のなかで、自らと他者を殺さないために、命の側に踏みとどまるために、どこにどんな希望が現実にあるわけでもない情況のなかで、しかし、希望はあるのだと自らに言い聞かせながら、これまで何をどれだけ必死に耐えてきたのか、それこそが彼らのまぎれもない「ジハード」であり「ニダール」であることを伝えるメディアはさらに少ない。

小さき人々

二〇〇二年四月二八日、来日したスーザン・ソンタグを囲んで「この時代に想う——共感と相克」と題するシンポジウムが東京で開かれた。シンポジウムの冒頭、「二〇世紀末に冷戦が終わり、二一世紀になって明るい展望が開けるかと思ったら、恐ろしく野蛮なところまで逆戻りしてしまったような感じがします」という司会の浅田彰の発言に対し、ソンタグは次のように語っている。

「〔二一世紀になって〕「明るい未来が開ける」と私たちが思ったなどと、浅田さん自身、本当に信じておられるのでしょうか。いわんや、実際にそんなことを思った人がいたでしょうか。人々は明るい展望が開かれると思っている、と考えた人が本当にいたでしょうか(3)」。

ソンタグは続けて、「二一世紀になって明るい展望が開ける」といった「修辞的発言」を浅田に促してしまったものとして、ソ連邦の崩壊という出来事が世界に与えた高揚感が九〇年代初頭たしかにあったと述べ、しかし、ソ連帝国の崩壊という歓迎すべき出来事に思われたそれが、いかに多くの諸問題を生み出したかを、とりわけ今日的事態にまで続く唯一無比の帝国の君臨をもたらしたことを指摘し、それを受けて浅田も、「僕の安易なレトリックに関する指摘も含めて、おっしゃるとおりだと思います」と述べ、二〇〇一年九月十一日に起こったことは、九〇年代に深まっていった矛盾の噴出にすぎないと議論を展開していく。

二人が述べていることに対して、私にとりたてて異論があるわけではない。事実認識、歴史認識としてそのとおりなのだろう。それでも私としては、パレスチナにおいて「テロリスト」と名指される者たちの抵抗の問題、なかんずく自爆攻撃の問題についてもたびたび言及されたそのシンポジウムにおける「〔二一世紀になって明るい展望が開けるなどと〕実際にそんなことを思った人がいたでしょうか」というソンタグの修辞的問いを敢えて愚直に、真に受けて考えたい。二一世紀になったら明るい未来が開けると思った人は、この世界に本当にいなかったのだろうか。

ソンタグの言葉を読んで私が思い出したのは、二〇〇〇年六月にパレスチナを訪れたときのことだった。一九九三年のオスロ合意から七年目のパレスチナ。和平ムードを反映して、エルサレム旧市街では休日になると、アラブ人地区のみやげ物屋にもイスラエルのユダヤ人市民が大挙して買い物にやって来ていた。「和平」は海外からの投資も呼んだ。自治政府の置かれたラーマッラーの街は、新しいホテルやレストランの建設ラッシュに沸き立っていた。だが、ちょっと目を転じてみれば、ラーマッラーの街を取り囲む丘陵地帯ではパレスチナ人の土地が強制収用され、彼らの生活の糧であるオリーヴの木々に覆われていた緑の丘はブルドーザーで抉られ、イスラエル人入植地が次々と建設されていたのだった。

国際社会が「和平プロセス」と呼んでいたこの時期、占領下パレスチナへのイスラエルの入植活動は以前にも増して加速度的に進行し、入植地の建設とともに、入植地とイスラエル領内の諸都市や、入植地同士を結ぶイスラエル人専用道路もまた次々と建設され、ヨルダン川西岸のパレスチナ人の生の基盤はずたずたに分断されていった。イスラエルに併合された東エルサレムではユダヤ化が推進され、アラブ人地区へのユダヤ人の入植が進み、パレスチナ人住民をエルサレムから追放するためのさまざまな施策がとられていた。「和平プロセス」という言葉が世界に与えていた希望とは裏腹に、パレスチナでは独立国家の建設どころか、占領が日々、強化されていたのだった。占領下の住民のあいだに鬱積していた行き詰まりの感情は、私が訪れた三ヶ月後、アル＝アクサー・インティファーダとなって顕在化し、パレスチナ人民衆の反攻に対し、イスラエル国家は軍を総動員して自治区に再侵攻することになる。

二〇〇〇年六月のエルサレムは、その三ヶ月後に被占領地全土を襲う悲劇をまだ知らなかった。旧市街のキリスト教徒地区を歩いていたときだった。前年のクリスマスに子どもたちが描いたものだろう、家々を囲む壁のそこここに、赤や緑のペンキで描いた季節はずれのクリスマス・ツリーの絵や「メリークリスマス」といったメッセージが、色褪せぬまま残っていた。そのなかでとりわけ私の目を引いたのは、見るからに幼い字で大きく書かれたアラビア語のメッセージだった——「二〇〇〇年おめでとう、アッサラーム・アラー・フィラスティーン（パレスチナが平和になりますように）」。

それは「メリークリスマス」と同じように、パレスチナではおなじみの定型句なのかもしれない。しかし、そうであったとしても、それは同時に、未来への展望が次々と切り崩されていく日常のなかで、キリスト生誕の新たな千年紀の始まりを前にしてパレスチナ人の子どもが、二千年紀の始まりだからこそ、平和への切実な希求を込めて書き記した言葉でもあったのだと思う。

一九九九年が二〇〇〇年になるといっても、現実には、昨日が今日になるこれまでの毎日と何が変わるわけでもない。千年紀が二千年紀になっても、二〇世紀が二一世紀になっても、暦が新しくなるからといって現実がおのずとドラスティックに変わることなどあり得ない。そんなことを期待するのは愚かしく、非現実的だ。だが、未来の可能性をただひたすら奪われ続けるしかない者たち、現実に対し自らの手でなんら介入することもできないこれら小さき者たちが、新しい千年紀や新しい世紀の到来という稀有な出来事を前にして、新しくめくられるカレンダーに、これまでとは違う新しい歴史が書かれるかもしれないと期待することは、そんなにも非現実的なことだろうか。

カレンダーが新しくなるからといって、それといっしょに現実までもが新調されはしないことなど彼らだって知っている。おそらく私たちにも増して切実に。でも、あるいはだからこそ、私たちなら安易なレトリックだといって一蹴してしまえるその出来事に、未来への展望が開けることを期待するしかない人々が、この世界には大勢いるのではないか。どこにどんな希望があるのか分からないけれど、それでも希望はあるのだと、生きるためにジハードが信じなければならないように、現実のなにものにも期待を寄せることなどできないからこそ、これらの人々は新世紀の到来が新たな未来への展望を開いてくれるかもしれないと、根拠なく、しかし、安易なレトリックではなしに信じたのではないか。

だから「人々は明るい展望が開かれると思っている、と考えた人が本当にいたでしょうか」というソンタグの問いに対する私の答えは、Yesだ。二一世紀になったら明るい展望が開かれると思った人々はこの世界に必ずやいたにちがいないと私は思う。新しい世紀が新しい未来を開いてくれると思いたかったし、そう信じることなしには生きていくことができない、そのような人々がこの世界には大勢いる。根拠のある期待などあらかじめ否定された人々、祈ることしかできない人々が。

東京でソンタグを迎えてシンポジウムが開かれていた二〇〇二年四月のその日、私は、重度の外出禁止令がしかれた——外を動いているものは猫でも撃たれたという——ベツレヘムの街を、防弾ヴェストに身を包んだパレスチナ人の青年たちに案内されてまわっていた。ヴェストの背には、報道関係者を表す「TV」の文字が黄色いビニール・テープで大きく貼られていた。青年たちはボランティアで外国人ジャーナリストが占領下の街を取材するのを手伝っている。外出禁止令下の街に彼らが出るには防弾ヴェストが必要だが（それは彼らにとって外出が死のリスクを負うものであることを意味する）、屋内で囚われ人になっている二〇代の青年たちには、太陽の日差しを浴び、戸外の大気に触れる貴重な機会でもある。青年のひとり、アウニーが言う。

「先日も友人の一人が撃ち殺された。遺体を前に、ぼくはカメラをまわせばいいのか、泣き叫べばいいのか分からなかった……」。

アウニーらに案内されて一軒の家を訪ねた。伝統的な、パレスチナの白い石造りの家。バルコニーには四月の太陽を浴びて色とりどりの花が咲き乱れていた。洗濯物を干しにバルコニーに出て撃ち殺された者もいるなかで、それでもなお人々は、バルコニーを飾る花を枯らしはしなかったのだ。

リヴィングでレモネードをいただきながら家族の話を聴く。パレスチナの家庭を訪ねると必ず、大きなガラスのコップになみなみと注いだ冷たいレモネードをふるまわれる。何軒かまわるともう、からだの向きを変えただけで胃の中でタポタポと音がするのが聴こえるようだ。バルコニーに咲き乱れる花同様、何週間も外出を禁じられながら、それでもなお彼らが、客人をもてなすレモネードを切らしてはいないことに驚かされる。

何週間も自宅で囚人となるとは、どんな経験なのか。

「ときどき気が狂いそうになることがあります」。その家の二〇代半ばの娘さんが言う。「でも、本を読んだりして気を紛らわしています」。

そのときは気に留めず、そのまま聞き逃してしまったその言葉を、今、思い起こしてハッとさせられる。何の本を読んでいるのか訊ねはしなかったので、それが文学作品かどうかは分からない。でも、彼女のその言葉は、パレスチナでパレスチナ人が生きていることそれ自体が犯罪であるかのように、日々人が殺され、自らの祖国で占領の捕囚となっているとき、文学は何ができるのか、その問いに対する紛れもないひとつの答えとしてあった。文学は、人間がこのような不条理な情況にあってなお、人間として正気を保つために、言い換えれば人間が人間としてあるために存在するということ。バルコニーを彩る花、客人をもてなすレモネードと同じように。

その言葉は、かつて、アフリカで子どもが飢えて死んでいるのを前に文学は何ができるかと問うたサルトルの問いにはらまれたある種のエスノセントリズムをあぶりだす。作家たるもの、今日飢えている二〇億の人間の側に立たねばならず、そのためには文学を一時放棄することも止むを得ない、というサルトルの言葉は、文学という営み——作品を書き、読むという営み——を此岸に、アフリカで飢えて死んでいる子どもを彼岸に対置する。しかし不条理な現実のなかで人間が正気を保つために文学を読むのだとすれば、サルトルの提起とは反対に、アフリカで飢えて死んでいく者たち、彼岸の飢えている二〇億の人間たちこそが、ほかの誰にも増して切実に文学を必要としていると言えるのではないか。そうでないなら、文学とは、北の世界の、飢えを免れた者たち、つつがなく安寧に暮らせる者のみが特権的に享受する奢侈品ということになりはしないか。

飢えて今にも死にそうな子どもは本など読めないにちがいない。だが、その子が実際問題として文学を読めないという事実は、その子が文学を必要としていない、ということを意味するのだろうか。瀕死の床の中で小説が読めたとして、その子は遠からず死ぬ。だが、その子が死ぬことが一〇〇パーセント確実であるとして、だから小説はその子にとって無力である、いま小説を読むことがその子にとって何の意味もないと、なぜ、言えるだろう。

アウシュヴィッツから奇跡的に生還を果たしたプリーモ・レーヴィは、絶滅収容所でもっとも恐ろしかったこと、それは死ぬことではなく、人間が生きながらにして人間ならざるものになってしまうこと、あらゆる人間的感情を失った生きる屍と化してしまうことだと語っている。人間を人間たらしめる人間性そのものが壊死していくアウシュヴィッツにおける生を綴ったレーヴィの『これが人間か』(4)のなかで、悲痛な記憶がにわかに生の輝きを放つ瞬間がある。レーヴィがダンテの『神曲』を親友に語って聴かせる場面だ。友人もまた全身全霊でそれに耳を傾ける。

レーヴィの友は解放を目前に、絶滅収容所の証拠隠滅を図る親衛隊によって他の収容者たちとともに連れ去られ(いわゆる「死の行進」)、二度と戻ってこなかった。その意味で文学は彼を救いはしなかった。だが、それでも、アウシュヴィッツで人が人たることをやめ、生きながらにして死んでいるときに、『神曲』はレーヴィとその友人にとってかけがえのない魂の滋養であったことを、もしレーヴィが生き延びえなかったならば——それはじゅうぶんにありえたことだ——忘却の穴に葬り去られていたそのことを、私たちは、彼の奇跡的な生還によって知る。もっとも非人間的な情況におかれた彼らこそが、しかし、それゆえに誰よりも切実に文学を、芸術を、必要としていた。一切の尊厳を否定しようとする暴力に抗して、その生が続くかぎり人間として、人間らしくあるために。人間が人間であることの臨界点を現出させたアウシュヴィッツで、文学が人間存在の根源においてその生を支えたなら、アフリカにおいてもそうではないのだろうか？

人間を人間ならざる者としてまなざす他者の視線が、人間の存在の深奥においてその人間性を蝕むのなら、(5)飢えて死んでいくアフリカの子どもたちに文学は無力である、すなわち彼らに文学は意味をもたないと見なすこと、人間らしく生きることを奪われているからこそ彼らの魂が何にも増して文学を希求しているのだということを否定することは、彼らの人間性それ自体を否定することにほかならず、極言すればその視線のなかで、アフリカの子どもたちはすでに人間として殺されているとは言えまいか——。

祈りとしての文学

臓器移植用に隔離施設で生育されたクローン人間の、生きるための抵抗と解放を描いたハリウッド映画『アイランド』（二〇〇五年、監督マイケル・ベイ）が、ホロコーストのイメージをあからさまに反復しながら、ホロコーストの——というよりは、それに勝利するシオニズムの——寓喩であることを自ら明かしているのに対し、同じモチーフを共有しながら、謎に満ちた全寮制施設ヘールシャムに生まれ育った若者たちの哀切な人生を抑制された筆致で描いたカズオ・イシグロの小説『わたしを離さないで』(6)にホロコーストを彷彿とさせるものは一見、何もない。だが、作品を読み進むうちに明らかになるのは、主人公たちが、他者の生に奉仕するためだけにこの世に生を受けたという事実である。人間らしく生きることを社会によってあらかじめ否定され、寿命をまっとうすることなく自らの肉体を貪られて死ぬべく運命づけられた彼らの生の根底に、ナチスによって生きる価値のない存在とされ、収容所で、死が訪れるまで、ただの労働力として使役された者たちの記憶の反響を聞きとることはむずかしくない。

社会によって自らに課せられた運命を受け入れていたかに見えた主人公たちは、物語終盤、それでもなおどこかに、運命を変える一抹の希望があるのではないかという思いを棄て去ることができず、芸術の才能こそが自分たちを救うものであったのかもしれない、だからこそヘールシャムではあれほど熱心に芸術が奨励されたのだと考え、生きるために必死に努力する。その努力は、ユアン・マクレガー扮する『アイランド』の主人公が、陸を、空を、超高速で疾走し、超人的な力で敵を打ち負かすのに較べたら実につつましく、いじましくすらある。しかし、凡庸な彼らは凡庸な彼らなりに、その限られた知恵と平凡な能力のなかで最大限知恵をしぼり、努力し、その末に、そのような希望は根拠のない幻想に過ぎなかったことを告げられるのである。

あらかじめ人間らしく生きることを禁じられ、ただ他者に奉仕して短い一生を終えるべく運命づけられている彼らに、文学や芸術は無力だったのか？ たしかに、ヘールシャムの芸術教育は彼らの運命を変えはしなかった。だが、彼らは、同じ運命を背負った他の施設出身の者たちと較べてどこかが違っていた。彼らには「何か特別なもの」があった。それがいったい何であり、彼らの人生にいかなる意味をもっていたのか、作品は必ずしも明示的に語ってはいない。しかし、彼らもまた同じ人間であることを信じる教師たちのまなざしに見守られながら、多感な子ども時代に芸術活動を奨励されたことは、彼らの存在の何かをたしかに変え、だからこそ主人公らの、生きるための努力がありえたのだと作品は示唆する。『神曲』がレーヴィやその友人の存在の深奥で、彼らの何かをたしかに変えたように。

生きるために切ない努力を続ける、特別だが凡庸な主人公たちの姿は、武器をもって英雄的に闘ったり、偉大な芸術作品を残すことなどできなかった者たち、ただ祈ることしかできなかった者たちもまた、彼らなりのやりかたで必死に運命に抗い、傍目から見れば愚かしい、現実を変える力などなにもない、ささやかな何かに希望を託し、全身全霊で、人間らしく生きるための痛切な闘い――ジハード――を闘っていることを教えてくれる。そこにこそ表明されている彼らの尊厳、彼らの人間性を閑却に付すなら、それは、私たちのまなざしのなかで彼らを殺すことではないだろうか。物語の最後、自分たちの努力が空しかったことを知った男性の痛みが私たちの胸に突き刺さるのは、たとえ彼が凡庸な人間であり、彼の払った努力が他愛ないものであっても、そんなことには関係なく、幼少の頃から彼の姿を愛をもって見つめてきた主人公の目を通して彼の生の細部を見守ってきた私たちはすでに、世界が閑却する彼の人間性にどうしようもなく出会ってしまっており、それゆえに、彼の嘆きに、やみがたい人間性の発露を聞きとってしまうからだ。

『わたしを離さないで』は、アウシュヴィッツへの応答であると同時に、サルトルの問いに対する、作家イシグロの実践的応答として読むことができるだろう。彼らは人間らしくその生をまっとうすることはできないのだと、世界から当然のように見なされ、その生もその死も、世界に記憶されることのないこれら小さき者たちの尊厳を、小説こそが描きうるのだという応答である。それはまた今日の世界におけるパレスチナ的現実への応答であり、これら祈ることしかできない小さき人々に捧げられた祈りでもある。祈りとしての文学――。

文学は祈ることができる。あるいは、祈ることしかできないのだ、と言うべきなのだろうか。だが、祈りとは何なのか。「解放の神学」の神父たちが銃をとったのは、祈りを無力と考えたからだ。人間が人間となった太古《いにしえ》から連綿とあったこの営みは、銃によって、あるいはダイナマイトによって、否定されねばならないのだろうか。

（1）「インティファーダ」とはアラビア語で「振り払うこと」、転じて「蜂起」の意。一九八七年に始まった第一次インティファーダ以降、この言葉は、イスラエル占領下のパレスチナ民衆による、占領に対する一斉蜂起、抵抗運動を意味する言葉として使われるようになった。第二次インティファーダは、イスラームの聖地であるアル＝アクサー・モスクをシャロン・リクード党党首（当時）が武装警官隊をひき連れて強行訪問したことを契機に発生。アル＝アクサー・インティファーダとも呼ばれる。

（2）サルトル『文学は何ができるか』平井啓之訳、弘文堂、一九六六年。

（3）スーザン・ソンタグ『良心の領界』木幡和枝訳、NTT出版、二〇〇四年、二三頁。

（4）プリーモ・レーヴィ『アウシュヴィッツは終わらない――あるイタリア人生存者の考察』竹山博英訳、朝日新聞社（朝日選書）、一九八〇年（イタリア語原題は『これが人間か』）。

（5）ジョルジュ・ディディ＝ユベルマン『イメージ、それでもなお――アウシュヴィッツからもぎ取られた四枚の写真』橋本一径訳、平凡社、二〇〇六年、五八―五九頁。

（6）カズオ・イシグロ『わたしを離さないで』土屋政雄訳、早川書房、二〇〇六年。

2 数に抗して

二〇〇〇年九月末に始まった第二次インティファーダは、二〇〇五年二月に収束宣言が出されるまで四年四ヶ月続く。その間、パレスチナ自治区に侵攻したイスラエル占領軍によって殺されたパレスチナ人は三五七六名、負傷者二万八四五四名。[1] とりわけ二〇〇一年九月十一日、ワシントンとニューヨークで起きた同時多発攻撃事件のあと合州国政府の「テロとの戦い」に世界が同調していくなかで、イスラエル軍のパレスチナ侵攻も急速にエスカレートし、二〇〇二年三月と四月の両月、それまで二桁だったパレスチナ人の死者数は一挙に二〇〇名を越えた。

日常化した銃撃や砲撃、爆撃によって、日々誰かが斃れていく。隣人が、友人が、恋人が、兄弟が、親が、子どもが、夫が……。愛する者を暴力的に奪われるという、人間の生にとって非日常的であるはずの出来事がこの頃のパレスチナでは日常と化し、「遺された者たちの悲嘆はありふれたものとなった[2]」。

人間にとってそのような生を生きるとはいかなることなのか。パレスチナ人がパレスチナ人であるかぎり、そうした生を生きること——あるいは、死を死ぬこと——は仕方のないことだとでも言うように、世界が彼ら彼女らを遺棄しているとき、だからこそ、彼らが生きることを——あるいは死ぬことを——強いられている生の細部にまで分け入って、その生の襞に折り込まれた思いに私たちが触れることが何にもまして切実に求められているのではないか。このとき、小説 novel 以上にそれをなしえるものがあるとは私には思えなかった。だが……

ナチスの強制収容所で亡くなったポーランドのユダヤ人詩人イツハク・カツェネルソンの詩集『滅ぼされたユダヤの民の歌』[3]に触れて思うのは、人は強制収容所においてさえ詩を書くことができる、もっと言えば、人は「フルブン」のただなかにおいて、「フルブン」を生きるとはいかなるものかを詩に書くことができるという事実だ。[4] フランスのヴィッテル収容所で秘かに土中に埋められ、あるいは鞄の持ち手に縫い込まれたカツェネルソンの詩は解放後に発見され、「フルブン」という出来事について証言する。

人は出来事の渦中にいながら、彼とその同胞たちにとってその出来事を生きるとはいかなることであるかを詩にあらわすことができる。現にイスラエル侵攻下のパレスチナにあっても、詩は書かれ、占領を生きる人々によって口ずさまれ、彼らの生を支えている（とは言え、オスロ合意によって、二〇年にわたる追放生活から西岸に「帰還」したパレスチナを代表する詩人、マフムード・ダルウィーシュは、詩作には「シエスタ（昼寝）」と「マージン（余白）」が必要であるとして、生の余白のない占領下での創作の困難を吐露してもいる）。だが、小説は違う。小説は出来事を対象化し、その全体像を虚構世界に再構築しなければならない。けれども出来事が現在進行形であるかぎり、その全体像はいまだ見えないし、自分／たちがいま、何をどのように感じているのか、そして、そのように感じるということがどういうことなのかを対象化することも難しい。「それはいかなる出来事なのか、それを生きるとは人間にとっていかなることなのか」という問いに答えるには、出来事の全体像を把握し、対象化するための時間的、空間的な距離が絶対に必要だということだ。私たちが小説をもっとも必要としているそのとき、小説はまさにその不可能性を生きていることになる。

二〇〇四年八月のヨルダン。パレスチナの現在における小説の不可能性について、パレスチナ出身のひとりのヨルダン人女性に漏らした翌日、彼女から一冊の本が届けられた。ヨルダン在住のパレスチナ人男性作家、イブラーヒーム・ナスラッラー（一九五四年～）の小説『アーミナの縁結び[5]』（*a'rās āmina* 二〇〇四年）だった。

アーミナの縁結び

それは、イスラエル軍のパレスチナ侵攻がもっとも激化し、生きることが無数の死で満たされた二〇〇二年ガザの物語だった。朝早く、ランダの家を隣家のアーミナが訪れ、アーミナの一人息子サーレフとランダの双子の妹ラミースの縁談をもちかけるところから話は始まる。衝撃を受けるランダにアーミナは言う。あなたたちのお父さまがイスラエルの刑務所にいるのに結婚だなんてと思う人もなかにはいるでしょう。でも、今だからこそ、結婚しなくてはいけないのよ。情況がよくなって、占領がなくなって、パレスチナが解放されて、この占領の前に占領された土地(6)が戻ってくるまで待ってなくちゃいけないとしたら、そのほうがずっと悲劇ではなくて？ そんなことをしていたら私たちの誰ひとり結婚なんてできないし、子どもだって産めやしないじゃないの……。

全二〇章からなる物語は、各章交互にランダとアーミナの一人称によって物語られる。ランダの語りが基本的に独白であり、ガザの痛ましい現実が感情を排した乾いた文体で淡々と綴られるのとは対比的に、アーミナの語りは、彼女の兄のムスタファーや夫のジャマール、そして息子のサーレフに向けられた生き生きとした語りかけとなっている。「ジャマール！ サーレフ！ ムスタファー兄さん！お日さまはもう真上だというのに、あなたたちはいったいいつまで寝ているつもりなの！」「サーレフ！ さあ、花婿の衣装を買いに行くわよ。いっしょに行かないならズボンが寸足らずでも母さんは知らないわよ！」

エジプトの有名女優とみまがう美貌のアーミナが隣に引っ越してきたときから、幼いランダにとって彼女は特別な存在だった。二〇年の歳月は二人のあいだに、年齢の違いを超えた特別な友情を育む。傷ついた者たちを自分のことのように愛しむ愛情深いアーミナは、誰かが殺されたと聞くたびに、たとえそれが見知らぬ者であっても病院へ、あるいは墓地へと向かう。愛する者を突然、奪われた者たちの悲しみに寄り添うために。

アーミナが夢想する縁結びを軸に物語は進む。交互にたち現れるアーミナとランダの語りを通じて、第一次インティファーダから第二次インティファーダのただなかにいたるガザにおける人間の生、とりわけ愛する者を突如奪われるという暴力が日常と化した生を生きるパレスチナ人の姿が細やかに描き出される。日々、人の命が奪われ、死で満たされた生だからこそ、アーミナは愛する者たちの縁結びを夢見、彼らの幸せを願うことで生の希望をつなごうとする。

だが、物語が進むにつれ、冒頭でラミースとサーレフの縁談をもちかけられたランダがなぜ凍りついたのか、その本当の理由が徐々に明らかになる。ランダの妹ラミースも、アーミナが語りかける息子のサーレフも夫のジャマールも、兄のムスタファーも、実は占領軍に殺されて、すでにこの世のものではなく、アーミナが夢想する縁結び、生に対する希望とは、愛する者たちを次々に奪われていく痛みと悲しみにいつしか精神の失調をきたした彼女が、この、暴力と死に満ちた世界でなお生きていくための悲しい妄想であったという事実がやがて明かされるのである。

ランダによって語られる最終章。「ある朝、一機の飛行機が空で立ち止まり、私たちの通りを見つめ、少しして爆弾を落とした……」。爆弾はアーミナの家を直撃する。

人々の叫び声が聴こえ、あちこちから人が駆けつけた。やがて世界が静まり視界が戻ったとき、細かい肉片が宙にひっかかっているのが見えた。家は、なかった。やつれ果てた二本の棗椰子の木がそこに残っているすべてだった……。

『アーミナの縁結び』は、イスラエル占領下のパレスチナで、パレスチナ人が人間としての尊厳を否定され、何の価値もないかのように日々殺されているそのとき、言い換えれば、小説こそが何にもまして求められながら、同時に、もっとも不可能であるそのときに書かれ、小説こそがなしうることをなした稀有な作品である。

「いま」だからこそ小説によって世界を表象しなければならないという切実な希求は、作品それ自体のなかに書き込まれている。一九七二年、三六歳の若さで爆殺されたパレスチナ人作家ガッサーン・カナファーニーに寄せるランダの熱い思いが、アーミナの口を借りて語られる。カナファーニーもまた、故郷を追われ難民となった同胞たちの現実を現在進行形で作品に形象化しえた稀有な作家だった。

いまだに自分はラミースだと言いはってきかない、あの頭のおかしな子が、その頭のなかで何を考えているか、あなた、知っていて? あの子、ガザをこっそり抜け出して、ガッサーン・カナファーニーのお墓に行くんですって。そして掘って掘って掘って、お墓に穴を開けたら、あの子がこれまで集めた〔ガザの人々の〕話をぜんぶガッサーンに渡して、こう言うんですって。これらの紙には命の物語があるのよ、ここに書かれているのは死ばかりだけれど、それでもなお、これは生の物語なのだから、さあ、死の床から起き上がって、もう一度、これらの物語を書きなさいと。

小説がもっとも不可能であるとき、『アーミナの縁結び』は、パレスチナの「いま」をすぐれた小説作品に形象化した。同時に、カナファーニーが、小説という形で難民たちの生を表象し、出来事と同時進行で世界に証言していただけでなく、難民的生の経験を人間の生の思想へと鍛えあげていったのと同じように、『アーミナの縁結び』もまた、現代世界に対するひとつの思想的応答として描かれている。

数に溺れて

二〇〇三年三月のイラク戦争によってフセイン体制が崩壊したイラクでは、国家体制の瓦解にともない首都バグダードはレバノン内戦時のベイルートをはるかに凌ぐ内戦状態と化し、開戦から四年足らずの間に殺されたイラク人は五万人を超えた。「四年間に五万人」の死者。それは、イラクがおかれた情況の異常さを端的に物語るものだが、その文字どおり桁違いの数字を前にすると、第二次インティファーダの死者三千数百という数の「小ささ」に、パレスチナの出来事はその重みをふっと失いそうになる。

四年間に五万もの人々が殺されるなどあってはならないことだ。人間とは決してそんなふうに死んではならない。私たちが生きるこの世界で決してあってはならない、そうした出来事の暴力性を私たちが訴えようとするとき、「四年間に五万人」という数字をつい強調しそうになる。数字は、その桁違いの大きさが喚起する衝撃によって、出来事の重大さを効果的に伝えてくれるだろう。だが、そのとき、数字が与える衝撃の反作用として、たとえば四年間に三千人が殺される出来事の「あってはならなさ」が、私たちのなかでふっと軽く感じられてしまう。

思想と呼ばれるものを私たちが必要とするのは、このような瞬間、このような場においてではないか。三千人が殺されるより五万人が殺されることのほうがはるかに重大で本質的であると、数の大きさに比例して出来事の重さを表象し、そのように感じてしまうこと。そうした思考、感覚に抗って、私たち自身を「そこ」に、出来事の根源に深く繫留するための思想が。

四年間で三千人が殺されるよりも五万人殺される出来事のほうが重大であるなら、五万人殺される出来事は、五〇万人が殺される出来事の前にその重みを失うだろう。さらに、四年間に五〇万人殺される出来事は、一発の爆弾で十五万人が殺される出来事の前に意味の重みを失うにちがいない。こうしてあらゆる出来事は相対化され、すべての出来事が意味の重みを失うことになる。[7] 大量死という出来事において死者の数だけが強調されるなら、一人の人間が死ぬという出来事がもつ意味の重み、言い換えるなら、人間一個の命の重みそれ自体が限りなく希薄になるだろう。このとき、殺される者たち一人ひとりの命の重みを顧みない点において、私たちは殺人者の似姿を我知らず分有することになりはしないだろうか。

二〇世紀はさまざまな大量死を経験した。いや、近代四〇〇年の世界の歴史それ自体が、あまたの大量死の歴史にほかならないのだが、それらの経験から私たちが何事かを学ぶことができるのだとしたら、たとえば「ホロコースト」をめぐって語られる「比較してはならない」という倫理的命題を、このような文脈においてこそ解するということではないのだろうか。六〇〇万のヨーロッパ・ユダヤ人の死が、六〇〇万というその数の、未曾有の巨大さゆえに本質化され絶対化され、六〇〇万の死の前に二五万のロマ人の死が、あるいは二万五千の同性愛者や知的障害者の死が二義的なもの、副次的なものとされてしまう、そのような思考に抗するために。私たちは、殺人者の似姿を分有することなく、いかに「大量死」という出来事を語ることができるのか。ナスラッラーの『アーミナの縁結び』は、そのような問いに対する思想的挑戦として読むことができるだろう。

数のシニシズム

二〇〇三年三月、イラク戦争の開始が迫るにつれ、パレスチナから悲鳴のような電子メールが日々、届けられた。自分たちに注がれる外部のまなざしが途絶え、国際的な監視の目が失われたとき、占領下の暗闇で何が起きるのか、彼らはその歴史的経験からよく知っていた。世界の関心がイラクに焦点化されるなか、だからこそパレスチナを忘れないで、私たちの情況を注視していてほしい……。メールは異口同音にそう訴えていた。

戦争が始まって二週間後、私はある文章に「開戦前、懸念された虐殺は幸いにもいまだ報じられていない」と書いた(8)。たしかにその間、パレスチナにおける虐殺がマスメディアで報じられることはなかった。だが、後になって、「幸いにも」とそのとき書いた自分の無知を私は痛烈に思い知らされることになる。

戦争が始まり、内外のメディアがイラクに殺到していたあの頃、長年パレスチナの取材に携わっていたジャーナリストの土井敏邦は、イラクで戦争が起こっているときだからこそパレスチナに入った。そして、のちに彼が伝えるところによれば、イラク戦争の陰で、占領下のパレスチナ人住民に対する「大量殺人」はたしかに起こっていたのだった。メディアが注目せずにはおかない虐殺事件は起きていない。しかし、巧妙にも、日々一定数の人間を殺すことで、結果的に「大量殺人」と同じ数の人間たちが殺されていたのだった[9]。その事実はパレスチナ赤新月社のホームページにある、二〇〇〇年十月以降の占領下パレスチナにおける、イスラエル軍に殺傷されたパレスチナ人の統計でも確認することができる[10]。

戦争が始まった二〇〇三年三月の死者は九五名、実弾による負傷者一二八名。戦争開始前の同年一月はそれぞれ七九名、九八名。月別の統計で見るかぎり、前月を上回ってはいるが（死者は二割、実弾による負傷者は三割増）、極端に数字が跳ね上がっているわけではない。だが、日別の統計でさらに詳しく死者の分布を見ると、二月は、死者がゼロだった五日間を除き、一名から十二名のあいだで、ひと月全体にわたって人が殺されているのに対し、翌月は、死者九五名の八割弱にあたる七五名が三月三日の戦争開始から十七日までの二週間のあいだに殺されていることが分かる。実弾による負傷者もその八割が同じ時期に集中している。その勢いのまま殺傷が続いていたら、三月末には死者は一五〇名に達していただろう。パレスチナ人が危惧していたとおり、明らかにイラク戦争に乗じた、パレスチナ人に対する殺戮は起きていたのである。

だが、死者が集中しているその二週間でも、死者がもっとも多かった日でさえ十三名と、二月の最大死者数である十二名とほとんど変わらない。一日の死者数に注目してみれば、それは「通常ペース」なのだ。いちどきに何十人、何百人と殺せば、マスメディアはそれを虐殺事件として報道するだろう。だが、「大量殺人」だと問題にされないような数の死者を毎日、積み重ねていけば、大量虐殺と同じ結果がもたらされる。私たちがそれとして意識することもないままに。

毎日十数人の命が奪われるのはパレスチナの日常であって、それが日常であるかぎり、特別の関心は払われない。結局のところ「大量殺戮」を私たちが問題にするのは、数字が喚起するセンセーショナリズムのゆえであって、そこで殺される一人ひとりの人間たちの命ゆえではないということになる。他者の命に対する私たちの感覚は、桁違いの数字という衝撃がなければ痛痒を感じないほど鈍感なものだということだ（さらに言えば、私たちが生きている社会は、暴漢に殺されるいたいけな幼児の死に反応して犯人に死刑を叫んでも、冬を越せずに命を落とす無数の路上生活者にはおそろしく無関心である。拉致されて殺された者の命には深く共感しても、経済制裁の結果、生き延び得ない者たちの命もまた、大切にされなければならない同じ命であるとは考えない）。

パレスチナ赤新月社の統計における数字の羅列は、死者の数が私たちの痛覚を刺激する閾値に達しさえしなければ、世界が自分たちを決して咎めだてはしないと殺人者たちが考えているということ（事実、そのとおりではないか）、そして「人の命の大切さ」など、所詮はその程度のものにすぎないと彼らが認識していることを教えてくれる。その認識の根底には、人間に対する絶望的なシニシズムがある。

日々の殺人そのものが統計的観点から管理され、「日常」として遂行されているという事実に、殺人がシステマティックかつ日常的に遂行されたホロコーストとの類似性をどうしても感じないわけにはいかない[11]。同時に、死者数の統制という戦術を裏打ちしている人間に対するシニシズムにも、六〇年前、彼らの父祖たちが体験したホロコーストを思わざるを得ない。

ホロコーストを体験したユダヤ人がなぜパレスチナ人に同じことを繰り返すのか、という問いをよく聞く。パレスチナ人をパレスチナから物理的に排除し、そこに「ユダヤ人国家」を建設するというシオニズムの思想は、歴史的にホロコーストに先んじて存在していた。シオニズムにおいては当初より、パレスチナ人に対してユダヤ人と対等な人間性がそもそも否定されていたのであり、パレスチナ人の人間性の否定のうえに建国されたイスラエルがユダヤ人国家維持のためにパレスチナ人に対して行使する暴力において、パレスチナ人の人間性が顧みられないのは、実はきわめて当然のことなのだ。だとすれば、先の問いは、ホロコーストというレイシズムによる悲劇の経験を、私たちはいかにして、イスラエルのユダヤ人がパレスチナ人に対するレイシズムを克服する契機となしうるのか、と言い直されるべきかもしれない。

ホロコーストはそれを体験した人間たちに何を教えたのか? ホロコーストという出来事とは、実は人間とは他者の命全般に対して限りなく無関心である、という身も蓋もない事実を、言い換えれば「人間の命の大切さ」などという普遍的な命題がいかにおためごかしかということを否定しがたいまでに証明してしまった出来事ではないのだろうか。それはかつて起こったのだから、また起こるかもしれない。人間にとって他者の命などどうでもよいのだから。そのことをとりかえしのつかない形で体験してしまった者たちにとって、同じことが二度と繰り返されないためには、人間の命の大切さなどという普遍的命題をおめでたく信じることではなく、それがいかに虚構であるかを肝に銘じることのほうがはるかに現実的と思われたとしてなんの不思議があろう。

世界が関心を示すのは数であって、他者の命に対してはどこまでも無関心であるのなら、六〇〇万という巨大な数字が、その巨大さゆえに強調され特権化され、彼らの死者は、ほかの死者たちの死から区別されるだろう。「人間とは決してこのように死んではならないという真理」は彼らだけのものとされ、他者の殺戮は、世界を刺激しないように統計的観点から管理されるだろう。六〇〇万という数に居直ることと、他者の命の価値を否定することは同根なのだ。「命の大切さ」などと言いながら、この私たち自身がいかに人間一個の命をないがしろにしているかを思い出せば、私たちは果たして彼らのシニシズムを批判できるだろうか。

死者の統計数値から炙り出される彼らのシニシズムは、彼らの振る舞いが、ホロコーストを経験したユダヤ人「にもかかわらず」ではなく、むしろホロコーストを経験したユダヤ人「だからこそ」なのだということを物語っているように思えてならない。シオニズムはナチズム同様、他者に対するレイシズムを分有しているが[12]、イスラエルによるパレスチナ人迫害がホロコーストと決定的に異なるのは、その根底に、世界に対するこのシニシズムがあることだ。少なくともナチスは、世界が事実を知れば、ユダヤ人問題の「最終的解決」は達成不可能になると考えていたのではないか。だからこそ、実態を隠蔽する婉曲語法が編み出され、証拠隠滅が図られたのだと言える。同様に、「私たちは知らなかった」という言葉が、もし戦後ドイツ社会において免罪符としての機能を果たしうるのであるとすれば、それは、その言葉が同時に「知っていれば必ずや反対していた」ということを意味するからである。だが、ほんとうにそうなのか。彼らはほんとうに「知らなかった」のだろうか。そうではないことを犠牲者は知っているのではないか。

パレスチナで起きていることを私たちは知らないわけではない。知ろうと思えばいくらでも知ることができる。世界の無関心がパレスチナ人に対する殺戮を可能にしているのだという言葉は、単にパレスチナ人が殺されるのを世界が放置しているというだけでなく、このような歴史的文脈において、より根源的に解されねばならないだろう。他者の命に対する私たちの無関心こそが殺人者たちにシニシズムを備給し、彼らが他者を殺すことを正当化し続けるものとして機能しているのである。だとすれば、パレスチナ人が人間の尊厳を否定され、日々殺されゆくことの「あってはならなさ」を描くとは、このシニシズムに抗して、世界に抗して、人間一個の命の大切さを語ることにほかならない。

「命」の側に

占領がなければ、空も、海も、生も、どんなにか美しいだろう。占領がなければ、空はほんとうの空になり、海はほんとうの海になり、私たちはほんとうの私たちになる。そして、生きることはほんとうに生きることになる……。

『アーミナの縁結び』に登場する者たちによって幾度となく吐露される思いだ。だが、占領はいつ果てるとも知れず、人間がほんとうに生きるということを奪われたまま、人間の生ならざる生、死と悲しみに溢れた生だけが続いていく。それでもなおアーミナは、そのたおやかな狂気のなかで、生きることの夢を、希望を信じ、この世界が善なることを信じる。ショハダー交差点で戦車の砲弾に直撃され、殺されたアブー・アンタルの葬儀に参加したアーミナはランダに語る。

行ってあげなければ、と思ったの。アーミナ、おまえが行かないなら、誰がアブー・アンタルの死を悼むのだと。家はどこかと訊ねると、彼はたった独りで暮らしていたというではないの。［…］葬列はどこからと訊くと病院からというので病院に行ったの。人が大勢いたので誰か重要人物が殺されたか、亡くなったんだと思ったわ。青年にアブー・アンタルの葬儀はどこと訊ねたら、これがそうだと言うじゃない。私、泣いたわ、ランダ。世界はこんなにも善なのかと思って。アブー・アンタルのことなど誰も思い出さないだろうと思っていたのに、こんなにも大きな葬儀になるなんて。私たちはやはり、命の味方なのよ、私たちパレスチナ人は。でなければ一〇〇年も昔に連中に敗れ去っているはずよ。

読んでいて切なさに胸がしめつけられるのは、人が殺されるからではない。それにもかかわらず、他者への愛が、世界の美しさが、そして、世界が善であることをあくまでも信じる気持ちが語られているからだ。「私たちは命の味方」naḥnu aulād al-ḥayāt という言葉に込められているのは、イスラエル社会や西側のメディアなど、世界がパレスチナ人を「自爆テロ」や「殉教」といった言葉と本質的に関連づけて「死の賛美者」として表象しようとするなかで、パレスチナ人自身は、生を満たす無数の死にもかかわらず、それでもなお生の側に、命の側に、あくまでも踏みとどまろうとしている、そのような決意である。日本のメディアもまた、イスラエル軍に殺された犠牲者の葬列をしばしば排他的な民族主義的、宗教的熱狂の発露として表象するが、身寄りのないアブー・アンタルの死を大勢の人々が悼む姿は、アーミナの目を通して、同胞の死を悼む姿というよりも、むしろ見ず知らずの者の命さえ家族や友人と同じように愛しんでやまない人間の共感共苦の力へと読み替えられる。そして、この、あらゆる死に抗して、人が他者の命に寄せる愛ゆえに、世界はなお善として肯定される。ここに、殺人者たちのシニシズムに対する根源的な「否」が宣言されている。占領に抗して、すべての死に抗して、それでもなお私たちは他者の命の大切さ、世界の美しさを決して手放しはしないのだという宣言。そこには、殺人者の似姿を分有することに対する絶対的な拒絶がある。「アーミナ」とはアラビア語で「信じる人」を意味する。アーミナに生前、夫のジャマールは語った。

人間とはいつ、自ら敗れ去るか、ねえアーミナ、きみは知っているかい？ 人はね、自分が愛するもののことを忘れて、自分のことしか考えなくなったとき、自ら敗れ去るのだよ。たとえ彼にとってその瞬間、大切なものは自分自身をおいてほかにないと彼が思っていたとしてもね。それは本当のところ街をからっぽにしてしまうんだ。人もいなければ木々も、通りも、思い出も、家すらなく、あるのはただ家の壁の影だけ、そんな空っぽな街に……。

自分と自分たちだけのことしか考えなくなったとき、人間は自ら敗北するのだというその言葉は、パレスチナ人に自分たちと等価の人間性を認めず、自分たちの安全保障しか眼中にないユダヤ人国家の国民たちに対する根源的な批判であるだろう。空っぽな街とは、ホロコーストの犠牲者の末裔を名乗る者たちが生きる、シニシズムに侵された空しい世界の謂いにほかならない。人間の尊厳を否定された自分たちだからこそ、占領に抗して、ホロコーストに抗して、すべてに抗して、他者の命の大切さを守り続けること、世界が善なることを信じ続けること、それが彼らの根源的な抵抗になる。

占領とは他者の人間性の否定であり、人間の尊厳の剝奪であり、この点においてイスラエル兵もナチスのドイツ兵も変わりはないと喝破した、ホロコースト生還者を両親にもつユダヤ人サラ・ロイは、自らの思想の根幹に、ナチスの迫害を経験した母の教えがあるという。

わたくしが生きる上で母がこれまで幾度となく語ってくれたことですが、イスラエルでは暮らさないという母の決断は、戦時中の体験から母が学びとった強い信念に基づいていました。それは、人間が自分と同類の者たちのあいだでしか生きないならば、寛容と共感と正義は決して実践されることもなければ、広がりを見せることもないという信念です。母は言います。「ユダヤ人しかいない世界でユダヤ人として生きることなど、私にはできませんでした。そんなことは不可能でしたし、そもそも望んでもいませんでした。私は、多元的な社会でユダヤ人として生きたかった。ユダヤ人も自分にとって大切だけれども、ほかの人たちも自分にとって大切である、そのような社会で生きたかったのです。」(13)（強調引用者）

ホロコーストを経験したこの世界にあってなお、他者を大切な存在として守り続けること。それこそがホロコーストに対する抵抗であり、このとき、ホロコーストを経験したユダヤ人と占領下のパレスチナ人は同じ闘いを闘う同志なのである。

人間は決してあのように死んではならないという実感は、容易に、人間は死んではならないのだという断定へ拡張された。［…］人間は死んではならない。死は、人間の側からは、あくまでも理不尽なものであり、ありうべからざるものであり、絶対に起こってはならないものである。そういう認識は、死を一般の承認の場から、単独な一個の死体、一人の具体的な死者の名へ一挙に引きもどすときに、はじめて成立するのであり、そのような認識が成立しない場所では、死についての、同時に生についてのどのような発言も成立しない。死がありうべからざる、理不尽なことであればこそ、どのような大量の殺戮のなかからでも、一人の例外的な死者を掘りおこさなければならないのである。大量殺戮を量の恐怖としてのみ理解するなら、問題のもっとも切実な視点は即座に脱落するだろう。

石原吉郎「確認されない死のなかで」(14)

（1）パレスチナ赤新月社のHPより。http://www.palestinercs.org/crisistables/table_of_figures.htm

（2）アーディラ・ラーイディ『シャヒード、100の命——パレスチナで生きて死ぬこと』岡真理・岸田直子・中野真紀子訳、インパクト出版会、二〇〇三年、制作ノートより。

（3）I・カツェネルソン『滅ぼされたユダヤの民の歌』飛鳥井雅友・細見和之訳、みすず書房、一九九九年。

（4）「フルブン」とは、私たちが「ホロコースト」と呼ぶ出来事を意味するイディシュ語だが、ホロコーストで殺された六〇〇万ユダヤ人の大半を占める、東欧のイディシュ語共同体のユダヤ人たちにとって「フルブン」とは、彼らの共同体の歴史それ自体が絶滅させられる出来事であり、以後、ヨーロッパ・ユダヤ人の絶滅が「ショア」というヘブライ語で特権的に表象されるとき、その出来事が「フルブン」として体験されたという記憶それ自体が歴史から抹殺されるという、そのような出来事全体を指し示す言葉である。

（5）Ibrāhīm, Naṣrallāh, *a'rās āmina*, al-mu'assasa al-'arabīya lil-dirāsāt wal-nashr, Beirut, 2004.

（6）「この占領」とは、一九六七年の第三次中東戦争から今日まで続く、ガザとヨルダン川西岸の占領のこと。「この占領の前に占領された土地」とは、一九四八年に占領され、現在イスラエル領となっている土地。

（7）「朝日新聞」二〇〇八年八月八日付（大阪本社版）社会面に「沖縄被爆者封印解く「同じ戦争」伝える決意」と題された記事が掲載された。それによれば、沖縄に暮らす被爆者は六十余年ものあいだ、その被爆体験を語れなかったという。

「沖縄戦で「鉄の暴風」と言われた猛攻に何ヶ月も逃げまどい、二〇万人超の死を経験した沖縄人にとって、原爆投下は「一瞬の出来事」」であった。記事には、「「地上戦の島」に気後れし六〇年余」という見出しもつけられている。ここでは死者の数の代わりに、何ヶ月にも及ぶ壮絶な地上戦の前に、一瞬の閃光が相対化されている。

(8) 岡真理「聴こえますか、あのパレスチナの声が——パレスチナからの緊急メッセージ」『現代思想』二〇〇三年四月臨時増刊号「総特集 イラク戦争——中東研究者が鳴らす警鐘」、青土社。

(9) 「シャヒード、100の命」展プレ企画として二〇〇三年六月二五日、京都大学で開かれた「占領下のパレスチナを撮る——土井敏邦さんの西岸・ガザ報告」における土井さんの発言から。

(10) 註(1)参照。

(11) 現代世界、とりわけ欧米社会においては、イスラエルをナチスになぞらえる言説は反ユダヤ主義のプロパガンダの最たるものとして即座に糾弾されることになる。ほかの社会に関してならば語りうる(サッダーム・フセインやナセルがイスラエル社会で積極的にヒトラーになぞらえられたように、それがアラブ社会であるなら、むしろ語ることが推奨さえされる)ナチスとの類似性も、ことイスラエルに関してはタブーとされる。そうしたタブーが、何を隠蔽し、何に資することになるのか、私たちは考えなければならないだろう。これら社会で「反ユダヤ主義者」のレッテルを貼られることの致命性ゆえイスラエル批判を控える知識人も少なくない。Judith Butler, 'No, it's Not Anti-Semitic', Adam Shatz ed., *Prophets Outcast ; A Century of Dissident Jewish Writing about Zionism and Israel*, Nation Books, 2004. 参照。

(12) 実際にホロコーストで殺されたヨーロッパ・ユダヤ人は「人種」的にはキリスト教徒のヨーロッパ人と同じ人々であるが、近代ヨーロッパ社会において「ユダヤ人」は、ヨーロッパ人とは人種の異なる、アラブ人などと同じアジア系の「セム人」と見なされた。「反ユダヤ主義」を英語でAnti-Semitism「反セム主義」と言うのはそのためである。つまり、反ユダヤ主義は、キリスト教徒と信仰を異にするユダヤ人に対する差別と同時に、アジア人に対する人種差別をも内包している。同様に、パレスチナの地にユダヤ人国家の建設を企図したシオニストのユダヤ人たちは、自らをヨーロッパ人と見なし、パレスチナ先住民を遅れたアジア人と見なす、レイシズムに浸潤された近代ヨーロッパのオリエンタリズムのまなざしを共有していた。

（13）サラ・ロイ「ホロコーストとともに生きる――ホロコースト・サヴァイヴァーの子供の旅路」岡真理訳、『みすず』二〇〇五年三月号、二四頁。

（14）石原吉郎『望郷と海』みすず書房、二〇一二年。第二次インティファーダで殺された最初の死者たち一〇〇人の名前と遺影、生前をしのぶ形見の品の写真、そして遺族から聞きとりをしたそれぞれのライフストーリーを収めたアーディラ・ラーイディ『シャヒード、100の命――パレスチナで生きて死ぬこと』（註（2）参照）は、石原がここで述べている思想の実践的営みにほかならない。

3　イメージ、それでもなお

一九七二年七月、ベイルートで一人の作家が暗殺される。ガッサーン・カナファーニー、三六歳。十二歳で故郷を追われ難民となったこのパレスチナ人作家は、その早すぎる死を予感していたかのように数多くの作品を書き遺した。そのなかに、いかなる暴力がパレスチナ人を難民としたのか、難民となるとは人間、とりわけパレスチナ人にとっていかなる出来事であったのかを描いたいくつかの作品がある。難民の作家が、自身や同胞が被った出来事を小説に描く、それはとりたてて不思議なことではないと思われるかもしれない。だが、実はそんなにも自明なことではない。

閉じてゆく世界の中で

一九八二年六月、イスラエルはレバノンに侵攻、首都ベイルートを空爆する。当時、ベイルートに拠点を置いていたＰＬＯ（パレスチナ解放機構）は撤退を余儀なくされ、ＰＬＯとともにフェダーイーン(1)（解放戦士たち）が立ち去ったイスラエル軍占領下のベイルートで、九月十六日から十八日にかけて、サブラーとシャティーラの両パレスチナ難民キャンプにイスラエル軍と同盟していたレバノンの右派民兵らが侵入し、難民二千数百名が虐殺されるという出来事があった。

事件から二〇年目の二〇〇二年九月、私はレバノンを訪れ、シャティーラで、虐殺犠牲者の遺族たちに会い、その証言を聴いた。難民となって三十余年、異邦の難民キャンプで泥土にまみれながら故郷へ帰ることを切望しながら生きてきた人々は、九月のその日、キャンプの狭い路地に追い詰められ、鉈や斧で、首を、からだを、斬り殺されたという。当時五歳だった青年は眼の前で父親をふくむ男性親族十五人を殺された。彼らがどのように殺されたのか、言葉少なに語る彼に私は重ねて問うことができなかった。すでに嫁いでいた彼の姉は、赤ん坊を宿していた腹を切り裂かれ、子宮から引きずり出された胎児とともに殺された。私が聴きえたこと、彼らが語りえたこと、それは、あの九月の三日間、シャティーラが目撃した無数の悲劇の一部に過ぎない。

サブラーとシャティーラの虐殺事件が起こる前にベイルートを退去したパレスチナ人の詩人マフムード・ダルウィーシュ（一九四二～二〇〇八年）――彼もまた、パレスチナの内と外で難民として生きてきた者だった――はこの出来事を次のような詩に表している。

大地がぼくらに閉じてゆく。最後の小路へとぼくらは追いたてられ、通り抜けようとしてぼくらは四肢を、五臓六腑をちぎり捨てる

大地がぼくらを圧し潰す。ぼくらが大地に実る小麦であったなら、死してのち、ふたたび生きられるのに。大地が母であったなら

ぼくらを慈しんでくれるのに。ぼくらが岩に嵌め込まれた像であったなら、夢が運び去ってくれるのに

いくつもの鏡。ぼくらは見た、魂を守らんとして最後のときに、ぼくらの最後の者の手にかかり殺められることになる者たちの顔を

彼らの幼子がやがて迎えるであろう祝いにぼくらは涙した。ぼくらは見た、最後の宙の窓から、ぼくらの赤ん坊を投げ捨てようとする者たちの顔を。いくつもの鏡、ぼくらの星がそれを磨くのだ

最後の境界が尽きたあと、ぼくらはどこへ行くのか。最後の空が尽きたあと、鳥たちはどこを飛ぶのか。最後の大気が尽きたあと、草花たちはどこで眠るのか

深紅に染まった蒸気でぼくらは自らの名を記す

聖なる国歌の掌をぼくらは切り落とす、自らの肉でその歌を完成させるために

ここで、ぼくらは死ぬ。ここ、最後の小路で。ここに、そしてまたここに、ぼくらの血がオリーヴを植えるのだ

「大地がぼくらに閉じてゆく」

サブラーとシャティーラで虐殺が起こる六年前の一九七六年、東ベイルートにあったタッル・エル

＝ザァタル難民キャンプでは、レバノン右派による半年間におよぶ攻囲の末に、八月十二日、住民四千人が虐殺されている。さらに八二年の虐殺から二〇年ののちには、二〇〇〇年九月に始まり四年四ヶ月におよぶ第二次インティファーダで、占領下パレスチナの住民たち三千人の命が奪われた。一九八二年のサブラーとシャティーラの出来事自体が、この六〇年間、パレスチナ人がパレスチナの内と外で経験する無数の悲劇、無数の虐殺の再来であり、それは、未来においてもまた、いくたびとなく反復されることになる。

なぜ、繰り返し、大地は彼らの上に閉じてゆくのか。なぜ、彼らは繰り返し、閉じゆく世界のなかで圧殺され続けなければならないのか。なぜ、赤ん坊は安らかに眠る母の子宮から、光に満ちた生の世界ではなく、閉じゆく世界の最後の宙へと放擲されなければならないのか。詩人は言う、それは彼らが、その大地に種を宿し芽吹いた小麦ではないから。その大地から生まれ、その大地に帰る者たちではないからだと。彼らは難民だった。自らの母たる大地から根こそぎ引き剝がされた者たちだった。そして、彼らが大地から引き剝がされ「難民」となったのも、今から六〇年前、彼らを襲った悲劇、パレスチナから彼らを排除すべく実行された、虐殺をはじめとする「民族浄化」の結果だった。

ナクバ——大いなる禍い

一九四八年、パレスチナにユダヤ人国家イスラエルが建国された結果、それまでこの地に暮らしていたパレスチナ人先住民百数十万人のうち八〇万もの人々が故郷を追われ、当時、ヨルダンに併合されたヨルダン川西岸やエジプト領となったガザ地区をはじめ周辺アラブ諸国で難民となった。六〇年後の現在、国連に難民登録されているパレスチナ人の数は約四六〇万。[2] パレスチナ難民は現代世界で最長、最大の難民問題を構成している。

イスラエルの歴史家イラン・パペは、その著書『パレスチナの民族浄化』(*The Ethnic Cleansing of Palestine*, 2006) において、一九四八年における八〇万ものパレスチナ人の難民化が、ユダヤ人国家の樹立を契機とするイスラエルとアラブ諸国のあいだの戦争(第一次中東戦争)に付随的に生じた出来事ではなく、十九世紀末以来の、パレスチナにおけるユダヤ人国家建設というシオニズムのプロジェクトの実現に不可欠の要素として、パレスチナ人住民に対し計画的かつ組織的に実行された民族浄化であったことを実証的に明らかにしている。

一九四七年十一月、先住民であるパレスチナ人の意志に反して――さらに言えば、あまり知られていないことだが、分割案を多角的に検討し、これを「法的には違法、経済的には持続不可能、政治的には不正」とした国連Ａｄ-Ｈｏｃ委員会の結論も無視して[3]――国連総会はパレスチナ分割案を可決する(国連総会決議一八一号)。これによって、パレスチナにおける人口の三分の一(約六〇万人)、パレスチナ全土の土地の六パーセントしか所有していなかったユダヤ人に対し、五二パーセントの土地がユダヤ人国家の領土として与えられることになった。だが、この分割案によれば、ユダヤ人国家は四〇万ものパレスチナ人をその内部に包摂することとなり、ユダヤ人は人口的に多数派を構成するとはいえ、ユダヤ人国家全人口の五五パーセントを占めるに過ぎなかった。パペによれば、のちにイスラエル初代首相となるベン＝グリオンはこのとき、「ユダヤ人の人口がわずか六〇パーセントでしかないならば、安定的かつ強力なユダヤ人国家たりえない」と語り、翌四八年、新たなユダヤ人国家においてパレスチナ人の人口が確実に二〇パーセントを割るよう、パレスチナ人の民族浄化を教唆した。その結果、先住民をユダヤ人国家の領土から排除すべく計画が立てられ（D計画《ダーレト》）、わずか半年のあいだに、十数万のパレスチナ人を残して、イスラエル領となるパレスチナから八〇万ものパレスチナ人が一掃されたのだった。

これによって難民となったパレスチナ人の多くが農民だった。パレスチナの大地に深く根ざして生きてきた彼らは、その大地から根こそぎにされ、異邦の難民キャンプに放擲されたのだった。土地と、土地に根ざした生活のすべてを奪われた彼らは、以来、世界に離散し、難民たちの多くは今日まで人権の彼岸に遺棄されている。パレスチナにとどまった者たちもまた、ユダヤ人国家における非ユダヤ人としてさまざまな差別と迫害にさらされる。また、ヨルダン川西岸とガザ地区は一九六七年以来、イスラエルの軍事占領下におかれ、その住民たちは二〇〇〇年九月以降、イスラエル軍侵攻下で日常と化した例外情況のなかを生きることになる。境遇の違いはあれ、六〇年後の今日まで世代を越えて続いているパレスチナ人の果てることのない苦難の根源には一九四八年の悲劇がある。この悲劇をパレスチナ人は「ナクバ」*al-Nakba* と呼ぶ。アラビア語で「大いなる禍い、大破局」を意味する言葉である。

記憶の非対称性

だが、それにしても、私たちのいったいどれだけの者が、この「ナクバ」という言葉を知っているだろうか。私たちが「ナクバ」を知らないということは、単にその言葉を知らないというだけにとどまらない。それは、「パレスチナ問題」と呼ばれる問題の歴史的根源に、彼らが「ナクバ」と呼ぶ出来事があるということ、すなわち、シオニズムによって、パレスチナの地に可能な限り純粋なユダヤ人国家の創設が目指されたことで、その地に生きるユダヤ人ならざる者たちが民族浄化の暴力の犠牲となったこと、レイシズムにもとづくこの歴史的不正こそが「パレスチナ問題」の核心に存在するという事実、そして、現在生起する問題のすべてがその歴史的不正に根ざしているという事実を知らないということだ[4]。

一方、私たちの多くが「ホロコースト」という言葉を知っている。そして、それが、いかなる出来事であったのかということも。また、その出来事をヘブライ語で「ショア」と呼ぶということさえ知っている者たちもいる。だが、ナクバについて知る者は少ない。ホロコーストが現代世界で広く記憶されるのに対して、なぜ、ナクバはそうではないのだろう。ホロコーストとナクバの、私たちの記憶をめぐるこの違いはいったいどこから来るのか。

そのように問うこと自体、多くの者にとっては訝しいことかもしれない。なぜなら、ホロコーストが現代世界に生起した未曾有の悲劇であるのに対して、ナクバは、パレスチナという中東の一地域でアラブ人が経験した出来事なのだから、それについての私たちの記憶が質量ともにホロコーストの記憶とつりあわないのは当たり前ではないかと。

だが、私たちがもし、そのように、この二つの出来事をめぐる私たち自身の記憶のありようの違いを自明のものと考えるとすれば、それは、ヨーロッパでヨーロッパ人が体験する出来事であれば世界で共有されるべき、人間にとって普遍的な出来事であると見なすのに対し、中東世界でアラブ人の身に起きることはそうではない特殊な出来事であると見なしているということだ。これこそ、世界を西洋（ヨーロッパ）と非西洋（オリエント）という非対称的な二つの世界に二分する思考様式――オリエンタリズム――に私たちがいかに根深くからめとられているかの証左であるだろう。だから、二〇〇一年九月十一日、ニューヨークとワシントンで起きた出来事は「人類の歴史に刻まれた悲劇」――9・11の直後、そのような言葉で事件を伝えたメディアがあった――として世界的に記憶される一方で、一九八二年九月、サブラーとシャティーラで二千数百名のパレスチナ人が虐殺された出来事は「パレスチナ人の悲劇」とされて、私たちの記憶の対象とはならない。近代における植民地主義の犯罪性に対する認識がいまだ普遍的なものとして共有されず、それに対する十分な謝罪や反省が行われないということにも、これと同じオリエンタリズムを指摘できる。パレスチナというアジアの地に、先住民から土地を奪って排他的なヨーロッパ・ユダヤ人の国を建設するというシオニズムのプロジェクトが、その実践においてまぎれもない植民地主義であったことがいまだ認識されないのは、こうしたオリエンタリズムが私たちの思考を幾重にも規定しているからであると言える。

ナクバが中東という一地域の出来事であるにしても、現代世界における中東地域の重要性、なかんずくパレスチナ問題が中東地域のみならず現代世界においてもつ重要性については論を俟たない。また、パレスチナ難民の問題が現代世界で最大、最長の難民問題であるとすれば、同時代に生きる者として私たちは、現代世界の問題の要であるパレスチナ問題について正しい認識をもつことが必要とされているはずだ。だが、問題は単にそれだけではない。

ナクバとホロコーストは、もちろん同じ出来事ではない。しかし、ナクバという出来事の根底にはホロコーストと同根の論理、レイシズムの論理がある。ホロコーストがヨーロッパにおいて、ユダヤ人がキリスト教徒ヨーロッパ人の人種的他者「セム人」とされ、キリスト教徒と対等な人間的権利を否定された出来事であったように、ナクバとは、パレスチナにおいて、イスラーム教徒とキリスト教徒のパレスチナ人が、ユダヤ人の人種的他者「アラブ人」とされ、ヨーロッパ・ユダヤ人と対等な人間的権利を否定された出来事である。ホロコーストという出来事が現代世界に生きる人間にとって普遍的な意味をもつとしたら、それは、アウシュヴィッツの解放記念日に繰り返し誓われているように、このような出来事を二度と繰り返さないという思いを私たち一人ひとりが分かちもつということであるだろう。このとき、ホロコーストを二度と繰り返さないとは、単に、ユダヤ人の身に同じことが二度と起こらないことだけを意味するものではないはずだ。ユダヤ人であろうと誰であろうと、このようなレイシズムの暴力、民族浄化の暴力は起きてはならない、ということであるにちがいない。しかし、私たちがナクバを知らないということは、ホロコーストにおけるレイシズムと同様の論理が、ヨーロッパでユダヤ人がナチズムから解放されたそのわずか三年後、パレスチナにおいて反復され、八〇万ものパレスチナ人に対する民族浄化の暴力として顕現したという事実を私たちが知らないということであり、それは、現代世界の歴史およびホロコーストという出来事に対する私たちの認識に、何かとんでもない過誤があるということ、そして、そのことに私たちが気づいていないということを意味しているのではないだろうか。

イメージの不在

ホロコーストとナクバをめぐる私たちの記憶のありようの違いは、先に指摘した、私たちの世界認識を根深く規定するオリエンタリズムだけでなく、ほかにもいくつかのレベルでさまざまな原因が考えられる。たとえば表象という次元において、ホロコーストに関しては、それを人間の具体的な「物語」として表象する数多くのイメージが存在するが、ナクバはそうではない。

たとえば「ホロコースト」と聞いて、『アンネの日記』や『シンドラーのリスト』『戦場のピアニスト』といった映画の名前が、多くの者の口からすぐさま挙がるにちがいない。いずれの作品もアカデミー賞という付加価値がついて[5]世界的に配給され、現在ではDVDとなり大衆規模で消費されている。

一方、ナクバについては、表象が必ずしも存在しないわけではない。近年、ナクバを直接体験した世代の老齢化にともない、彼らの記憶を保存すべくオーラル・ヒストリーの収集が以前にも増して積極的に取り組まれており、難民たちの証言をまとめた英語の書籍が出版されたり、インターネットで証言を聴くこともできる。それらは、人間の物語として、私たちがナクバという出来事に出会うことを可能にしてくれる。しかし、たとえばマスメディアがホロコーストを描いた映画を大々的に宣伝することで、私たちはホロコーストを知らなくても、茶の間にいながらにして情報が向こうからやってきて、私たちの関心を煽り立てるのに対し、ナクバについては私たち自身がそれを知ろうと思い立って自発的に探そうとしない限り、その表象の存在自体を発見することはできない。さらに、そうした表象の大半が英語であり、それらを理解できるのは、この社会のごく一部の者に限られるだろう。

パレスチナ問題に関しては数多くの書物が存在し、それらは日本語でも読める。だが、それを人間の物語として表象したもの、とりわけナクバの「イメージ」は、日本にも世界にも、致命的なまでに存在しない。ホロコーストとナクバの、この「イメージ」をめぐる圧倒的な差異の原因は、ひとつにはホロコーストが、そのトラウマを今日まで癒しがたく抱え持つ人々が多数いて、その意味では、それを体験した者たちにとって出来事は決して終わってはいないにしても、ナチスによってユダヤ人の絶滅が目指された出来事としては六〇年前にすでに完了したものであるのに対して、ナクバの暴力は、難民たちの身に繰り返し生起する虐殺が物語っているように、パレスチナ人の生において今日にいたるまで現在進行形で継続しているということにある。出来事との時間的懸隔は、それを体験した者にとって、また体験しなかった者にとって、それがいかなる出来事であったのかについての知と認識を多角的かつ多元的に深めさせ、それを、たとえば小説という表象にまで練り上げるのを可能にするが、当事者であるパレスチナ人には、その時間的懸隔が存在しないのである。

すでに見たように、ナクバの暴力をもっとも深く被った犠牲者たちとその子孫の多くは、今日なお異邦の難民キャンプで、ナクバがもたらした悲劇の結果をその身に被りながら日一日をようやく生き延びている。この六〇年という歳月の折々、子や孫にナクバの記憶を私的に語り伝えたとしても、それを第三者に向けて表象する術も余裕も、これらの者たちにはなかった。他方、高等教育を受け、言説の社会的流通に参与できるだけの文化的、社会的資本をもつ者の多くは――これは私自身、シャティーラ・キャンプを訪れて実感したことであるが――同胞が被る民族的苦難を物語として小説に表象することよりも、今、自分の眼の前で苦闘している、今日を生き延びることに必死な同胞たちを社会的に支えることに自らのもてるすべてを捧げているのだった。そして、たとえ彼らが同胞の苦難を表象するにしても、暴力が現在進行形で継続する事態のなかでは、今、生起している度し難い暴力を訴えることがまず優先されることになる。切迫した事態のなかでは「今、ここ」の現実を世界に知らしめることこそが何よりも緊急の課題であり、現在の暴力の根源にある過去の出来事にまで遡ってそれを表象する――ましてや、物語として小説に表象する――時間も余裕も、暴力の現在を生きる彼らには、ない。

たとえば、一九七六年のタッル・エル＝ザァタルの虐殺を七年の歳月をかけて小説『鏡の目』(*'ain al-mir'a* 一九九一年)に描いた、リヤーナ・バドル(一九五〇年〜)というパレスチナ人の小説家がいる。一九六七年の第三次中東戦争で故郷エルサレムを追われた彼女は、ヨルダン、レバノン、シリア、チュニジアと転々としたのち、オスロ合意によって一九九四年、四半世紀ぶりに、パレスチナ自治政府管轄下のヨルダン川西岸の街ラーマッラーに「帰還」した。「帰還」に留保をつけるのは、ラーマッラーが彼女の故郷ではないからだ。彼女は真の故郷であるエルサレムを訪ねることはできても、そこに永住することは依然禁じられているのである。二〇〇〇年六月、私がパレスチナを訪れた際に会った彼女は、タッル・エル＝ザァタルの虐殺を書いた者として自分には、この虐殺を生き延びた主人公のその後、すなわち、その六年後に彼らを襲うことになるサブラーとシャティーラの虐殺について書く責務があると思うが、占領下の「今、ここ」の現実があまりに重たくて、過去の出来事になかなか向き合えないでいると語っていた。あまりに重い「今、ここ」の現実に対する占領下住民の鬱積した思いはそのわずか三ヶ月後、第二次インティファーダとなって爆発する。二〇〇二年四月、イスラエル軍が侵攻するインティファーダさなかの西岸を再び訪れたとき、バドルは「人はつねに小説家でいるわけにはいかない。ジャーナリストたらざるをえないときもある」と語り、「今、ここ」の現実を描いて伝えるべく、ヴィデオ作家となっていた。一九九八年、ナクバから半世紀におよぶパレスチナ難民の歴史を描いたアラビア語小説『太陽の門』（*bāb al-shams*）がベイルートで出版されるが、著者エリヤース・ホーリーがパレスチナ人ではなく、レバノン人作家であるということは示唆的である。[6] 訪れるたびに最悪の情況を更新し続けている占領下パレスチナの現実を考えるならば、そこに生きるパレスチナ人自身が、「今、ここ」の暴力的な現実から物理的にも精神的にも解放されて、六〇年前のナクバの暴力を小説に表象することは、幾重もの困難にはばまれていると言わざるを得ない。

イメージの不在は人間に何をもたらすのだろう？ イランのモフセン・マフマルバフ監督の映画『カンダハール』（二〇〇一年、イラン／フランス）は、米国によるアフガニスタン空爆という事態と重なったために、ターリバーン政権下のアフガニスタンのようすを描いた作品として世界的な関心を呼び、作品はアメリカの『タイム』誌で二〇〇一年度のベストワンに選ばれ、ユネスコの「フェデリコ・フェリーニ」メダルを受賞するなど、国際的に高い評価を得た。銀座の丸の内ルーブルで開かれた試写会には大勢の人がつめかけ、テレビの報道陣もいた。だが、もし、9・11という出来事がなく、アフガニスタンに対する空爆もなかったならば、この作品は果たして、このような注目を浴びただろうか。おそらくはマフマルバフ監督のほかの作品と同じように、優れた作品でありながらイラン映画であるということで、小さな映画館でひっそりと短期間上映され、一部の映画ファンだけが記憶にとどめる作品となっていたのではないか。事実、9・11以降の国際的評価とは裏腹に、9・11以前に国際映画祭で上映されたときには、ブルカをスペクタクルとして撮っていることが批判されてもいるのである。

マフマルバフがアフガニスタンを撮ろうと思いたったのは、9・11以前のことだ。9・11が起こる前、アフガニスタンは世界から忘れ去られた国だった。世界から忘れ去られた国で、一〇〇万もの人々が飢餓に喘いでいた。だからこそ、そのアフガニスタンのためにマフマルバフは映画を撮ろうと決意したのだった。だが、マフマルバフが撮ったのは、国際社会にアフガニスタンの飢餓をアピールし、国際的なキャンペーンを惹起するために、悲惨な現状をつぶさに描いたドキュメンタリーではなかった。マフマルバフにとってアフガニスタンが今いちばん必要としているもの、それは何よりもまず「イメージ」だった。イメージのないこの国に「イメージを与えること」、それが、マフマルバフが『カンダハール』で意図したことだった。だから、作品では、空から義足が降り注ぎ、何色もの色鮮やかなブルカが砂漠を彩り、ファンタジックなイメージがスクリーンを満たすのである。

世界から忘れ去られ、苦難に喘ぐ人々がもっとも必要としているもの、言い換えるならば、世界に自らの存在を書き込み、苦難から解放されるために致命的に必要とされるもの、それは、「イメージ」である。他者に対する私たちの人間的共感は、他者への想像力によって可能になるが、その私たちの想像力を可能にするのが「イメージ」であるからだ。逆に言えば、「イメージ」が決定的に存在しないということは、想像を働かせるよすがもないということだ。

世界から忘れ去られていたアフガニスタンと違って、パレスチナ問題はマスメディアによる報道もあり、パレスチナにイメージがないわけではない。だが、その多くは、イスラエルによるユダヤ人のイメージ、イスラエルによるイスラエルのイメージ、そして、イスラエルによるパレスチナのイメージではないだろうか。たとえば『栄光への脱出』『シンドラーのリスト』『祖国へ――ホロコースト後のユダヤ人』など[7]私たちは、さまざまな映画を通して、イスラエルという国が、ホロコーストを生き延びたユダヤ人が希望を託した祖国であるというイメージをもっているが、これは、イスラエルのナショナル・イデオロギーであるシオニズムにおけるイスラエル像にほかならない。さらに私たちは、二千年前まで、ユダヤ人がパレスチナの地を故郷としていたというさまざまなイメージを持っているが、パレスチナ人がパレスチナを故郷としていかに生きていたかについては、ほとんどイメージをもっていないのである。

一九四八年十二月、国連総会決議一九四号は、イスラエル建国によって難民となったパレスチナ人の即時帰還の権利を確認する。だがイスラエルは建国直後から、難民の帰還を阻止するために、彼らがあとにした五〇〇以上もの村を物理的に破壊し、今日まで一貫してパレスチナ人の帰還の権利を否認してきた。パレスチナ人が帰還すれば、民族浄化によって彼らが実現したユダヤ人人口の安定的優位が維持できなくなるからだが、問題はそうした次元にとどまらない。

イスラエル国家によるパレスチナ人の帰還権の否認について、パペは次のように論じている。

イスラエル政府の側が、〔和平交渉において、パレスチナ人の〕帰還権についていかなる議論であれ、これを情け容赦なく禁じようとする背景には、一九四八年について論争が起こることに対する根深い恐怖がある。パレスチナ人に対するその年のイスラエルの「処遇」は、シオニズムのプロジェクト全般の倫理的正統性について厄介な問いを提起することになるはずだからだ。それゆえイスラエルにとっては、強力な否認のメカニズムが機能し続けることが決定的に重要となる。和平プロセスにおけるパレスチナ人の対抗的主張を無効にするためでもあるが、それよりはるかに重要なことには、シオニズムの本質と倫理的基盤をめぐるすべての意味ある議論を挫くためにほかならない。

パレスチナ人をイスラエルの行為の犠牲者と認めることは、少なくとも二つの点においてイスラエル人を深く悩まさずにはおかない。このような形で承認することは、一九四八年のパレスチナの民族浄化という事態によってイスラエルが有罪を宣告される、そのような歴史的不正に直面することを意味する。それは、イスラエル国家の創設神話そのものを疑問に付し、国家の将来に必ずや影響を与えずにはおかない無数の倫理的問いを提起することになる。(8)

パレスチナ難民が今はイスラエルとなったパレスチナに帰還する権利を有すると認めるということ、それは、彼らがユダヤ人国家イスラエルの建国に先立って、先住民としてその土地に暮らしていたことを認め、その土地に対して彼らが権利を持っていると認めることである。そして、彼らがイスラエルの建国により、自らの意志に反して故郷を追われ難民となったということを認めることである。言い換えるなら、イスラエル国家が、先住民に対する民族浄化、すなわちレイシズム——ヨーロッパのユダヤ人が犠牲になったのとまさに同じ暴力——によって成立したという事実を認めることだ。パレスチナ人の帰還権をイスラエル国家が否認し続けるのは、ユダヤ人国家におけるユダヤ人人口の優位性確保というプラグマティックな理由と同時に、パレスチナ人の権利を認めるということが彼らを民族浄化という暴力の犠牲者として認めることにほかならないがゆえに、ホロコーストの犠牲者ということでイスラエルが自らに担保し続けるユダヤ人国家の倫理的正統性の基盤それ自体を根源的に瓦解させずにはおかないからである。

したがって、イスラエルの国民的記憶において、パレスチナにおける先住民の存在とその歴史、そして「ナクバ」は一貫して抑圧されることになる。パレスチナ人住民がいなくなった家々はダイナマイトで爆破され、村々はブルドーザーで破壊されて物理的に抹消されたのみならず、アラビア語の地名はヘブライ語の名前に置き換えられることによって、地図からもその歴史的な存在の痕跡が抹消された。パペによれば、イスラエルにある森林の九割はイスラエル建国後に植林されたものであり、植えられたのは、パレスチナの自然の植生とは異質な松や杉などの針葉樹であるという。パペはそこに、ヨーロッパ的外貌のユダヤ人国家を築こうとするシオニズムの欲望を看取している。広大な国立公園の案内には無人の荒野に植林したと記されているが、現実には、これらの木々の下には、破壊されたパレスチナ人の村々が埋められている。村の外延を縁取っていたサボテンや、果樹園のオリーヴ、アーモンドの木々も倒され、その上に新たな木々が植林されたのだった。国立公園の建設は、難民たちの故郷への帰還を物理的に不可能にするためであると同時に、故郷の村というパレスチナ人の集合的記憶の場そのものを針葉樹林というヨーロッパ的外観の異質な風景に置換することで、パレスチナ人がナクバの記憶も、ナクバ以前のパレスチナの記憶も、そこで想起し記念することを不可能にするためのものである。パペはこれをナクバのメモリサイド——記憶の抹殺——と呼ぶ。

私たちがナクバを知らないということは——ナクバの表象それ自体が寡少であるにしても——私たち自身の意図はどうあれ結果的に、ナクバの、すなわちパレスチナ人の民族浄化の、記憶の抹殺《メモリサイド》に加担していることになる。逆に言えば、私たちがナクバについて知るということは、現在なお継続する、このメモリサイドの暴力に、小さな、しかし致命的な一石を投じることである。私たちが事実を知っても、ナクバの悲劇それ自体は取り返しがつかない。しかし、かつて彼らに振るわれた暴力がまぎれもない不正義であったことが広く認められ、その歴史的不正の結果を今日まで生きることを強いられている者たちが、これまで否定されてきた人間としての尊厳を回復するための、それは、不可欠で、大切な、一歩なのである。

イメージ、それでもなお

ナクバを表象することの、とりわけパレスチナ人難民自身がそれを表象することの困難と、その表象が現代世界においてはらみもつ幾重もの思想的意義について考えれば考えるほど、ナクバからまだ十年とたたない、その悲劇の直接的な影響のなかで人々が苦闘していた当時、パレスチナ人にとってナクバとはいかなる出来事であったのかを、自身、難民であった作家ガッサーン・カナファーニーが、人間の物語として、小説作品に描き残しているということが、何かとてつもなく稀有な、奇蹟のように思えてならない。

一九三六年、英国委任統治下のパレスチナの、地中海岸の都市アッカーで弁護士の家庭に生まれたカナファーニーは、一九四八年、ユダヤ人国家の建国により、十二歳で難民となった。ダマスカスの難民キャンプで苦学したのち、五六年、クウェイトへ渡り、国連パレスチナ難民救済事業機関が運営する学校で美術の教鞭をとる傍ら、ジャーナリズムの世界に入り、六〇年、ベイルートへ。そこで、ジャーナリストとして健筆をふるいながら、同時に、PFLP（パレスチナ人民解放戦線）のスポークスパースンとして活動するが、七二年五月にイスラエルのロッド空港で起きた日本赤軍による機関銃乱射テロについてPFLPが犯行声明を出した数週間後の七二年七月八日、イスラエルの情報機関が自動車に仕掛けた爆弾によって幼い姪ラミースとともに暗殺される（イブラーヒーム・ナスラッラーの小説『アーミナの縁結び』がカナファーニーに捧げられたオマージュであるとすれば、イスラエルの狙撃兵に射殺される、主人公ランダの双子の妹の名がラミースであるのは偶然ではないだろう）。

三六歳で亡くなるまで、カナファーニーは、ナクバによってパレスチナを追われ、異邦で難民として生きる同胞たちの生の経験をこそ、ひたすら小説作品に形象化し続けた。いまだ完了せぬナクバのその後を生きる難民たちの生を、それが生きられているまさにそのときに小説に描いた、同時代の稀有な証言であった作品はやがて、カナファーニーの作家的成熟とともに、難民という実存から、人間の生と祖国のありかたを根源的に問うものへと深化してゆく。だが、その未来における思想的投企は、作家の早すぎる死によって、突然、絶たれたのだった。カナファーニーの暗殺は、ロッド空港での日本赤軍によるテロルに対する報復とされているが、PFLP幹部の中でカナファーニーが標的となったのは、イスラエルによるナクバのメモリサイドに対して、カナファーニーがペンによって、ナクバの記憶を、そして、世界から忘却されたパレスチナ人の生を鮮烈に描くことで、パレスチナ人のイメージを世界の記憶に刻みつけようとした作家であったからにちがいない。

(1)「フェダーイーン」は、「解放戦士」を意味するアラビア語「フェダーイー」の複数形。女性の解放戦士は「フェダーイーヤ」。

(2) 国連パレスチナ難民救済事業機関（UNRWA）のHPより。http://www.un.org/unrwa/refugees/whois.html

(3) 国連はパレスチナ分割案を総会にかけるにあたって、特別委員会を設置、特別委員会は分割案を多角的観点から検討に付すためAd-Hoc委員会を設置した。法的、経済的、政治的観点から分割案を検討したAd-Hoc委員会は、(1)国連による委任統治の目的はパレスチナの将来的独立であり、パレスチナにヨーロッパのユダヤ人の国を建設することは委任統治の目的に反し、国連憲章、国際法に違反している、(2)分割案のような分割ではアラブ国家は経済的に持続不可能である、(3)ヨーロッパのユダヤ人難民問題は関係当事国によって可及的速やかに解決されなければならないが、それをパレスチナに肩代わりさせるのは不正であるとし、分割案は「法的には違法、経済的には持続不可能、政治的には端的に不正、このような分割は機能しない」と結論している。しかし、特別委員会はAd-Hoc委員会の結論を無視し、分割案を可決、合州国の圧力により総会でも可決された。六〇年後のパレスチナの現実は、国連Ad-Hoc委員会の結論がいかに正しかったかを証明している（奈良本英佑「ピール分割案から181号へ」、二〇〇七年十二月一日、京都大学アジア・アフリカ地域研究研究科主催「国連パレスチナ分割決議案〈再考〉——60周年を機に」における報告より）。

(4) ナクバから六〇年目の二〇〇八年、フォト・ジャーナリストの広河隆一が監督したドキュメンタリー映画『パレスチナ1948・Nakba』（二〇〇八年）が公開されたことで、日本でも「ナクバ」という言葉がメディアに流通するようになり、それなりに認知されるようになった。とは言え、「ナクバ」という言葉が知られるようになったとは言っても、パレスチナ問題や映画に関心のある一部の者たちに限られているのも事実である。

(5) たとえば『シンドラーのリスト』（一九九三年、監督スティーヴン・スピルバーグ）は監督賞・作品賞のほか七部門、『戦場のピアニスト』（二〇〇二年、監督ロマン・ポランスキー）は監督賞をふくめ三部門、『アンネの日記』（一九五九年、監督ジョージ・スティーヴンス）は助演女優賞をはじめ三部門でアカデミー賞を受賞している。

(6) こうした視点に立てば、パレスチナ問題の根源に迫るドキュメンタリーを撮ったのが、「日本人の」広河隆一であったことは、決して偶然ではない。

（7）『栄光への脱出』（一九六〇年、監督オットー・プレンジャー）、『祖国へ——ホロコースト後のユダヤ人』（一九九七年、監督マーク・ジョナサン・ハリス）

（8）Iran Pappe, *The Ethnic Cleansing of Palestine*, Oneworld Publications, 2006, p.245.

4　ナクバの記憶

私たちが書かない物語の運命がどうなってしまうか、あなた、分かっていて？
それは敵のものになってしまうのよ。
イブラーヒーム・ナスラッラー『アーミナの縁結び』

ラムレの証言

ナクバから十四年後の一九六二年、ガッサーン・カナファーニー二六歳のときにベイルートで刊行された二作目の短編集『悲しいオレンジの実る土地』には、彼がまだダマスカスにいた一九五六年からクウェイトを経てベイルートに渡ったのちの六二年まで、六年間にわたって書き継いだ十一の作品が収められている。そのなかに、ナクバの出来事それ自体を描いた印象深い二つの短編、「ラムレの証言」（waraqa min ramleh）と表題作「悲しいオレンジの実る土地」（arḍ al-burtqāl al-ḥazīn）がある。

一九五六年、クウェイトでカナファーニー二〇歳のときに書かれた「ラムレの証言」は、一九四八年、パレスチナ人を襲ったナクバの悲劇を、ラムレの街を舞台に描いた作品である。「リッダとともに、一九四八年のアラブ諸国とイスラエルの戦争のさなかにラムレの街とその住民たちを見舞った運命は、パレスチナ人をより広範に襲った悲劇のミクロコスモスであった(1)」とすれば、カナファーニーがラムレを選んだのは決して偶然ではない。

地中海岸のヤーファーと内陸のエルサレムの中間に位置し、古来より交通の要衝として栄えたラムレは、隣接するリッダとともに一九四七年の分割案ではアラブ人国家の領土とされていた。イスラエル建国後の一九四八年七月、この二都市に対し攻撃命令が下される。リッダは空爆され、市街では略奪と殺戮が起こる。ダハミシュ・モスク周辺では子どもも含め四二六名もの男女が殺され、イスラエル軍から安全を保障されてモスクに避難していた者たち一七六名も殺された。リッダが制圧された七月十四日、イスラエル軍はラムレの街に入る。「年齢を問わず直ちに追放せよ」、それが、二都市の住民に対する首相ベン＝グリオンの命令だった。かくして五万人もの住民が着の身着のまま七月の炎天下、ヨルダン領に向けて街を追放された。その半数がすでに近隣の村や街を追われて両市に避難していた者たちだった。リッダでは住民一千名あまりを残し一万一千名が、ラムレではわずか四〇〇名を残して一万五千名の住民たちが追放された。その人々をさらなる悲劇が襲う。わずかに身につけていた貴重品もユダヤ人兵士に強奪され、炎天下の徒歩の旅、力尽きた者たちはその途上で次々に斃れていった。西岸に向かう道には、男、女、子どもらの無数の遺体が残されたという。イスラエルの歴史家イラン・パペは問う、「ホロコーストから三年後、これらの人々が悲惨な姿で傍らを通り過ぎてゆくのを眺めていたユダヤ人の脳裏にはいったい何が去来していたのか」と。(2)

「ラムレの証言」は次のように始まる。

> ラムレの街とエルサレムを結ぶその通りの両側に、彼らはぼくたちを二列に並ばせ、両腕を頭上で交差するよう命じた。七月《タンムーズ》の太陽からぼくを護ろうと、母さんはぼくの前に立って陰になってくれた。それに気づいたひとりのユダヤ人兵士にぼくは腕をわしづかみにされ、引ったてられて、片脚で立っていろと命じられた。土埃の舞う通りのまんなかで、頭の上で両腕を交差したまま……。(3)

数年後、成長した少年が回想する七月のその日の出来事、ラムレの街の通りに立たされた九歳の少年がそこで目にしえたものが、この短い物語の一部始終である。

少年の幼い目は見つめる、ユダヤ人兵士たちが人々の身から宝飾品を引き剝がすのを、七月の灼けつく太陽の日差しが人々を憔悴させるさまを、そして、老いたアブー・オスマーンの幼い娘ファーティマの頭に銃口がつきつけられるのを。少年は耳にする、その銃口から三発の弾丸が正確な間隔で発射されるのを。作中、幾度も繰り返される「ぼくは見つめていた」という表現。その日の出来事の記憶は幼い少年の目に、耳に、土埃の舞う七月《タンムーズ》の容赦ない暑熱にさらされる皮膚に、そして兵士に殴られた口の中の血の味として、少年の五感に深く宿ることになる。

アブー・オスマーンが幼い娘の亡骸を埋葬しに行っているあいだ、娘の非業の死に泣き崩れた彼の妻は、兵士の命令にも起ち上がることができず、蹴り上げられ、ついには射殺される。娘の埋葬から戻った老人を迎えたのは妻のさらなる死だった。彼は老いた両腕に妻の遺体を抱きかかえ、再び墓地へと向かう。埋葬を終え戻ってきた老人と少年の視線が交錯する。

彼が遠くから戻ってくる姿が見えた。［…］ぼくの真正面にさしかかったとき、彼はぼくを見つめた。まるで今はじめてぼくの脇を通り過ぎるかのように、ぼくが通りのまんなかで、七月の灼け焦がすような太陽の下で立っているのを見た。埃にまみれ、汗にまみれ、唇が裂けて、その上に流れた血が固まっているぼくの姿を。彼はずっと見ていた、喘ぎながら。彼の目はたくさんのことを語っているようだった。ぼくにはその意味が理解できなかったのだけれど。でも、そう感じたのだ。すぐに彼は歩き始めた。ゆっくりと、埃にまみれ、喘ぎながら。そして立ち止まり、顔を通りに向けると、両腕を上げ、宙で交差させた。

やがて少年とその母もまたヨルダン領の西岸に向けて七月の暑熱のなかへと放逐されるが、作品はその旅路の悲惨については何事も語ってはいない。物語は次のように結ばれる。

人々はアブー・オスマーンが望んだように彼を埋葬してやることはできなかった。自分の知っていることを白状すると言ってアブー・オスマーンは、司令官の部屋に行った。そして人々はすさまじい爆音を聞いた。爆発は家を吹き飛ばし、アブー・オスマーンの遺体はばらばらになって瓦礫のはざまに散逸した。

母は人づてに聞いた。ぼくを連れて、ヨルダンを目指して丘陵地帯を越えているときだった。アブー・オスマーンが妻を埋葬する前に店に行ったとき、持って出てきたのは白いタオルだけではなかったのだと。

ラムレの住民たちが死の行軍へと追放される前、イスラエル軍司令部を爆破するという、住民自身によるこの反攻はおそらく現実に生起したものではない。アブー・オスマーンの死は、現代の日本のマスメディアなら「自爆テロ」と呼ぶだろう。だが、彼の行為は決して、家族を殺された男の個人的な報復でもなければ、宗教的熱情に駆られての殉教でもない。それが、魂の尊厳を賭けた人間の最後の抵抗であることを作家は作品にしかと刻んでいる。

彼〔アブー・オスマーン〕はゆっくりと、二つの列のあいだを歩いていった。人々は泣くのを止めた。痛ましい沈黙が、女たち、老人たちの上にたちこめた。まるでアブー・オスマーンの思い出が、人々の内部を執拗に蝕んでいるようだった。〔…〕汗にまみれた彼らの顔は、これらの思い出の重みで押しつぶされそうだった……。母を見やると、両腕を宙に上げ、立っていた、背筋をぴんと伸ば

して、まるで今、起ち上がったみたいに。（強調引用者）

人々が啜り泣くのをやめ沈黙するのは、彼らが、敬愛するアブー・オスマーンを見舞った痛ましい悲劇を彼ら自身の悲劇として共有しているからにほかならない。老人が無言で耐え忍んでいるものを彼らもともに耐える。炎天下に何時間も立たされて、すでにじゅうぶん憔悴しきっているはずの少年の母は、「背筋をぴんと伸ばして、まるで今、起ち上がったみたいに」立って、老人の姿を見つめる。それは、老人が果敢に耐え忍んでいるものに捧げられた敬意の証である。アブー・オスマーンの人間の尊厳を賭けた反攻の意志は、やがて住民一人ひとりの意志として分有されるだろう。カナファーニーが史実にはない文字どおりの虚構で物語を結んだのは、人間が人間であるかぎり、その魂の尊厳を賭けたパレスチナ人の反攻が未来において必至であることを、この若い作家がこのときすでに深く洞察していたからにちがいない。「自分が知っていることを白状するため」li-yaʿtarifa bi-mā yaʿrif という言葉は、アブー・オスマーンが司令部に入室するための口実であるだけでなく、そこには、彼が人間として人間について知るものをその身をもって明かすのだという、彼の反攻の意志それ自体が重ね書きされている。

　ナクバから八年後に書かれたこの作品は、かつてパレスチナ人一人ひとりを固有の形で見舞ったその悲劇が「パレスチナ人」全体の悲劇として、パレスチナ人それぞれに分有されたものであることを描き、やがて未来において、この悲劇の体験が、人間の尊厳を賭けたパレスチナ人の反攻へと転じるであろうことを予言して終わる。「ぼくには理解できなかったけれど」「たくさんのことを語っている」アブー・オスマーンの無言のまなざしを、その意味もわからぬままに記憶に焼きつけることによって、少年はパレスチナ人の反攻の意志の未来における具現を託されたのだと言えよう。遺作となった『ハイファに戻って』において展開される、ナクバという過去の悲劇をパレスチナ人の「未来」への投企に転じる思想は、若きカナファーニーの作品にこのときすでにたしかに書き込まれているのである。

悲しいオレンジの実る土地

故郷を追われ難民となるその前に、いかなる暴力が彼らを襲ったのか、パレスチナ人に「ナクバ」として記憶される出来事を、アブー・オスマーンという一個の人間存在が見舞われる悲劇に凝縮して描いたのが「ラムレの証言」であった。他方、「悲しいオレンジの実る土地」が描くのは、故郷を追われたのちの、難民となったパレスチナ人の姿である。パレスチナ人にとって、とりわけ大地に根ざして生きてきた農民にとって難民となるとはいかなることであったのか。ここでもまた、幼い少年がそのとき体験した出来事が、それから十年あまりがたったのち、成長した少年自身によって語られる。冒頭いきなり、出来事の渦中から物語が始まるのも前作と同じだ。

「ヤーファーを去ってぼくらがアッカーへと向かったとき、そのことにまだ何ひとつとして悲劇的なものなどありはしなかった。ぼくらはまるで、毎年イード〔宗教的な祝祭〕の休暇をどこかよその街で過ごす者たちのようにヤーファーをあとにしたのだった」[4]。しだいに切迫する情況のなかで少年の家族はアッカーへと移るが、幼い少年にことの意味は分からない。だが、アッカーの街がユダヤ軍の大規模な攻撃に見舞われるに及び、一家は慌しくトラックに家財道具を積み込み、一路レバノンを目指す。そのとき、少年もまた深い恐怖に呑み込まれる。

旅の途中、家族は路肩の農夫からオレンジを買う。その実を胸に抱え、女たちは嗚咽し始める。オレンジの実を受け取った「きみの父さん」もまた、その実を黙ったままじっと見つめていると、突然、みじめな子どものようにむせび泣き出したのだった。「そのときだった。ぼくにはオレンジの実が、なにかとてつもなく愛おしいもののように思われてならなかった。この大きな、清らかな実たちが、ぼくたちにとってかけがえのない、何かむしょうに大切なものに思われたのだった」。

国境を越えて、少年たちを乗せた車はレバノンに入る。「夕方、サイダの街に着いたとき、ぼくたちは難民となっていた……」。

だが、人が難民になるとは、単に故郷を離れ、雨露をしのぐ屋根を失うということではない。故郷の大地から引き剝がされ、オレンジに象徴される大地と結びついた生活のすべてを失った人々が、その後いかにして、身も心も真に難民となり果ててゆくのか。「悲しいオレンジの実る土地」という作品が描くのは、人が難民となるということの、人間の実存における意味である。故郷の大地との紐帯を断ち切られた悲劇が、遅効性の毒のように彼らの全身の細胞をじわじわと蝕んでいくようすを作品は描いていく。

一家は金目のものを切り売りしながら糊口をしのぐが、それも尽きたのち、いったい父さんや母さんがどうやって金を工面したのか、幼いぼくには分からない。やがて父さんが待ちに待った五月十五日(5)がやってくる。ユダヤ軍を打ち負かしたアラブ軍の後ろを意気揚々と故郷へ戻るのだと父さんが信じていたその日が。国境を越えて、アラブ軍がパレスチナへと進軍するその車列の傍らを、父さんは気が触れたように走り続ける、息を切らしながら、声を枯らして叫びながら。だが、期待は苦い事実によって裏切られ、父さんはもはやパレスチナのことも、故郷の農園での生活のことも口にしなくなる。

ぼくらは彼のこの新たな人生を支配している巨大な悲劇の壁となっていた。朝、ぼくらに向かって山に行けと彼が命じるのは、朝ごはんが欲しいなどとぼくらに言わせないためなのだとすぐに悟ってしまう、ぼくらはそんな、呪われた子どもたちの一人でもあった。

ある日、子どもたちの誰かが父さんに何かをねだった、そのとき――

やにわに彼は跳ね起きて、雷に打たれたかのように全身を震わせはじめた。そして、燃えるような眼でぼくらの顔を睨んだ。あるおぞましい考えが彼の脳裡にひらめいたのだ。非のうちどころのない結末をついに発見した者のように彼はその場に直立した。

父さんはパレスチナから持ってきた行李を見つけるやむしゃぶりつくと、何かを探して中身を外にぶちまけ始めた。一瞬にして事態を悟った母さんがぼくらを家の外に押し出して、山へ逃げろと命じた。壁板に耳を押しつけて家の中の様子をうかがうぼくらの耳に父さんの声が聞こえる、「あいつらをみんな殺してしまうんだ……そして俺も死ぬんだ……終わりにするんだ……」。扉の裂け目から中をのぞいた「ぼく」が見たのは、激しく喘ぎながら泣いている父さんの姿とその傍らに転がっている一丁の拳銃だった。

土地も、家も、オレンジの樹々も、土地に根ざした生活のすべてをパレスチナに残し、幸福な生活のなにもかもを喪失した彼らが唯一、国境を越えて持って来られたものが「家族」だった。だが、今や家長にとって「家族」とは、流浪の生活を支える絆であるどころか、空っぽの胃袋を抱えて家長の責任を果たせとまとわりつく、逃れたくても逃れることのできない忌まわしい存在と化していた。家長の重責とおのが非力さのあいだで父さんは精神を失調させてゆき、彼は子どもたちの頭に弾丸をぶち込んで、問題の一切合財に終止符を打とうとしたのだった。

ぼくらには事態がよく呑み込めてはいなかった。だが、ぼくは覚えている。きみの父さんのすぐ傍らの床の上に一丁の拳銃が転がっているのを目にしたそのとき、ぼくはすべてを了解したのだった。まるで食人鬼に出くわした子どものように、心臓が止まるような恐怖心に駆られて、ぼくは山に向かって一目散に駆け出した。家から逃れようと必死で。
家から遠く身を引き剝がしたとき、同時にぼくは、幼年時代からも身を引き剝がしたのだった。ぼくらの人生はもはや、つつがなく生きられるような、容易で甘美なものではないのだ。事態は、ぼくたち一人ひとりの頭に弾丸をぶち込むことでしか解決できないようなところまで来てしまった。

日が暮れて少年は家に戻る。

ぼくは賤民のように部屋に忍び込んだ。きみの父さんの顔が、屠殺された獣のように怒りにうち震えているのが見えた。そのとき、低いテーブルの上におかれた黒い拳銃が目に入った。その傍らにオレンジの実がひとつあった。それは固く小さく、乾涸びていた……。

大地から断ち切られたオレンジの実が固く、小さく、乾涸びていくように、父さんもまた、オレンジの実る大地から根こそぎにされて、その生を枯渇させ、「あれからずっと、病床に横たわったまま」となる。それが、難民となる、ということだった。それは、ナクバから十数年後の異邦の難民キャンプに生きる、大地から引き剝がされた無数の「きみの父さん」たちの姿であったにちがいない。そして、幼い少年は悟る、もはやこの世の何者も決して自分を庇護してはくれないことを。幼年時代の暴力的な終焉の自覚、それが幼い少年にとって難民となるということだった。それは、十二歳で難民となったカナファーニー自身の体験でもあっただろう。異邦の路上に放り投げだされた少年は思う、「ぼくにとってもはや疑いようのないこと、それは、ぼくらがパレスチナで知っていた神さまもまた、パレスチナを出ていってしまったのだということ、ぼくの知らないどこかで、神さまも難民になってしまって、神さま自身の問題さえ解決できずにいるのだということだった」。

まだ幼かったあの日

一九六九年、カナファーニーの死の三年前、著者三三歳のときに書かれた短編「まだ幼かったあの日」(kāna yaumadhāka ṭiflan) は、一九四七年春先、のどかなガリレア地方を走る一台の乗り合いバスを舞台に、やがてパレスチナ全土を襲うことになるナクバの悲劇の先触れを円熟した筆致で描いた作品である。

先の二作品がいずれも、出来事から何年かを経たのちに、成長した主人公の少年が、当時の記憶を一人称で回想するという形式で書かれているのに対し、「まだ幼かったあの日」は、特定の誰かに視点を固定することなく、旅するバスの乗客たちをまなざす何者かの視点から描かれてゆく。物語は次のように始まる。

朝の太陽の朱に染まって、きらめく飛沫が、銀色の岸辺の砂を洗い清めていた。身をよじったような棗椰子の樹々が、気だるげに垂れ下がった羽状の葉から夕べの眠りを振り払い、刺に覆われたその腕を空の彼方へと持ち上げていた。その向こうにアッカーの街の市壁が暗い藍色を見下ろすように聳えていた。右手にはハイファから来た道。左手には、丘陵の背後から姿を見せ始めた日輪が、まだ若い朝の恥じらいで樹々の頭を、水面を、道を、赤みがかった紫色に染めていた。アフマドは、砂糖黍の茎で作った笛を籠から取り出すと、車の片隅にもたれかかり、永遠の恋人の、あの物寂しく恨めしげな調べを奏で始めた。このガリレア地方全体に静かな地上の星のように散らばる村々なら、どこであろうと彼は暮らすことができただろう。(6)

出来事のただなかからいきなり物語が始まった先の二作品と較べると、文体の違いが一見して看取される。風景の描写を細やかに積み上げていく手法も、先の二作品には観られなかった特徴である。朝の太陽の朱に染まってきらめく飛沫、銀色の岸辺、棗椰子の樹々、永遠の恋人、地上の星のように散らばるガリレアの村々……。ナクバ以前の、穏やかで、のどかな、パレスチナの姿。だが、悲劇の予兆はこのときすでにこののどかな風景のなかにも忍び込んでいる。

右手には畑がどこまでも続いていた。血のような赤みを帯びた緑がさざ波のように揺れていた。銀色の砂の上にあがろうと波は永遠に終わることのない努力を続けていた。金属の板で囲まれたその小さな世界——バス——のなかで、物寂しげな調べが、その朝、ハイファの街のキング・ファイサル通りでバスを待ちながら、はじめて挨拶を交わすまでは見ず知らずの他人だった二〇名ほどの人間たちをある種の絆で、声に出して発することもできなければ目にも見えないある種の絆で結びつけていた。

朝の太陽の朱色は、しかし、さざ波のように揺れる緑の穂を不吉な「血のような赤みを帯びた」色に染め、青年が吹く笛の音は「物寂しく恨めしげな調べを奏で」る。偶然、そのバスに乗り合わせた二〇名ばかりの乗客が、どのような運命の絆でむすびつけられていたのか、それはやがて明らかとなるだろう。バスは彼らを乗せて旅を続ける。女房を知り尽くしているのと同じくらい道を知り尽くしている運転手は、笛の音にあわせて歌を口ずさむ、「山を持ち上げ、思いを寄せるあの娘の家を潰してしまおう、もしも彼女が、ぼくといっしょに逃げるのをためらったならば、あの洞窟へと、そこにあるのは敷物とパンとオリーヴの実とぼくの胸だけ……」。その恋の歌は、いまだナクバの悲劇を知らないパレスチナの無垢な幸福を物語ると同時に、やがて彼らを襲う運命の不吉な予言ともなっている。そこで歌われているのは、逃げるのをためらったパレスチナ人が見舞われる運命のことではないのか。難民となった彼らを待っていたのは洞窟ならざる難民キャンプとテントと国連から配給されるわずかばかりの食糧だった。

突然、ユダヤ軍の小隊がバスを制止する。乗客はバスから降ろされ、路肩に一列に並ばされ――

人々は壕の中に崩れ落ちた。いくつもの顔や手が泥に沈んだ。人々は折り重なって血にまみれた一つの塊になった。その軀の下から赤い血の筋が滲み出ていた。集まった血は水流に乗って南へ流れていった。

朝の太陽の朱で始まった物語は、ここにいたって、一斉に銃弾を浴び崩れ落ちた人々のからだから流れ出る血の赤に染め上げられる。

ひとり幼い少年だけが死を免除される。パレスチナ人が「逃げるのをためらったならば」どのような運命が自分たちを待ち受けているのか、人々に告げ知らせるためだった。

「さあ、走れ、全力で走るんだ。十まで数えて、まだその辺にいたら撃ち殺すぞ」。

一瞬、男の子は何一つ信じられず、自分の周りに植わっている樹々のように、大地に根が生えたように立ち尽くした。[…] 次の瞬間、黒い棒の一撃がもう一度、男の子を見舞った。肉が裂けたのが分かった。ただ風に向かって両脚を動かすよりほかになかった。眩暈と靄と涙で目の前の道は曇っていた。

だが、大声で笑う彼らの声が耳に届いたとき、男の子は走るのをやめた。いったいなぜ、どうして、このようなことが起きたのか、男の子には分からなかった。だが、彼は立ち止まった。ズボンの両脇のポケットに手を入れ、男の子は道の真ん中を、静かに、だが確固とした足取りで進んでいった、後ろを振り返ることもなく。

そして、心のなかでゆっくりと数を数え始めた。ひとつ、ふたつ、みっつ……。

ここで作品は静かに終わる。この作品でもナクバは——より正確にはその先触れは——出来事の意味も分からぬままに幼い少年の目に焼きついた光景として、そして、その小さな軀を見舞った棍棒の、肉を引き裂く痛みとして体験される。

歴史の天使

ナクバの悲劇を主題としたカナファーニーの三つの作品が、いずれも幼い少年によって体験された出来事として描かれているのはなぜだろうか。一つには、著者自身が十二歳の少年としてそれを体験したということもあるだろう。カナファーニーにとってナクバとはまず、幼い自分自身の五感によって体験された出来事としてあったことは間違いない。だが、それだけにとどまらない文学的な要請がそこにはあるように思われる。

一九四八年の出来事が、シオニズムの指導者たちによる計画的な民族浄化にほかならなかったという観点から、パペは、この出来事を「ナクバ（大災厄）」という、あたかも天災であったかのように暴力の行為主体を曖昧にした呼称で呼ぶことに対し抵抗感を記している。イスラエルのユダヤ人として、自国の加害の歴史に真摯に向き合おうとするパペであれば当然と言える。他方、パレスチナ人にとっては、加害者が誰かという政治的自覚とは別に、とりわけ怒濤のように彼らを襲った民族浄化の暴力になす術もなく翻弄されるしかなかった小さき人々にとっては、それを人為を越えた、大いなる天災とイメージしたとしてもじゅうぶん納得のいく話である。出来事の意味も分からぬままに暴力にさらされ、ただ、それに目を凝らし、出来事を記憶に焼きつけるしかなかった少年とは、なぜ自分たちがこのような目に遭わなければならないのかまったく理解できぬまま、虐殺され、土地から引き剝がされ、難民となってゆく、ナクバの悲劇に見舞われた無数の、無垢なるパレスチナ人の謂いにほかならないと言えよう。

だからと言ってパレスチナ人が、彼らを見舞った暴力の前に、ただただ受身のまま運命を甘受していたわけではない。一九三六年、急増するユダヤ人のパレスチナ入植にシオニズムの企図を看取して危機感を募らせたパレスチナ人は、パレスチナを委任統治していたイギリスに対して抗議の一斉蜂起を起こしている。それから十二年後、ユダヤ人国家の建設が現実のものとなると、農民たちは旧式の銃をかき集めて抵抗した。カナファーニーの第一短編集『12号寝台患者の死』（*maut sarīr raqm ithnā ʻashara* 一九六一年）の巻頭に収められた短編「遠い部屋の梟」（*al-būma fī ghurfa baʻīda* 一九五九年）には、村を攻囲するユダヤ軍に対し、銃弾が尽きたのちも斧で立ち向かい、次々に斃れてゆく男たちの姿が描かれている。

「ラムレの証言」と「悲しいオレンジの実る土地」では、ナクバの悲劇は、幼い少年が体験した出来事として、あくまでも少年の視点から語られる。しかし、ナクバから二〇年という歳月を経て書かれた「まだ幼かったあの日」では、語りの視点は少年のものではなく、少年をもまなざすものとしてある。ときに乗客の傍らにいるように車内の人々をまなざし、またときに、「ハイファから、湾をネックレスのように縁取る道を上っていく」バスを空からまなざし、そして、最後、人々が壕のなかに折り重なって崩れ落ちてゆくさまを見つめているこの視線は誰のものだろう。これらパレスチナ人を襲う出来事の一部始終は、いったい誰の目に映ったものなのか？

その視線は少年のものではない。少年の視線では見ることのできない出来事の何もかもをその視線は目撃している。しかし、また、すべてを目にしながら、その視線は、少年と同じくらい非力である。何もなしえぬままに、ただカタストロフを見つめることしかできない、ただ祈ることしかできないそのまなざしは、ベンヤミンの歴史の天使のそれを彷彿とさせる。

彼は顔を過去の方に向けている。私たちの目には出来事の連鎖が立ち現れてくるところに、彼はただ一つ、破局だけを見るのだ。その破局はひっきりなしに瓦礫の上に瓦礫を積み重ねて、それを彼の足元に投げつけている。きっと彼は、なろうことならそこにとどまり、死者たちを目覚めさせ、破壊されたものを寄せ集めて繋ぎ合わせたいのだろう。ところが楽園から嵐が吹きつけていて、それが彼の翼にはらまれ、あまりの激しさに天使はもはや翼を閉じることができない。(7)

「まだ幼かったあの日」においてカナファーニーは、カタストロフをただ凝視しながら祈ることしかできない、この歴史の天使のまなざしでナクバの物語／歴史 histoir を描いたのだとも言える。歴史の天使は証言する、少年が命じられるままに走り逃げ去るのをやめるのを。「まだ幼かったあの日」の少年が「ラムレの証言」や「悲しいオレンジの実る土地」の「ぼく」らと決定的に異なるのはこの点だ。後者の少年たちが、悲劇に巻き込まれ、なすすべもなく難民となっていくのに対し、死刑の執行を予期しながら、静かに、しかし、確固とした足取りで進んでゆく「まだ幼かったあの日」の少年は、自爆するアブー・オスマーンの決意をすでに分有している。それは、自分たちを見舞う暴力に対し、少年が表明した「否」の意志／遺志である。「ラムレの証言」の「ぼく」が、アブー・オスマーンのまなざしから、その意味を分からないなりに受け取ったものが、「まだ幼かったあの日」では幼い少年自身の抗いの意志として描かれている。

物語の最後で数えられる数が少年に対する死刑執行を暗示しているとすれば、この幼い少年は、「否」の意志ゆえに生き延びることはなかったかもしれない。この少年が、「ラムレの証言」や「悲しいオレンジの実る土地」の少年たちのように、その小さな体軀に深く刻まれた痛みの記憶を物語ることはできない。だから、この作品は、前二作のように後年になって少年自身が回想するのではなく、「天使」の視点から「そのとき」を物語っているのだとも言える。生き延びえず、出来事について証言することなく、ナクバのただなかで死んでいった無数の者たちがいる。「遠い部屋の梟」にしても、「否」の決意を生きた者たちは、そうであるがゆえに生き延びることなく、そこに、まぎれもない「否」の意思があり、その意思を貫いた者たちがいたということを自ら証言することができない。かくして鳴り物入りで凱旋する勝利者の歴史では、「われわれは出て行く必要はないと言ったのに、パレスチナ人は自分たちの意志で出て行ったのだ」というシオニズムのプロパガンダが刻まれることになる。「まだ幼かったあの日」が語るのは、生き延びなかった者たち、自らは語ることのできない者たちのナクバの記憶、彼らのなかにたしかにあった「否」の意志の記憶であり、カナファーニーが書かなければ、語られることのなかった物語である。

オリーヴの種子

あれから半世紀以上の歳月が過ぎても、ナクバに始まったパレスチナ人の悲劇は終わらない。ナクバで故郷の大地を追われた者たちは依然、難民のままとどめおかれ、イスラエル占領下のパレスチナでは、いつ果てるとも知れない占領の暴力が人間の尊厳を蹂躙し続ける。第二次インティファーダさなかの、死で満たされた、イスラエル侵攻下のガザで、日常と化した例外情況を生きるパレスチナ難民の生を描いたイブラーヒーム・ナスラッラーの小説『アーミナの縁結び』の主人公の一人、ランダは作中、次のように語る。

でも、わたしはいったい何をしているのだろう、物語を一つ、また一つと集めて。ささやかなそれらの物語は、わたしが耳にしたものもあれば、わたし自身が生きているものもあり、また、新聞の紙面で読んだものであったりする。私はなお、問わずにはいられない。私たちの作家が今日、なすべきこととは何なのかと。なぜ、作家たちは誰も、こうした物語を書こうとはしないの?

〔編集長との〕あの歴史的大論争（！）以来、わたしは決めた、わたしは、自分が見たものを書くのだと。そしていつの日か、わたしはそれを作家のだれかの両手に投げ渡すのだ。いや、それとも、ガッサーン・カナファーニーのお墓を探しだして、彼に言おうか、さあ、起きて、これらの物語を書きなさいと。誰も書かない唯一無比の物語を。私たちが書かない物語、私たちが書かない私たちの物語を。私たちの運命がどうなるか、あなたは知っていて？ あなたに訊ねるのを許して、ガッサーン、心の底からわたしはあなたに訊ねたいの。〔…〕私たちが書かない物語の運命がどうなってしまうか、あなた、分かっていて？ それは敵のものになってしまうのよ。

ランダの口を借りて語られるカナファーニーに対する希求は、著者ナスラッラー自身の思いの表白であるだろう。なぜ、カナファーニーなのか？ それは、彼が、「私たちが書かない私たちの物語」をその同時代において書いた作家だったからだ。私たちの物語は私たちが書かなければ、敵のもの（所有物 muluk）になってしまう。だから、私たちは書かなければならない。私たちの物語を、証言することなく死んでいった者たちの物語を、パレスチナ人一人ひとりによって生きられたナクバの物語を。杉と松に覆われた大地には、かつてオレンジの果樹園があり、その若枝に愛情こめて水を遣る人々がいたことを。それらの人々が、大地に深く下ろした根をどのように断ち切られ、どのような痛みに耐えたのかを。その「痛み」の物語こそが、針葉樹で覆われたパレスチナの大地に亀裂を走らせ、その下に別の歴史／物語が隠されていることを私たちに教えてくれるだろう。

かつてパレスチナ人が暮らしていた村は破壊され、村の外延を縁取っていた樹齢を重ねたオリーヴの樹々は切り倒され、松や杉の木が植えられた。だが、パペによれば、それら松の木を二つに断ち割って、幹のあいだからオリーヴの若木が生え現れているのだという。数十年という歳月を経てなお、記憶の抹殺《メモリサイド》に抗して。カナファーニーが作品に刻んだ、パレスチナ人一人ひとりの五感に深く記憶されたナクバの痛みこそ、別の物語／歴史に覆われた大地に胚胎された、このオリーヴの種子にほかならない。

（1）Micael R. Fichbach, ‘al-ramleh’, Phillip Mattar ed., *Encyclopedia of the Palestinians*, Facts on File, 2000.
（2）以上は、Fichbach（2000), Pappe（2006), Donald Neff, ‘Expulsion of the Palestinians—Lydda and Ramleh in 1948’, *Washington Report on Middle East Affairs*, July/August 1994 を参照した。
（3）ガッサーン・カナファーニー「ラムレの証言」岡真理訳、『前夜』三号、二〇〇五年。引用は岡訳から。ただし、一部改変した。
（4）ガッサーン・カナファーニー「悲しいオレンジの実る土地」岡真理訳、『前夜』八号、二〇〇六年。
（5）イギリスが委任統治を終了し、パレスチナから撤退した日。イスラエルは独立を宣言し、アラブ人国家の領土にアラブ軍が進軍した。
（6）ガッサーン・カナファーニー「まだ幼なかった、あの日」岡真理訳、『前夜』四号、二〇〇五年。
（7）ヴァルター・ベンヤミン「歴史の概念について」『ベンヤミン・コレクションI』浅井健二郎編訳、筑摩書房（ちくま学芸文庫）、一九九五年。

5　異郷《ゴルバ》と幻影《ファンタズム》

物語を書くということはその本質において、幽霊とともに生きるということ。私たちが召喚したり、作り出したりした、あるいは私たちがよく知っている幽霊とともに。私が思うに、物語を書くということと幽霊を召喚することのあいだに、さして大きな違いがあるわけではない……。

ガーダ・サンマーン「書きとめよ、わたしはアラブ女ではない」

レバノン在住のパレスチナ人映画監督メイ・マスリのドキュメンタリー映画『夢と恐怖のはざまで』（二〇〇一年）は、レバノンのシャティーラ難民キャンプに暮らす十三歳の少女モナと、イスラエル占領下のヨルダン川西岸にあるディヘイシャ難民キャンプに暮らす同い年の少女マナールの友情を縦糸に、思春期の少女たち少年たちが、不安と恐怖に満ちた難民的生の現実と未来の夢とのはざまで葛藤しながら、なおも希望をもって未来に向かって生きようとする姿を力強く描いた作品である。その最後、マナールはホワイトハウスの前で、パレスチナ人の権利の奪還を英語で宣言し、パレスチナ人であることの誇りを全身に漲らせながら民族舞踊を舞う。その映像は、事実の記録という以上に、異邦の地あるいは占領下で繰り返し虐殺にさらされながら難民として生きる同胞の少女たち少年たちに、このように生きてもらいたいというマスリ監督の願いが込められたイメージ、そして祈りであったにちがいない。

この作品の三年前にマスリ監督が撮った『シャティーラ・キャンプの子どもたち』(一九九八年)は、同キャンプに暮らす十二歳の少年イーサーとおしゃまな十歳の少女ファラハを主人公に、一九四八年、パレスチナにおけるユダヤ人国家建設の結果、故郷を追われ難民となった人々が、ナクバの悲劇から半世紀を経たのち、何を夢見、いかなる困難を生きているかを描いたものだ。

作品は一九八二年、レバノンに侵攻したイスラエル軍のベイルート占領のさなか、シャティーラ・キャンプで起きた虐殺事件の記録映像で唐突に始まる。道に並ぶいくつもの遺体。何事かを叫ぶ女性。記録映像は始まったときと同じ唐突さで終わり、イーサーのナレーションで物語が始まる。幼い頃の交通事故の後遺症でイーサーは記憶と集中力に障害があり、歩行と言語に多少の困難がある。パレスチナ難民が歴史の外部に遺棄された存在であるとすれば、マスリ監督はここで、障害のせいで難民キャンプのごく普通の子どもたちの輪の外に置かれた少年を敢えて語り手とすることで、そのたどたどしい言葉を通して、難民的生の内実を描こうとする。

イーサーはいろいろな話をする。作業所の車椅子のお兄さんがなぜ両脚を失ったか。自分が見た夢の話。そしてある晩、亡くなった叔母さんの幽霊に出会った話。少年は幽霊と対話するのだが、そのくだりがとりわけ印象深いのは、幽霊が登場するからではない。少年が幽霊との会話を、作業所の青年との会話を語るのとなんら変わらぬ調子で、あたかもそこに驚くべき何事も存在しないかのように語るからである。少年の目にはきっと、幽霊も、生きている人間と変わりなく、そこに存在するのが見えるのだろう。思えば虐殺に見舞われたシャティーラには無数の幽霊たちがさまよっているにちがいない。今日を生き延びることに必死な人々には、その生の慌しさゆえに見えない者たちの存在を、生の急流から外れてたゆたう少年だからこそ看取できるのかもしれない。

死者たちが幽霊となってさまようのは難民キャンプのなかだけではない。ベイルートもまた一九七五年から十五年という長きにわたって続いた内戦によって、無数の命が奪われたのだから……。だとすれば、一九八〇年代、内戦下のベイルートからフランスに渡ったアラブ人女性作家ガーダ・サンマーン(一九四二年～)が短編集『四角い月』で幽霊譚を紡ぐのも不思議ではないのかもしれない。だが、サンマーンの幽霊に出会う前に、私たちは現代アラブ文学における「異郷」の問題について考えなくてはならない。

ゴルバ文学

エドワード・サイードが喝破したように、西洋世界はオリエント、すなわち中東イスラーム世界の人々を共約不能な絶対的他者として表象する諸言説を積み重ねていくことによって遂行的にオリエントをオリエント化したのみならず、自らを西洋として主体構築した。他方、そのような近代西洋世界と遭遇することによってアラブ中東世界の人々、とりわけ知識人は、西洋の諸都市で近代西洋の文化や価値観に同化し、近代的知識人として自己形成していく一方で、自らを西洋の異質な他者として発見していくことになる。

たとえば、タウフィーク・アル＝ハキーム（エジプト）の『オリエントからの小鳥』（*ʻuṣfūr min al-sharq* 一九三九年）やソヘイル・イドリース（レバノン）の『カルチェ・ラタン』（*al-ḥaiy al-lātīnī* 一九五四年）、アル＝タイィブ・サーレフ（スーダン）の『北へ遷りゆく季節』[1]（*mawsim al-hijra ilā al-shamāl* 一九六一年）は、西洋の都市を舞台に東西のはざまで葛藤するアラブ人主人公の姿を描いている。また、ヤヒヤ・ハッキィ（エジプト）の『ウンム・ハーシムの釣り灯籠』（*qindīl umm hāshim* 一九四四年）やハキームの『田舎検事の日記』（*yawmiyāt nā'ib fī al-aryāf* 一九六八年）のように、長いヨーロッパ留学を終え、近代的知識人となって故郷に戻った主人公が、今度は祖国で、自らが内面化した西洋近代の知とオリエント世界のはざまで翻弄され葛藤する姿を描いた作品もある。

「東西世界の邂逅」は、近現代アラブ文学の主要なモチーフの一つだが、同時に、異郷で異邦人として生きるアラブ人の経験を描いたより広義の「異郷《ゴルバ》」文学の一ジャンルでもある。「ゴルバ」ghurba とはアラビア語で、人が故郷から遠く離れ異郷に在ること、そして、それゆえの孤独を意味する独特の言葉である。

近代という時代は、さまざまな異郷体験を生んだ。近代エリートの西欧留学はその一つであるし、アルジェリアでは苛烈な独立闘争を経て植民地支配から独立を勝ち得たのち、かつての被植民者たちの多くが旧宗主国に移民労働者となって渡っている。ユダヤ人国家の建設によって故郷を放逐され、異邦の難民キャンプで生きるパレスチナ難民たちの生を描いたガッサーン・カナファーニーの一連の作品もまた、一種のゴルバ文学と呼べるかもしれない。個々の異郷体験の歴史的文脈は異なるが、それらの差異を貫いて「ゴルバ」という普遍的モチーフをアラブ文学に見出しうるのは、近代における彼らの異郷体験の根底に植民地支配という歴史的経験が書き込まれているからだろう。とりわけアラブ人が西欧に身を置くという経験は、彼あるいは彼女が何者であれ、また、西欧へと渡った経緯がいかなるものであれ、西欧とアラブ世界の、すなわち東西世界の、植民地主義の歴史性に今日なお深く規定されているのである。

　エジプトのナイル上流の地方都市ミニヤの、砂漠に囲まれた村に生まれた一人の女性がフランスへ渡る。フランス語という異言語世界でゴルバを生きながら、彼女は、ある日パリの地下鉄で、突然アラビア語が奔流となって体軀《からだ》のなかから湧き上がってくるのを感じ、電車を飛び降りるとホームのベンチで溢れ出る言葉を書き留めたという[2]。フランスとフランス語という二重の異郷／ゴルバを生きることが彼女をアラビア語の詩人にした。彼女、すなわちアラビア語詩人サファー・ファトヒがその師を撮ったドキュメンタリー『デリダ、異郷から[3]』（*d'ailleurs, Derrida* 一九九九年）の「異郷」とは「ゴルバ」であり、それはジャック・デリダという哲学者の思想の本質を表すのみならず、監督であるファトヒ自身がデリダの思想に重ねて記した彼女の署名であると同時に、近代アラブ世界の歴史的経験の謂いでもある。

アルジェリア出身のデリダはユダヤ教徒であったため、フランスのアルジェリア植民地支配により「フランス人」とされ、アルジェリア独立後、フランス人植民者《コロン》たちがアルジェリアから追放されたように、フランスにいた彼は故郷に帰還することを禁じられた。デリダは、アラブ・イスラーム侵入以前の北アフリカ先住民であるベルベル人の出自だが、植民地主義の歴史の結果、故郷から身を引き剝がされ異郷を生きるという彼の生は、「ゴルバ」という、近代アラブ世界の普遍的歴史経験を紛れもなく分有している。

アフリカの魔術師

異邦人とはある意味、幽霊のようなものかもしれない。生者あるいは市民のすぐ傍らにいるのに、彼らがそこに存在しているということさえ意識されないという意味において。あるいは、彼らもまた同じくこの世界に存在していながら、生者／市民からはこの世界に十分属しているとは見なされず、時に疎まれたり、恐れられるという意味において。そして、どちらも、あとに残してきた世界に拭い去りがたい思いを抱いて、肉体と精神を分裂させながら二つの世界を往還しているという意味において。おそらく、異郷でゴルバを生きる者にとっては幽霊こそが、そして、幽霊にとっては異邦人こそが、もっともよき理解者であるのかもしれない。

ゴルバと幽霊のこの親密な関係を考えるなら、自身ゴルバを生きるパリ在住のガーダ・サンマーンの『四角い月』(4)(*al-qamar al-murabba'* 一九九四年)に収められた十篇の物語のいずれもが、パリという異郷に生きるアラブ人の生のドラマを幽霊譚として描いていることは文学的必然であるだろう。同短編集所収の十篇の作品の主人公たちの境遇は十人十色であり、そこで語られる物語もさまざまなのだが、彼あるいは彼女がパリへと渡ることになる背景には、たとえ明示的には書かれていなかったとしても、レバノン内戦という出来事があり、その痛みの記憶が伏流水のように作品の根底を流れている。そして、いずれの作品も幽霊(あるいは幻影)に媒介されて、パリで異邦人として生きるアラブ人たる彼あるいは彼女の葛藤が、時に切ないまでに美しく、時に皮肉に、また幻想的に、あるいはリアルに描かれるのである。

たとえば「金属製の鰐」の冒頭、パリでゴルバを生きる移民と幽霊の親近性は次のような言葉で明瞭に示されている。「真冬の明け方の闇のなかで、表情のない人間たちの長い列に、凍りつくような風が容赦なく吹きつけた。彼らは歩道で幽霊のように列をなして立っていた。自らを苛んで悲嘆に暮れる秘密結社の仲間であるかのように」。

滞在許可を得るために午前五時、氷点下の気温のなか警察署の扉が開くのを身を凍らせながらひたすら待つ移民たち。四時間後に扉が開けば、今度は係官の悪意ある辱めが待っている。「金属製の鰐」はパリで、ホスト国の慈悲にすがらなければ滞在できない移民たちが日常的に被る恥辱を描いた作品である。レバノン人スレイマーンもまた、そうした移民の一人だった。妻のレイラはこんな恥辱に耐えるより砲撃に遭って死んだほうがマシだと言って、赤ん坊を連れて内戦下のベイルートに戻ってしまった。ベイルートの浜辺に降り注ぐ地中海の暖かい太陽の記憶と、いま彼が耐えているパリの真冬の冷気。過去と現在のこの二つの世界には、かつて祖国で謳歌した尊厳ある生と、異邦における屈辱的な生の対比が重ね書きされている。だが、祖国における尊厳ある人間の暮らしなど内戦で破壊されてしまった。それはもはや、彼の記憶のなかにしかない。

数時間にわたる恥辱から解放され、警察署の外に出たスレイマーンは、黒人の女性警官に罵倒されていたアフリカ人の青年が、彼女を睨みつける姿を目撃する。その瞬間、無人の車が女性警官に向かって音もなく疾走し、彼女をはねとばす。警官の肉体は宙高く持ち上げられると、金属製の鰐の歯のような掘削機の刃の上めがけて墜落した。青年はアフリカの魔術師で、積年耐え忍んできた屈辱にもはや耐えかねて、移民たちを苛んで楽しむこの黒人の女性警官に復讐を果たしたのだった。

作者はここで、弱い者いじめをする警官を黒人女性と設定することで、問題をより複雑にしている。移民たちを虐げて喜ぶこの黒人女性警官も旧植民地出身の移民であり、フランス社会のなかでさまざまな差別や抑圧を経験しているにちがいない。その抑圧がより弱い者たち、より権利を持たない者たちへの抑圧となって現れることを書き込むことで、作者は「フランス人」対「アラブ人・アフリカ人」という人種的な二項対立を脱構築する。スレイマーンを担当した白人の女性警官は、彼の予想に反して意外にも親切で、レバノン人難民に対して同情的でさえあったことが彼を驚かせる。それは、白人はアラブ人に対して人種的偏見を持っているにちがいないというスレイマーン自身に内面化されたレイシズムを転覆させると同時に、黒人の女性警官のありようと対をなす、社会で特権的立場にある者ほど弱者に対して同情的になれるという現実を描いたものでもあるだろう。

魔術師の青年の呪いのこもった一瞥によって、黒人警官が金属製の鰐の歯に串刺しになる姿はしかし、スレイマーンが見た幻影であったかもしれない。アフリカ人の青年に「魔術師」を連想すること自体、文化的にも肌の色もヨーロッパ人に近いという自己認識をもつレバノン人が、アフリカの黒人に対して抱く人種的ステレオタイプであるとも言える。被抑圧者においても、レイシズムは複雑に交差している。

さて、スレイマーンが見たものが幻影であったとして、この作品が教えてくれるのは、外国人移民を人間扱いしないホスト国の人間たちは、移民たちの幻影のなかで、彼らの幽霊によって日々襲われ、串刺しにされ、復讐されているという事実である。ただ、私たちがそれに気づいていないだけで。

人間ヨーヨー

「金属製の鰐」では女性のレイラが、ホスト国の恩恵にすがって故なき恥辱を耐え忍びながら生きるより、砲弾飛び交う内戦下の祖国で生きることを毅然と選んでレバノンに帰ってしまうのに対し、男性のスレイマーンはふんぎりがつかぬまま、パリで屈辱にさらされながら生きているというように、作者はきわめて対比的なジェンダーの差異を作品に書き込んでいる。「猫の首を刎ねる」(5)では、内戦を理由に祖国を離れながら、パリでゴルバを生きるということが、ジェンダーによってどのように異なったものとして体験されるかが描かれている。

「猫の首を刎ねる」という少々衝撃的なタイトルを冠したこの作品は、若く美しい恋人にどうしようもなく惹かれながらも決心がつかず、結婚すべきか、せざるべきかで悩む中年男性アブドルラッザークの葛藤を描いたものだ。彼の恋人ナディーンは、十歳のとき内戦を逃れて家族とともにパリにやって来た、バンジー・ジャンプを愛する現代的で自由で独立した女性である。足をゴムのロープで縛られて、嬉々として宙に跳びだしていくナディーン。だが、彼女にいくら誘われても、アブドルラッザークは一緒に跳ぶ勇気がない。

ある日、浜辺でナディーンが言う、「私は処女じゃない」。それを聞いて彼は煩悶する。

「私が処女じゃないことがあなたを苦しめるの？ じゃ、あなたは処女なの？」

「ぼくは男だぞ」。

「なら、私は女よ。私の考えでは、あなたが男だからといって、生まれつき何ら既得権を持っているわけではないわ」。

「相手の男は誰だ？」

「じゃ、相手の女は誰？」

「言う必要はない」。

「なら、私も言わない。［…］覚えておいて、私はあなたと完全に対等なの、身分の高さにおいても、出来心においても、欲望においても。私たちの国でそうだからといって、ここフランスでは、社会や法の権威で私を抑えつけることなどできないのよ」。

今日こそナディーンに求婚するのだと決意したアブドルラッザークが家を出ようとしたそのとき、壊れているはずの呼び鈴がなって謎の女性が現れる。黒いスカーフに、髪をヘンナで染めた五〇代とおぼしきその女性は、かつて幼い彼が母国レバノンで目にしていた親戚の女たちと同じいでたちだった。女性は彼に理想の娘との縁談をもちかける。

「またとない花嫁だよ、息子よ。しとやかで従順で、その唇に接吻したことがあるのは母親だけ。お前の許しなくして彼女が家を離れるのは、唯一、墓場に行くときだけ。彼女がお前に授けるのは男の子だけ。昼は下女、夜は奴隷。彼女はお前の指にはめられた指輪。好きなようにいじり、好きなときに外せばいい。指輪をこすれば、こう言うだろう、わたしはあなたさまの奴隷でございます。ご主人さまの命令であれば、何なりと」。

彼の決意が揺らぎだす。

「息子よ、この娘が崇拝するのは天上では神、地上ではおまえ。お前は彼女のほかに二人目の妻、三人目の妻、四人目の妻を娶り、彼女はこれらの妻たちとつつがなく暮らすだろう。彼女が子をなさぬなら、彼女自らお前のために、もう一人の妻を連れてきさえするだろう。だが、大切なのは、婚礼の晩、家の敷居の上で猫の首を刎ねること、しかと彼女の眼の前で。もしもお前に従わぬなら、これが自分の定めだと、とくと分からせてやること。［…］この娘は煙草も吸わなければ、アルコールの匂いを嗅いだこともない。「バナナ」や「キュウリ」や「卵」などと口にしたら、必ず赦しを乞うだろう。性的なほのめかしなどではないと身の証をたてるため。娘は十四歳。生涯続く最良の結婚相手」。

女が辞去したあと、アブドルラッザークは母親の部屋で古い写真を見つけ、謎の女性が母方の叔母バドリーヤであったことを知り愕然とする。生涯独身で子どもがいなかった彼女は、ことのほか彼を可愛がってくれた。最愛の甥っ子に理想の花嫁を見つけてやるのだといつも言っていたバドリーヤ叔母さんは、彼が八歳のとき癌で亡くなったのだった。

ナディーンとの約束の時間が迫る。「今晩、彼女にプロポーズするのはよそう、今朝は何がなんでもそうするのだと決意していたけれど、やはり再考すべきだ。もっともっと長い時間をかけて。ぼくは、両脚をゴムのロープで縛られて、怯えながら深淵の上に宙吊りになってる人間ヨーヨーだ。運命がぼくを弄ぶ、上へ、下へと。いや、やはり結婚しよう。いや、だめだ。彼女と結婚するぞ。いや、踏み切れない。いや、するぞ。いや、だめだ、ぼくにはできない。するぞ、だめだ、するぞ、いや、だめだ……」。結論は出ない。葛藤しながら彼が運転する車の傍らをバドリーヤが道に迷ったように歩いている。

フランス社会の男女平等の価値観のなかで育ったナディーンは、浜辺で惜しげもなく服を脱ぎ捨てるように故国の伝統的価値観を脱ぎ捨て、母親の世代の女性とはまったく異なった現代的女性として主体的な自己形成を遂げた。虚空に向かって大胆に跳びだしていく彼女は、「飛ぶのが恐い」七〇年代アメリカ女性よりもはるかに自由である。一方、アブドルラッザークは、もしも内戦がなかったならば、故国で享受していたであろう男性の特権、男性が単に男性であるというだけでスルタンのように君臨できる家父長制的な価値観を捨て去ることができず、若く美しいナディーンの魅力と、奴隷のように従順な妻という理想像のあいだでハムレットのように悩み続ける。東西文化のはざまで宙吊りになったアブドルラッザークの状況が、「人間ヨーヨー」という卓抜な比喩で表されている。だが、この物語は、単に「飛べない」アラブ男を揶揄したものではない。

謎の女性が帰った後、アブドルラッザークは答えを探し求めるように両親の寝室、彼が「思い出の部屋」と呼ぶ部屋に入る——「カーテンが下りた部屋は薄暗かった。母はカーテンをいつも閉めておくことを好んだ。おそらく、窓のすぐ後ろには海が広がっており、まだベイルートの部屋にいるのだと想像したかったのだろう」。ベイルートで暮らしていた頃の思い出の品々に溢れた部屋。「両親はそれらの品々をともに携えてきた、「古きよき時代」から。誰もが、戦争前のベイルートのあの時代をそのように呼んでいた」。

アブドルラッザークは家族写真を手にとる。これまで彼は、それらの写真を見るのが嫌いだった。なぜなら、「年老いた両親を過去の思い出のなかに置き去りにして、彼は全力で自分が今いるその場所に帰属したかった」からだ。「ほのかな光のなかで、彼は幼い自分の写真を見つめた。それから、姉たち、兄たちの写真を。兄たちは内戦でたがいに殺しあった。けれども、写真のなかではみな、しっかりと抱き合っている。カインとアベルの写真だ」と彼は思う。

パリにやって来た両親が「古きよき時代」の思い出に浸って生きてきたのに対し、若いアブドルラッザークは現代のパリに生きようとした。だが、彼が故郷の人々を忘れても、死者たちは彼を忘れなかった。ナディーンとの結婚の是非に思い悩んで、無意識に故国の家父長制的価値観を懐かしんだとき、その郷愁が死者を呼び寄せる。あるいは、彼女はずっと彼の傍らにいたのかもしれない。ただ、彼が気づかなかっただけで。

今いる場に全霊で帰属しようとしながら、しかし、彼は、ジェンダー的な価値観だけは異郷のそれを受け入れることができなかった。中年になって頭が禿げ上がっても彼が独身なのは、彼の同化の失敗の証である。その彼がナディーンと結婚し、闇の中に身を投げようとしている。お気に入りの甥っ子の不幸な結婚生活を案じて、バドリーヤ叔母は彼に寄り添い守ろうとする。「猫の首を刎ねる」は、パリに生きながら、故国レバノンの男性中心的な伝統から脱皮できない男の家父長制的価値観をフェミニズムの視点から批判的に描いた作品である以上に、アブドルラッザークの葛藤を通じて、ゴルバを生きるということが東西の文化のはざまで引き裂かれる経験であることを描いたもののように思われる。叔母の幽霊、すなわち、故国レバノンの思い出は、もう一度、自分が何者であるのかを思い出させることで、アイデンティティ・クライシスに陥った彼を救う。物語は次のように終わる。「[ナディーンの質問に] 彼は答えなかった。彼は運転を続けながら、ポケットの中をまさぐってバドリーヤ叔母の数珠を探し当てると、闇の中でそれをしっかりと握りしめた」。

私だけの部屋

「猫の首を刎ねる」は他の作品同様、内戦についての詳細な記述はない。だが、両親の寝室で幼い兄たちの写真を見つめるアブドルラッザークがふと漏らす「カインとアベル」という言葉にレバノン内戦の悲劇が凝縮されている。思い出に生きる彼の両親も、今いるその土地に帰属しようとした彼も、心の奥底に「カインとアベル」の悲劇の記憶とその痛みを抱えもって生きているのだ。

「書きとめよ、私はアラブ女ではない」の語り手は、内戦で愛する者を亡くし、その痛ましい記憶を抱えてパリにやって来た女性である。マフムード・ダルウィーシュの有名な詩「書け、俺はアラブ人だ」をもじったタイトルは、語り手である「私」の、パリを一望する高級マンションに通う若いメイドがモロッコの男と結婚し、その横暴に耐えかねて、「私はアラブ女じゃない」と三行半をつきつけて、男を自宅から叩き出すところからとられている。モロッコ男と別れ、新しい恋人ができたグロリアのアパートに幽霊が出没する。語り手の「私」は、グロリアの結婚とその破綻、そして彼女の自宅に出没する幽霊の顚末を語りながら、同時に、「私」の人生観ならぬ幽霊観について物語る。そこには、作家ガーダ・サンマーン自身における、書くことと幽霊／ゴルバの関係が色濃く重ね合わされているにちがいない。

語り手の「私」は、内戦によって愛する娘を亡くした。いや、正確に言えば、内戦の終結を祝って空に放たれた銃の流れ弾にあたって娘は死んだのだった。内戦を生き延びた夫婦は、皮肉にも内戦の終結によって愛する娘を失い、悲嘆に打ちひしがれて故国を離れ、パリに移る。「私たちは、ベイルートを去ったときから、もしかしたら、もっと前からすでに、幽霊へと変わり始めていたのかもしれない」。社交生活を絶って、死者たちの記憶と過去の思い出のなかに生きる夫婦は、娘が幽霊となって、自分たちとともにいることを知り、さらに、このパリという街がゴルバのうちに死んでいった数多くの者たちの幽霊で満ちていることを知る。癒しがたい喪失の痛みを抱えた夫婦は、異郷で、生者たちと新たな人生を生きる代わりに、彼ら自身が幽霊のような存在になって、愛する死者たちの幽霊とともに生きることで安らぎを得る。パリにおけるゴルバがそれを理想的なまでに可能にする[6]。

「幽霊たちは年を追うごとに私たちの生活を満たし、やがて、ともに暮らす幽霊の数が、ともに暮らす生者たちの数を上回る日が訪れるだろう」。ひと月前、夫が亡くなっても、「私」がさして寂しさを覚えなかったのは、「娘同様、彼も私のそばにとどまってくれると知っていたから。だから私は彼の書斎に入るときは今でも、彼が生きていたときと同じように必ずノックする。[…]私は彼に話しかけ、彼も私に話しかけてくれる……」。

夫は「私」に作品を書いて出版するよう薦める。「彼はよく分かっていた。物語を書くということはその本質において、私たちが召喚したり、作り出したりした、あるいは私たちがよく知っている幽霊とともに生きることだということが。私が思うに、物語を書くということと幽霊を召喚することのあいだに、さして大きな違いがあるわけではない」。

「私」はやがて知るようになる。幽明の境界など想像上のものに過ぎないことを。

生きている者にも自分の幽霊があるのではないかしら? 私の人生には私自身の幽霊がとり憑いているのではなくて? (私のなかに生き、私に話しかけ、私の肉体といがみあう幽霊が。) そしてほかの者たちの幽霊が？ すでに亡くなった者たちの幽霊もいれば、まだ生きているけれども、時に包まれて、私の記憶のなかにしまいこまれた幽霊もいる。私の深奥には幽霊の博物館があるのではないかしら。はるか昔に時が止まってしまった街のなかをさまよう幽霊たちの……。〔…〕
おそらく私たちの心の中で、死者と生者を分かつ線など、人が想像するほど決定的なものではない。〔…〕生きているのに、私たちの心の中でとうに死んでしまった者もいれば、私たちの内部で、かつて彼らが死ぬ前にそうであったような姿で依然、私たちのまわりを動き回っている者たちもいる。私たちはまだ、心の奥底で、彼らに死を告げていないのだ。

夫がその土でできた殻を抜け出してから（彼が死んでから、なんて私は言わない）、死者と生者を分かつ線など、私たちが人生で決定的なものだと主張したがるほかの事柄と同じように、想像上のものに過ぎないのだと気がついた。

「書くこと」とは、幽霊たちに向かって、彼らの物語を書くことだと「私」は言う。「私は、私の頭のなかで、私の幽霊たちに、私の幽霊たちについての物語を書く。書くということが、私のもとに霊たちを呼び寄せるのかしら？ 幽霊が私の喉を借りて、彼らの言葉を語っているのかしら？」

書くために人は、幽霊たちの存在を傍らに感じ、彼らの声に耳を傾けなくてはいけない。夜の静謐な闇のなかで。「ゴルバ」とは、私たちが自分自身と他者たちの幽霊に出会う、この静謐な闇の謂いである。だとすれば、ヴァージニア・ウルフの「私だけの部屋」とは、顕界に幾重にも縛りつけられた女性が、いかに自らのゴルバを生きうるかを問うているのだとも言えよう。思えば、ナスラッラーの『アーミナの縁結び』におけるアーミナも、心の中で、殺された夫や兄や息子に死を告げることができず、彼らの幽霊たちとともに生きていた。だが、難民キャンプという空間で、人は逆説的にもゴルバを真に生きることなどできない。住人たちがたがいに家族のように隣人の身を案じる難民キャンプでは、なんぴとも孤独のうちに放置されたりはしないからだが、言い換えればそれは、孤独のうちに安らげはしないということでもある。このとき、「ゴルバ」はきわめて特権的な生となる。「書きとめよ」の「私」がなかば幽霊となって幽霊たちの物語に耳を傾けつつ、「此岸と彼岸のあわい」[7]で独り生きることができるのは――すなわち「ゴルバ」を堪能することができるのは――パリの街を一望する高級マンションに暮らすほどの富裕な経済的背景があってのことだ。

ミシェル・クレイフィ監督のドキュメンタリー映画『豊穣な記憶』(一九八〇年)で、イスラエル占領下のヨルダン川西岸に暮らすパレスチナ人女性作家サハル・ハリーフェが「東洋の女」が抱えるジレンマとして語るのも、彼女たちの社会におけるこの「孤独」の不可能性――言い換えれば、ゴルバの不可能性――であり、女性作家が「書く」ことの困難である。そうであるとすれば、「私はアラブ女ではない」というタイトルには、この作品の語り手が、完璧なゴルバのなかで幽霊たちの物語を語れるという意味において「アラブ女ではない」という、作者自身の特権性に対する自覚が込められていると言うこともできるだろう。

（1）日本語訳はアッ＝タイーブ・サーレフ「北へ遷りゆく時」『現代アラブ小説全集8』黒田寿郎・高井清仁訳、河出書房新社、一九八九年。

（2）二〇〇五年四月十九日、京都大学で開催されたサファー・ファトヒ講演会「ミニヤからコウベへ」における監督自身の発言より。

（3）ジャック・デリダ、サファー・ファティ『言葉を撮る——デリダ／映画／自伝』港道隆・鵜飼哲・神山すみ江訳、青土社、二〇〇八年。

（4）Ghada Samman, *The Square Moon : Supernatural Tales*, Univ of Arkansas Press, 1998.

（5）ガーダ・サンマーン「猫の首を刎ねる」岡真理訳、池澤夏樹個人編集　世界文学全集　第三集『短篇コレクションＩ』、河出書房新社、二〇一〇年。

（6）死者の思い出に耽溺して生きるには、ゴルバにあることこそが必須であるという考えは、同じく『四角い月』所収の「エアコンの効いた卵のなかで」においても見出される。

（7）白石明彦「此岸と彼岸のあわいを生きて　作家　島尾ミホさん」「朝日新聞」二〇〇七年四月十三日夕刊「惜別」

6　ポストコロニアル・モンスター

前章は幽霊《ゴースト》についての話だったので今度は怪物《モンスター》について論じたいと思う――などというと、いかにも人を喰った話に聞こえるかもしれないが、実際、エジプトの作家ユースフ・イドリース（一九二七〜九一年）の中編小説『黒い警官』(1)（*al-'askarī al-aswad* 一九六二年）は己を喰らう怪物の話である。

『黒い警官』は、「私」によって語られる、「私」の友人シャウキーの秘密――より厳密に言えば、その不可解な人格的変容の謎――をめぐる物語である。語り手の「私」は、エジプトの真の独立を目指し（第一次大戦後の一九二二年、エジプトは名目的独立はしたものの、英軍は依然駐留し、イギリスによる植民地支配は続いていた）、腐敗した王政の打倒を掲げ、反体制運動に身を投じた活動家の一人で、現在は県庁の医局に勤務する医師である。ちなみに作者のイドリースは、カイロ大学医学部在籍中より反英独立闘争に深く関わり、逮捕され、幾度か拘留された経験もある。卒業後は、作家活動に専念することを決意するまで医師として働いており、作中の「私」は世代的、経歴的に、作者の分身的存在であると言えるだろう。

さて、「私」の友人シャウキーもまた反体制運動の活動家だった。「彼は医学部のリーダーの一人で、論客の一人だった。〔…〕彼は自分の意見とは距離のある異なった多くの意見と、議論を交える用意がいつでもできていた。そして、確信に満ちた笑みをたたえて、激することなく、快く議論に応じた。〔…〕シャウキーは驚くべき意志の力に恵まれていた。彼はあたかも、生まれながらに自分が何をしたいかを知り、必ずそれを達成すると確信しているかのようだった」（一二〇五頁）。そんなシャウキーがあるとき逮捕される。そして、数ヶ月の獄中生活を経て出所したとき、彼はまったくの別人に変貌していた。あの崇敬すべき革命の闘士が、今や平気で嘘をつき、特別な配慮の見返りに小銭を要求し、同僚の持ち物を盗み、立場の弱い者を苛んで喜悦の表情を浮かべるのだった。「シャウキーは変わったばかりか、間違いなく私の知っている彼とは別の人間になってしまったということを、私が信じなければならぬ日がくることは避けがたくなっていた」（一二〇九頁）。

いったいシャウキーの身に何が起こったのか？　何が英雄をこのような姑息で矮小な人間に変えてしまったのか。その謎が分かれば、シャウキーをかつての彼自身に戻すことができるのではないか、そう考えて「私」は旧友を救うべく、シャウキーの秘密に迫ろうとする。だが、「私」の企てはうまくいかない。シャウキーは、溺れている彼を救おうとする「私」の手をはねのけ、ますます深く沈んでいきたがっているかのようだった。すべてが徒労に思われ、「私」が無力感を噛みしめていた時、一人の患者のファイルが「私」のもとに届けられる。それは、かつて「黒い警官」と呼ばれ恐れられた、アッバース・アルザンファリーについてのファイルだった。アッバースの名を耳にしたシャウキーはその場に凍りつく。

黒い警官とはいかなる人物なのか。この男はシャウキーの変貌の謎にどのように関係しているのか。シャウキーの奇怪な変容ぶりが綿々と綴られた前半に対し、物語後半は、この黒い警官の謎をめぐって展開することになる。

あの時代

私たちのさして遠からぬ歴史におけるあの一時期のことをあなた方がまだ覚えているかどうか私は知らない。しかし、私の世代は決してそれを忘れはしないということを私は確信している。我々のあの混迷の世代は、四七年、四八年、相次ぐ戒厳令、忌まわしく、戦慄すべきテロに明け暮れたあの時代を忘れはしない。（一二〇六頁）

「私」やシャウキーが反体制運動に身を投じ、獄に繋がれたシャウキーが奇怪な変貌を遂げたのは、一九四七年から四八年にかけてのことである。作中では明示的に言及されていないが、その四年後の一九五二年、エジプト革命が起こり、王政は打倒され、社会主義政権が成立する。英軍も追放され、七〇年に及ぶイギリスによる植民地支配に終止符が打たれる。民族独立というエジプト国民の悲願が達成されたのだった。

この小説が書かれたのは一九六二年、革命の成就からさらに十年後のことである。一方、「私」による物語が語られるのは、「私」が医師となり、シャウキーも結婚し、作中に「あれから何年もたって」といった表現があることから、この小説が書かれたのとほぼ同時代であることが窺える。つまりこの作品では「私」が物語を語る革命後の「今」と、回想される「あの時代」という二つの時間が流れているのだが、「あの時代」の物語が「今」というフレームによって縁取られた単純なフレーム・ストーリーではなく、二つの時間は「私」の語りのなかで重層的に絡まりあっており、それがシャウキーの謎に一筋縄ではいかない錯綜した性格を与えている。

さて、革命前の「忌まわしく、戦慄すべきテロに明け暮れたあの時代」、黒い警官と、獄中の者たちに対する拷問の噂が飛ぶように広まった。「それ〔黒い警官〕は、私たちの世代が被っているあらゆる苦悶の象徴となり、私たちの世代の戦慄すべき恐怖の源となった」(一二〇六頁)。「あの時代」の苦悶の象徴たるその男のファイルが、今、「私」の目の前にあるのだ。「黒い警官こそは、牢獄、テロ、栄光、武装闘争、等と並ぶ我々の世代を象徴する主要なものの一つだったのだ。それをどうして見逃せようか?」(一二一六頁)「私」がシャウキーに同行を求めたのも、投獄されていた彼ならば、黒い警官が実際に何をしたのか、その真相を知っているだろうと思ったからだった。いや、「私」はこれまでにも彼の口から黒い警官の真相を聞きだそうと試みては失敗していたのだった。だが、その一方で「私」は、シャウキーの昔の仲間たちから「黒い警官」について、そして、それがシャウキーや彼の同僚の人生においてなした役割について多くの情報を得ていた。「それはテロによる支配が終わり、闇の中で行われた犯罪の追及が開始され、黒い警官に関する事柄が暴露され始めた時に、幾つかの新聞が流したセックスにまつわる破廉恥な噂とは無縁の、それとはまったく別の忌まわしい役割であった」（一二二頁）という。「それ〔性的暴行〕とはまったく別の忌まわしい役割」とは何か。「私」は次のように言う。

このアッバース・マフムード・アルザンファリーなる者の任務とは殴ることであった。自白させるために殴るかと思えば、ただ殴るのが目的で殴ることもあり、殴られた者は壊滅してしまうのだ。彼は様々なやり方で殴る。棒、鞭、靴、警棒、素手で。〔…〕彼が殴っている時、その姿を観た者は彼が人間とも動物とも無縁であると思うだろう。それのみか道具とも無縁であると思うだろう。と言うのも道具であるなら、殴っている時、あのような残忍な喜悦の情をあらわしはしないからだ。

（一二二頁）

アッバースの家へ向かう車中、突如、シャウキーが「私」に囁く。「その庁舎で黒い警官が朝から暮れ方まで殴っていたのは誰だか知ってるか？　え、誰だと思う？」

一瞬、我々の視線が交差した。私はその中に答えを思い当てていた。すると悦に入ったような笑

いを帯びた光が、彼の目から放たれた。[…]

――それは俺だったんだよ。

(一二二六頁)

二匹の野獣

『黒い警官』という小説において作者イドリースはいったい何を描こうとしたのだろうか。作品は、シャウキーの奇怪な人格的変容の謎を解く、一種の推理小説仕立てで書かれてはいるものの、それが「黒い警官」ことアッバース・アルザンファァリーによる拷問のせいであろうということは、このように物語半ばで容易に推察されてしまう。だとすれば、この「謎」自体は読者を釣るための一種の疑似餌であって、作者の意図は別のところにあるということになるだろう。事実、この小説をそのような謎解きとして読んではならない、ということが、物語前半において、その時にはすでにすべてを知りえた「私」の、次のような言葉で宣言されているのである。

私は自分の知り得たことが、出獄後のシャウキーの不可思議な行為のすべてを説明するものだとは思いたくなかった。もしそうなら、話は映画やテレビ放送のドラマの筋書きのように単純なものでしかないだろう。つまり、ある人間が投獄され、別の性格をもった人間として出獄し、彼が変わってしまったことの不可解さが彼の友人を不眠症にまでし、ある事態が生起したのをきっかけに、結び目が解けていき、主人公が口を開き、謎が解かれ、大団円を迎えるという類のものだ。

むしろ、人間というものがこういうふうであってくれたらと思う。

（一二一七頁、強調引用者）

だが「私」のこの言葉とは裏腹に、傍点で強調した部分にあることとこそ、この『黒い警官』という物語で起こることなのである。シャウキーは投獄され、奇怪な人格的変容を遂げて出獄した。その不可解な変容の謎を「私」は解き明かそうとし、かつて彼を拷問した「黒い警官」に遭遇することで結び目が解け、シャウキー自ら口を開き、彼の人格変容という謎が「黒い警官」ことアッバース・アルザンファァリーによる拷問であることが明らかになるのだから。これこそが、読者を待ち受けている筋書きなのだが、作者は「むしろ、人間というものがこういうふうであってくれたら」と言う。言い換えれば、シャウキーの変貌という形を借りてこの作品に込められた謎とは、こうした筋書きから容易に理解されるような「単純なもの」ではない、ということだ。では、私たちが真に解き明かすべきこの小説の謎とはいったい何なのか。

「私」とシャウキーは「黒い警官」の家を訪れる。二人がそこで見出したのは、狼のように咆哮し一個の獣と成り果てた人間の姿だった。かつての拷問者にシャウキーが対峙する場面は圧巻である。

——あんたはアッバース・アルザンファァリーなのか？

男は顔を上げ、死んだ目をシャウキーの顔に向けたままになった。シャウキーの顔はその口から迸るものの一切を受けとめようとしていた。そこには何年にも及ぶ歴史と大きな苦痛が刻まれ、その傷痕はその深さと古さにもかかわらず、いまなおうずいていたのだが、明らかにそこから引き出されている熱い呻きがシャウキーの顔を激しく打った。

——馬鹿のふりをしても駄目だぞ！……忘れたふりなんかするんじゃないぞ！……あの牢獄を忘れたのか？……朝から五時までぶん殴ったことを覚えてないのか？……あの九階を忘れたのか？……棍棒はどこへやった？……鞭はどこへやった？……あの血のことは覚えていないのか？……［…］この獣め！……あの喚き声はどうした？……鉄を打ち付けたあの半長靴はどこへやったんだ？……お前の拳はどこへいった？［…］俺を見て、なんとか言ってみろ！　話してみろ！　喚いてみろ！　忘れたふりをするつもりか？　よし、それなら、思い出させてやるぞ！　今すぐにな！

（一二四一—四二頁）

そう叫んでシャウキーは瞬く間にジャケットとシャツを脱ぎ、下着をたくし上げ、背中を露にした。その背中には、「どこにも皮膚またはは、皮膚らしきものが一ヶ所とてな」く、「そこで皮膚というのは、縦横に延びる傷痕で、それらは隆起した瘢痕と抉られたそれとの集積で、深く抉られた底には肋の骨が見えるかと思うばかりだった。その様はすさまじいもので、一目見た者は体の中を虫酸が走るのを覚えずにはいられないほどだった」（一二四二頁）。再び、あっという間に背中を隠したシャウキーはアッバースに向かって叫び続ける。

やがて彼の発する言葉は、不鮮明で不可解なものになり、どういう訳かきんきん甲高くなってついに言葉としての形態を失っていった。そしてついに、彼が発するものは皆、それが憎悪なのか、呻きなのか、苦痛なのか、号泣なのか分からぬが、とにかくそれらから成る長く繋がった一本の糸となってしまった。〔…〕それはまちがいなく、咆哮そのものだった。戦き震え、必死で助けを求める、極限的苦痛を嘗めさせられた者にしか発せられぬ咆哮だった。

（一二四二頁）

シャウキーの咆哮を耳にしたアッバースはその瞬間、何事かを理解し、激しい震えに見舞われ、恐怖にかられてベッドの上で限りなく身を縮めた。シャウキーはベッドに這い上がると、咆哮しながらアッバースを追撃し続けた。後退する余地がなくなり壁に張り付いたアッバースは咆哮した。

そのもう一つの咆哮はシャウキーのそれと混じりあい、次第に甲高くなっていき、ついにシャウキーのそれを沈黙させたのだった。〔…〕その戦慄すべき咆哮は、はじめ助けを求める声のようだった。が、やがて号泣に変わり、それは狂気じみた甲高いものと化し、それから突如――我々には予期できるわけもなかったが――その咆哮は犬のワウワウワウという吠え声になった。

（一二四三頁）

犬のように吠えながらその場にいた細君の手に嚙みついたアッバースは、彼女が手を抜いた次の瞬間、自分の腕に喰らいつく。

血は唾と混ざりながら、口から滴り落ちていた。ぱくりと開かれた口から剝き出しとなった歯の間に、血だらけの肉片があった。彼が自分の腕から嚙み切った肉片だった。[…]アッバース・アルザンファァリーは上下の歯の間に肉を嚙んだまま、内に籠もった声でワウワウと吠えたが、まるで声そのものから血が滴り落ち、血が彼の吠え声を濡らし、息詰まらせているかのようだった。

（一二四四頁）

そのとき偶然、「私」は壁にかけられた証書に気がつく。それは第二等職務功労賞の賞状で、次のように書かれていた。「国家への崇高な任務に対する献身的奉仕を表彰する……」。

ゴヤの「わが子を喰らうサトゥルヌス」を想起させる、獣のように咆哮しながら自らの腕を喰らう一個の化け物と化した、かつての「黒い警官」アッバース・アルザンファァリー。これがこの小説の「大団円」である。そして——

シャウキーは果たして、もとの彼に戻ることはなかった。「彼に生じた変化と、彼がその後変貌した新たな別の人間とは、彼の背中の傷痕に新しい皮膚が回復されることがないように、決して元に戻ることの許されぬ行程だった」（一二四五頁）。

作品は、次のように結ばれる。

私はあの日のことを思い出すたびに、あれほど多くのことが生じたにもかかわらず、あの一言が、それはごく当たり前で自然に発せられたのだが、なぜ忘れられないのかが未だに不思議でならない。〔…〕それは〔アッバースの細君〕ノウルの絶叫を聞きつけて来た女たちの一人、多分妬み深いウンム・アリーが言った言葉である。アッバースが歯に肉片をくわえ、滴る血は目に触れるすべてのものを血に染め、我々がその場に正気のままでは一刻も留まっておられなくなり、その部屋から逃げ出そうとした時に、彼女は舌打ちをしながら、傍らに立ち尽くしていた女に囁いたのだった……。〝人間の肉ってのはねえ、いいかい、一度口にしたら、もうそれなしではすませなくなるんだよ。あ、あ、神様ご慈悲を！〟

それを聞いたとき、私は耄碌婆が下らんことを抜かしおってと、馬鹿にしてまともに相手にしなかった。だが、なぜか分からないが、その言葉が耳から離れないのだ。（一二四五―四六頁）

殴打の哲学

殴打という、人間の身体に直接加えられる暴力の結果、人間が人間としてこの世界で生きていく上での「安寧」の喪失を体験したシャウキーは、二度と再び、もとの人間に戻ることができなかった。拷問者であるアッバースもまた、自らが振るう暴力にとり憑かれ、それは内側から彼を蝕み、人間存在としての彼を破壊する。対峙したかつての拷問者と被拷問者はともに獣のように咆哮しながら互いが互いの似姿と化し、もはや区別がつかない。『黒い警官』において作者イドリースが探究したのは、殴打という直接的、具体的暴力が人間存在にいかなる影響を与えるかという問題であり、殴打という暴力から人間という存在の一端を解き明かすことであったと言える。第六章において展開される「私」による「殴打」をめぐる考察は、そのまま、作者自身のそれであるだろう。

作者は言う、人は殴り返す自由がある時には、殴られてもこたえない。だが、殴り返す自由も権利もなく、ただただ殴られるだけの時、人は殴られるということの苦痛を真に感じ取る。「その時人は自分の体の一部に向けられた殴打と共に、もう一つの殴打が自分の存在全体に、人間としての感情全体と自己の尊厳に向けられていることを感じとるのだ。その殴打から来る打撃は痛烈である。[…]その時人間は、噛みつくことも、蹴り返すこともできぬただ恐れ戦く剝き出しの肉塊、苦痛を黙ったまま受けるのみの肉塊に変じてしまう」(一二二三頁)。

拷問によって抉られた底に肋骨が見えるかのような、皮膚なきシャウキーの背とは、剝き出しの肉塊と化した彼の実存のメタファーである。

殴打、この種の殴打においては、殴られる者が怯えきった人間スクラップ、苦痛に呻吟し怯えながら殴り返すまいとし、意識的に下へ下へと身を低くくずおれさせるスクラップと化していく時に、殴る方は別の種類の人間スクラップと化していく。そこにはあたかも破壊しつつより高くへ登りつめていく人間の姿がある。同じ種に属す者の身に生じる苦痛が彼に至福をもたらし、自らの意志で喜悦に浸り、さらに苦痛に対して自分の内に生じる人間的反応をも意志的に抹殺するのだ。そして彼の犠牲となった者がこれ以上ないほどの凄惨な姿で崩壊し破壊されていく時、他方彼の方は、神の被創造物にはできかねる、人間の中で最も低劣に堕した者にして初めて悦にいれる卑しく罪深い陶酔へと、彼の殴打は止むことを知らぬのだ。（一二二四頁）

『黒い警官』は、拷問が横行した植民地支配下のエジプト社会を舞台にしつつ、作者イドリースのこうした殴打論、あるいは暴力の哲学を小説化したものと言える。では、彼にこのような作品を書かしめたものとは何であったのか？　なぜ、彼はこの時期、このような形で殴打の哲学を小説に著したのだろうか。

植民地主義と暴力と聞いて誰もが想起するのは、フランツ・ファノンに違いない。ファノンは『地に呪われたる者』[2]において一章を割いて暴力について論じているが（第一章「暴力」）、そこで考察されているのは、植民地主義という暴力である。植民地主義は、軍事力の行使などの直接的かつ物理的な暴力を伴い、植民地支配の実践の個々の局面においても種々の直接的暴力を伴うが、基本的には構造的な暴力である。同論考におけるファノンの考察も、植民地主義の、構造としての暴力に向けられている。だが、イドリースの小説が描くのは、殴打という、人間個々の肉体に対して直接加えられる身体的暴力である。この文脈でファノンにおいてより関わるのは、同じ『地に呪われたる者』所収の論文「植民地戦争と精神障害」だろう。

「植民地戦争と精神障害」は、一九五四年から五九年にかけて、アルジェリアの医療センターおよび「民族解放軍」の衛生隊でファノンが診察した植民者と被植民者双方の精神障害の症例を紹介するとともに、植民地支配ならびに反植民地闘争が精神障害という形でいかに人間の精神に現象するかを論じ、植民地主義と脱植民地闘争の本質について探究したものである。小説『黒い警官』もまた、シャウキーとアッバース・アルザンファリーという脱植民地闘争に両極から関わった二人における、殴打という具体的暴力による精神障害の症例の、文学的表象として読むことができる。

これは私の推察なのだが、イドリースはファノンの「植民地戦争と精神障害」を読んで、この小説の着想を得たのではないだろうか。エジプトの独立闘争に参与したアラブの知識人として、イドリースがアルジェリアの独立闘争に深く関心を寄せていたであろうことは容易に想像できる。事実、一九六一年、イドリースはエジプトの新聞「ジュムフーリーヤ（共和国）」紙に、アルジェリアの独立戦争に関する記事を掲載している。同年出版された『地に呪われたる者』を彼が読んでいたことは、じゅうぶん考えられる。自身、医師であったイドリースが、ファノンが紹介している精神障害の事例に並々ならぬ関心を抱いたとしても不思議ではない。

実際、ファノンが論文で紹介している症例のいくつかの事例は、『黒い警官』におけるシャウキーやアッバースの症例を彷彿とさせるものである。たとえば、ファノンは無差別の拷問にあった者について、「何昼夜にもわたって理由もなく拷問されたのちに、これらの人々のなかで何かしらが壊れてしまったかのようだった」と記している。だが、イドリース作品との共通点がもっとも窺えるのは、ヨーロッパ人刑事Rだろう。アルジェリア人の拷問の任にあたっているこの刑事は、訊問以外の時もたびたび「狂気の発作」に襲われ、自分に「反対する奴にぶつかると、とたんに殴りつけてやりたくなる」という。ほんのつまらないこと、たとえば売店へ新聞を買いに行き、順番を無視して新聞をとったことに対して文句を言った者に平手打ちを食わせてやりたいと思う。家では、かつては子を折檻したことなどなかったのに、赤ん坊さえ稀に見る凶暴さで殴りつけるようになり、ある時、子どもたちを殴る夫に、「誓ってもいい、あんた気違いになるわ……」と言って妻が批判すると、彼女を椅子に縛りつけ、殴りつけたという。

『黒い警官』では、アッバースの妻ノウルによって、村の一好青年が、植民地支配の手先として体制に取り立てられることで、いかにして一個の狂気の獣へと変貌していったかが「私」とシャウキーに詳らかにされる。アッバースは次第に誰にも挨拶しなくなり、「毎日が隣人や雑貨屋の小僧、はてはベルをうるさく鳴らしたと、自転車で通り過ぎようとした者との間の罵り、罵倒、格闘、殴り合いに明け暮れた」。アッバースの変貌ぶりに妻が意を決し、彼と正面から向き合い、思うところを洗いざらい吐き出した時、アッバースは一頭の野獣となって妻に襲いかかり、彼女の肉に深く爪を立て、おぞましい言葉で彼女を罵ったのだった。ファノンが紹介している症例はいずれも数頁の短いもので、要約的な記述だが、イドリースはそれを、シャウキーとアッバースという人間像に——より正確には、崩壊した人間像に——文学的に形象化し、それを殴打の暴力をめぐる哲学として世に問うたと言える。

その文学的形象化の作業にあたっては、イドリースの作家としての想像力に加えて、医師としての臨床経験や、彼自身の獄中体験なども関わっているだろう。

だが、イドリースが、人間の精神に対する暴力として顕現する植民地支配と脱植民地闘争をめぐる暴力についてのファノンの考察を読んでこの作品の着想を得たのだとして、一九六二年という時代に、アンガージュマンの作家である彼がこの作品を書かねばならなかった理由とは何だろうか。「私たちの歴史のさして遠からぬ一時期」である「あの時代」、すなわち、英国の植民地支配下におかれ、植民地主義の手先となってエジプト人自身が同胞を拷問した「あの時代」の暗部、エジプトの歴史の恥部を文学に刻みつけようとしたのだろうか？　だが、そう結論するにしては、作品は、殴打という暴力がそれを行使する人間と、それにさらされる人間双方の精神に与える影響について微細に考察している一方で、ファノンが『地に呪われたる者』で展開しているような植民地主義の暴力それ自体に対する考察、あるいは、エジプトの「あの時代」の闇についての考察が希薄すぎるのである。では、『黒い警官』は、医師でもあったイドリースが純粋に、人間と、殴打という具体的直接的な身体的暴力の関係を、エジプト社会やエジプトの歴史とは関係なく、文学的に表象した作品なのだろうか。作品は実際、そのように結論しうるような形で書かれてはいる。しかし——

ポストコロニアル・モンスター

『黒い警官』という作品には、「今」と「あの時代」という二つの時が流れていると先に指摘した。

「今」の語りが「あの時代」の物語を包摂する単純なフレーム・ストーリーではなく、「あの時代」の物語が、あたかも寄せては返す波のように繰り返し訪れては、「今」の語りに滲み込み、織り込まれていくという形で書かれている。それは一面では、シャウキーの人格変貌をめぐる謎をより複雑でミステリアスなものに見せる効果をあげているが、この二つの時が縒り合わさった語りのあり方が意図することはそれだけではないのではないか。

『黒い警官』を読んでいて不思議に思うのは、革命前のあの時代——植民地支配を永続化しようとする者たちとの闘いの時代、テロと拷問の暴力とそれに対する不屈の闘いの時代——を、その闘いに勝利を遂げ、植民地支配を脱した「今」、物語っているにもかかわらず、この二つの時代のコントラストが存在しないことである。事実、エジプトの現代史においては、この二つの時代を画然と分かつはずの革命についての言及が一言もなく、「私」の語りにおいて二つの時代が縒り合わされることで、この二つの時代は、ほとんど区別がつかないのである。これはいったい何を意味しているのだろうか。

イギリスの植民地支配に対し輝かしい民族の勝利を収めたはずのエジプトは、この時代、政治的にはナセルによる独裁の闇のなかにあった。政府批判は弾圧され、獄に繋がれた政治犯は拷問された。「あの時代」、反英独立闘争の闘志たちが獄で体験した殴打の暴力は今、ナセルの独裁に異議を唱える者たちが経験している暴力にほかならなかった。革命によって植民地支配から解放されはしたが、今度は、革命の英雄によって——かつて一九五二年のエジプト革命は「ナセル革命」の名で呼ばれもした——国民は依然、独裁支配のくびきに繋がれていたのだった。あたかも、シャウキーが、自らの被った暴力によって治癒不能なまでにその人格を変容させてしまったように、植民地支配という獄に繫がれ、その圧倒的暴力にさらされた社会は、出獄したのちもその人間性を徹底的に破壊されてしまったとでもいうように。あるいは、他者を殴打することの喜悦に魅入られたアッバースが暴力にとり憑かれ、己が肉体までを喰らわねばならないように、植民地主義の暴力を経験した社会には植民者の暴力が憑依し、独立したのちも、その暴力が自らの社会を喰らい続けるとでもいうように。作中、「私」が語る次の言葉は示唆的である。

何たる皮肉か！ 我々は昨日まで、我が民衆を救えると確信し、それを希望とし、行動してきたのではなかったか？ だが今日は、我々のどちらもが自分さえ救えない有様だ。（一二一-一二頁）

シャウキーを救おうとしてなしえない「私」の挫折感の吐露として述べられた言葉だが、同時にそれは「あの時代」、エジプトを救えると確信し、それを希望とし、イギリスの植民地支配と闘ってきた者たちが、今、ナセルの独裁の闇の中に深く沈み、自らをいかに救うかという希望さえ持ち得ないという現実を端的に指摘した言葉に聞こえてならない。

この時代、ナセル独裁に異議を抱く者たちは政治犯として秘密警察によって秘かに捕らえられ、拷問された。一九八八年にアラブの作家で初めてノーベル文学賞を受賞したエジプトのナギーブ・マフフーズ（一九一一〜二〇〇六年）は小説『カルナック』（*al-karnak* 一九七四年）で、カイロのカフェ「カルナック」を舞台に、そこに集う者たちが、秘密警察の暴力によって人生を狂わされ、やがて猜疑心と裏切りに蝕まれていくさまを描いて、ナセル体制を告発したが、作品が発表されたのはナセルの死から四年後、一九七四年のことだった。ナセル体制下の一九六三年に発表されたマフフーズの短編「ザァバラーウィー」[3]は、今、読めば、著者がそこに体制批判の意図を込めていたであろうことは疑いないが、作品は寓話として書かれており、それをいかなるものとして読むかは読者の恣意に委ねられている。

だが、反骨の人イドリースはナセル独裁のただなかで、その独裁の闇を撃った。寓話とは別の手段で。「黒い警官」という作品はあくまでも、かつて革命前の時代に、独立闘争を抑圧する官憲によって行使された暴力を告発するという形をとりながら、イドリースはそこに、同時代のナセル体制の暴力を秘かに重ね描きした。作品は一見したところ、それとは分からない。だから著者は作中さりげなく、「むしろ人間というものが、こういうふうであってくれたら」という謎の一文を書き込むことで、この小説を、革命前の王政時代に、官憲によって反体制の活動家に行使された暴力の物語として読んではならない、作品の意図はそれとは別のところにあるのだということを秘かに読者に伝えたのだった。

一九九〇年代、アルジェリアでは内戦の嵐が吹き荒れる。かつて植民者によって行使されたコロニアリズムの暴力が、独立後の「今」、ポストコロニアルのアルジェリア社会において、かつての被植民者たちに憑依し再帰したかのようだった。そのポストコロニアルの暴力は、アルジェリア革命の成就を見ずに亡くなったファノンには考察しえなかったことである。悲願の独立を成し遂げ、実現したポストコロニアル社会の実像は、独立前に脱植民地化闘争を闘った者たちが思い描いたような喜びに満ちた輝かしいものではなく、暴力に冒された奇怪な姿をしたモンスターだった。卑屈な人間に変貌し、もはや拷問を受ける前の人格に戻ることはないシャウキーとは、植民地主義の暴力を知る前の社会には二度と戻りえない、暴力の記憶をその身に深く刻みつけられ不可逆的な変容を被ったポストコロニアル社会の謂いにほかならない。

現代アラブ文学には、アラブ諸国の多くがいまだ独裁制である事実を反映して、政治犯に対する拷問の問題を描いた「獄中文学」というジャンルがある。ナセル独裁の闇を描いたイドリースの『黒い警官』もそうした獄中文学の変奏曲とみなすことができるが、同時に、植民地主義の暴力が独立後の社会に憑依して、それを蝕むさまを、互いが互いの似姿のように二匹の野獣と化した男たちの衝撃的な姿を通して描いたこの作品は、エジプト・アラブ世界のみならず、広くポストコロニアルを生きる社会に深くはらまれた暴力の本質に迫る、ポストコロニアル文学の一作であると言えよう。

（1） Yūsuf Idrīs, *al-'askarī al-aswad*, maktabat miṣr, Cairo, 1959. 日本語訳はユースフ・イドリース「黒い警官」奴田原睦明訳『集英社ギャラリー［世界の文学］20 中国・アジア・アフリカ』、一九九一年。本文中の引用は、すべて同書から。ただし引用にあたって一部改変した。

（2）フランツ・ファノン『地に呪われたる者』鈴木道彦・浦野衣子訳、みすず書房、一九九六年。
（3）日本語訳は『ナギーブ・マフフーズ短編集』塙治夫訳、近代文芸社、二〇〇四年。

7　背教の書物

ユースフ・イドリースは、「ハラーム」や「ハラール」といったイスラーム社会の根幹をなす価値観を一貫して、根源的に問題にしてきた作家だった。[1]

「ハラーム」とはアラビア語で宗教的禁忌、すなわち神によって禁じられたものを意味する。一方、「ハラール」は神によって「是」とされたもののことだ。[2] ムスリム社会とは、イスラームの教えが個人の内面的信仰にとどまらず、社会的に実践されている社会である。ムスリム社会に生きるとは、人間個々がムスリムとして正しく生き、社会がムスリム社会として正しくあるために、何が神によって禁じられ、何が是とされるかを絶えず自己と社会に問いただしながら生きるということだ。だとすれば、エジプトの作家がハラームとハラールについて問う作品を書くのはけだし当然のようにも思える。だが、『黒い警官』において他者の拷問という暴力の麻薬的快楽に耽溺した人間が怪物へと変わり果てるさまを衝撃的に描き、人間存在の闇と社会の暗部を抉ったイドリースであれば、彼が凝視する禁忌が生半可なものではあり得ないことは容易に想像がつく。では、イドリースにおいてハラームとはいかなるものであったのか。そして、ハラームとハラールの相克を作品の中核に据えることでイドリースが開示しようとしたものは何であったのか。

肉の家

短編集 *bait min laḥm*(3)(一九七一年)の標題作は、直訳すれば「肉の家」だが、それが意味するのは文字どおり「肉慾の家」にほかならない。

貧しい寡婦がいる。彼女には三人の娘がいる。成熟しながら、貧しいために結婚できないでいる娘たち。四人は一部屋ばかりの家で身を寄せ合って暮らしている。娘たちは母親に再婚を勧める。お前たちより先に結婚するなんて出来ないという母親に娘たちは言う。母さんが先に結婚してくれれば、男の人の足がこの家にも向くようになって、私たちも結婚できるからと。母親は夫の週命日にコーランの読経のため家を訪れていた若い盲目のコーラン読みと再婚する。父親が亡くなったのち、笑いが途絶え沈黙が支配していた家に若い男が加わり、家には再び笑いが溢れるようになる……。

沈黙は姿を消した。もはや二度と姿を見せぬように思えた。生活の活気が這い戻ってきた。亭主は自分の亭主で、堂々と人前に出せるれっきとした亭主だ。自分の宗教に則ってもらった亭主だ。何も疚しいことなどない。だから自分は何をしても、許されるのだ。

(一二五〇頁)

夫婦の性の営みはハラール（是）である。年頃の娘たちを気にして、昼間、娘たちが留守のときの秘めごとであったものが、いつしか夜の営みとなる。

もはや彼女は、戸が半開きでも、秘密が洩れても、意に介そうとしなくなった。夜ともなると、みな一つ部屋に一緒になり、精神と肉体が寛ぎ、娘たちがそちこちに四散し、彼女らは何もかも承知していて、時々うずくような声や吐息を漏らし、その場に自らを釘付けにしたまま、体の動きや咳を押さえ込み、突然熱い吐息を漏らしてしまい、別の幾つかの吐息がそれを押し殺すというふうだった。

（一二五〇頁）

ある日、コーラン読みが妻に訊ねる、昼間、今日に限って結婚指輪を身につけていなかったのはなぜなのか。なぜ、今は堰を切ったように話すのに、昼間は黙り込んでいたのかと。その言葉が意味するものを悟って、母親は愕然とする。そして、直感する、それは次女に違いないと。翌日、朝食のとき、果たして次女は押し黙ったままだった。ある日、長女が母親の結婚指輪を見つめながら言う、「それ、いいわね。一日だけでいいから貸して」。母親は指輪を娘に貸す。夕方、今度は長女から笑いが消えた。男の歌声に唱和し、屈託なく笑うのは末娘だけになった。「だが、一番下の娘も忍耐と苦悩と薄幸の中で次第に成長していき、指輪遊戯の自分の順番をせがむようになる。沈黙の中で彼女は自分の順番をむかえる」。再び、家は沈黙に支配される。作品は次のように終わる。

後家と三人の娘。家は一部屋。新たな沈黙。

盲のコーラン読みがその沈黙をもたらした。沈黙の内に、彼は同衾の相手はいつも、自分の妻、大義名分の立った相手であり、結婚指輪をはめた女だと自分に言い聞かせた。女は時に若い娘になり、時に年増になり、滑らかになり、ささくれだち、瘦せ、そして肥満した。だが、これは女の方の問題だ。いや、これは目明きの問題であり、彼ら、ものを確証する能力に恵まれた者たちのみに責任あることなのだ。彼らは識別できるからだ。だが、彼にできる最たることは、疑うことでしかない。疑いは、視力を恵まれていないゆえに、確証には至れない。視力を奪われている限り、彼は確証からも無縁でいられる。彼は盲人であるから、それ故道徳上の咎から放免される。だが、もし、そうでないとしたら……。

（一二五二頁）

この作品についてエジプトの批評家アフマド・ハイカルは次のように説明する。「コーラン読みは単なる獣に過ぎない。彼は自分の欲望を歓ばせ、その本能を満たすことしか知らない。彼は単に盲目であるのではなく、真実に対して盲目なのであり、真実に関しその責任を負わぬがために、盲目であることに依存しているのである」(4)。この小説が、自らが犯すハラームを盲目であることを理由に不問に付すコーラン読みの態度を問うたものであるというのはハイカルの指摘のとおりである。一方、この小説は、象徴性のきわめて高い作品である。登場人物はわずか四人、しかも彼らには一切、固有名がない。個人としての個別性を表す具体的細部は最大限そぎ落とされて、「母親」「長女」「次女」「コーラン読み」という、ギリシャ神話を髣髴とさせるようなエートス的存在として登場している。だとすれば、ここで真に問うべきは、この「盲目のコーラン読み」という存在が象徴するものは何かということだ。

コーラン読みと娘たちの禁忌の関係が彼の一方的な欲望だけでは成立しえないことは明らかだが、彼と関係をもつ三人の娘と、とりわけその禁忌の関係を苦悶の果てに容認する母親について、不思議なことにハイカルはほとんどまったく触れていない。彼が言及しているのは「過ちに対する沈黙を共謀することで、娘たちはすべてを失ってしまう」(5)という一文だけだ。しかし、娘たちが「すべてを失」うということが特段、作品に描かれているわけではない。ほのめかしすらされていない。それは、エジプト社会の規範に則ったハイカルの、「こんなことをしでかした以上は、そうなるに決まっているはずだ」という解釈に過ぎないのではないか。

ここでハイカルがまったく見ようとはしない、娘とコーラン読みの禁忌の関係を知った母親について考えてみたい。母親は激しく苦悶する。

彼女が身を激しく震わせ、胸を掻きむしり、立ち上がり、絶叫したとしても、当然だっただろう。そのまま発狂したとしても無理からぬことだったろう。誰かが、彼を殺してしまってもよかったのだろう。なぜなら、彼の言ったことにはたった一つの意味しかないのだから。だが、なんと奇怪で、醜悪な意味であることか！

（一二五〇頁）

おぞましい禁忌を犯した男を殺さねばと思った次の瞬間、母親は娘たちの「飢え」に気づく。成熟しながら、結婚できないでいる娘たちの性／生の飢えに。

聞こえてくるのは、飢えたものの吐く息だ。彼女は感覚を研ぎ澄ましてはみるが、生の、熱い、封じ込められた肉体のひとつの塊を、別のそれと識別することはできなかった。［…］皆、等しく飢えているのだ。この食物はたしかに禁忌である。だが、飢えはそれ以上の禁忌だ。飢えほどの禁忌が他にあろうか。［…］

娘たちが飢えているとき、自分の口の中の食べものを出して食べさせてきたのは、この自分ではなかったか。［…］

（一二五〇―五一頁）

肉体の充足を求める成熟した娘たちの性の欲望は、母親にとって生への渇望そのものであり、生の充足に対する希求であった。肉体の充足を離れて生の充足も魂の充足もない。充足なき生こそ真の禁忌ではないのか。生／性をそのようなものとして母親が捉えたとき、娘たちが犯しているハラームは母親にとって、禁忌であることも何もかも突き破って、娘たちが「生きる」ためにとらざるを得なかったぎりぎりの選択であり、コーラン読みが享受する「性」とは決定的に異なる何かとなる。

コーラン読みと娘たちの禁忌の共謀関係は、母親のこの「生きる」ということに対する意志的な選択があって初めて成り立つものだ。母親は、生に飢えることこそ真の禁忌だとして、娘たちが真に「生きる」ために、規範がハラームとするものを容認することを意志的に選びとる。彼女は、何がハラームであるかを、社会的規範においてではなく、人間が「生きる」という絶対的な地平において捉えたのだった。母親の地平に立ったとき初めて、真の禁忌とは何かを問わず、規範が禁忌とするものを禁忌としながら、それを犯しても、真実が見えない自分の問題ではないと嘯くコーラン読みの二重の欺瞞が見えてくる。だとすれば、彼はハイカルが言うような、単に肉慾に耽る獣ではない。獣なら、本能を満たすことに言い訳は要らない。彼は、規範に従っているように見せながら、実は人間にとって真の禁忌とは何かを問うことなく、人間の生とは乖離した形骸化した規範にしたがい、禁忌を形式的にしか問わない欺瞞的な聖職者たちの象徴であり、作品は、そうした聖職者たちと、彼らが規範とするものの欺瞞をも真の禁忌として撃とうとしている。

「盲目のコーラン読み」の欺瞞が、一人このコーラン読みだけのものではないなら、生に飢えることこそ真の禁忌とした母親の選択などあたかも作品に描かれていないかのように「肉慾に耽る獣」とコーラン読みだけを断罪することは、この欺瞞の本質を見ないことで「肉の家」という作品の本質を誤読するものであり、同時に、それ自体がこのコーラン読みの写し絵にならざるを得ない。皮肉なことにハイカルの言葉は、盲目のコーラン読みの姿を借りてイドリースが象徴し、告発しようとしたエジプト社会の態度をまさに体現するものとなっている。

アル＝ハラーム――真の禁忌

真の禁忌とは何かを、最小限の登場人物と極限的な情況設定を通して象徴的に描いた短編「肉の家」とは対照的に、「禁忌」そのものをタイトルとした長編『アル＝ハラーム』[6]（al-ḥarām 一九五九年）では、革命前のエジプトの農村を舞台に、ある田荘の住民たちのありさまがつぶさに描写され、農村社会のきわめて具体的な人間模様のなかでハラーム（禁忌）とは何かが追求されている。

極貧の百姓女アジーザは、病身の夫が所望する季節はずれのサツマイモを探しに行った畑で、地主の息子に犯され、妊娠する。幾度も中絶を試みるが、願いに反してお腹の子どもはしぶとく生き続け、腹に子を宿したまま季節労働に赴いた彼女は、重労働に就きながら、ある晩、夜の闇に紛れて赤ん坊を産み落とす。泣き出した赤ん坊の口を思わず押さえた彼女は、過って赤ん坊を殺してしまう。やがて彼女自身も産褥熱で死ぬのだが、その非業の死が、それまで虐げられ差別されてきた季節労働者たちの連帯と反抗の契機となると同時に、彼らを賤民として差別してきた田荘の住民たちの意識にも変化が生じ、作品は、変革を希求する、階層を越えた民衆の連帯を示唆して終わる。

作品の標題の「ハラーム」には定冠詞「アル」がついている。とすれば、それは、社会にさまざまに存在する宗教的禁忌のどれかのことではなく、人間にとって真の禁忌、絶対的な禁忌を意味していよう。では、この小説が告発する真の禁忌とは何か。

それについてエジプトの批評家シャーフィ・アル＝サイィドは、差別と搾取に立脚した革命前のエジプトの社会体制を、アブドゥルハミード・アル＝カットは季節労働者に対する搾取を挙げている[7]。たしかにこの小説が、季節労働者に対する差別をあるまじき禁忌の一つとして告発していることは間違いない。だが、禁忌たる差別は何も季節労働者に対する差別だけではないのだから、それこそが作者の意図する、人間にとっての真の禁忌であるとは言えないだろう。先に見た『黒い警官』は、革命前の独立闘争時における拷問を描きながら、作品が真に企図していたのは、小説が執筆された当時エジプト社会が置かれていた、革命後のナセル体制の暗部を突くことだった。イドリースの関心はつねに「現在」にある。だとすれば、物語の舞台が過去に設定されていたとしても、作品の企図が、過ぎ去った時代の特定の体制や社会問題の告発にあったとは考えにくい。人間にとって真の禁忌とは何かという問いの答えは、アジーザという一個の人間の生の根源に肉薄して初めて見えてくるにちがいない。

貧しいながらも幸せな結婚生活を送っていたアジーザだったが、エジプトの風土病である住血吸虫に夫アブドゥッラーが体を蝕まれ、じゅうぶんな治療費もなく、やがて床についたままとなる。ある日、夫が所望する季節はずれのサツマイモを探しにアジーザは収穫後の畑にやってくる。

自分の手の中にあった鍬はあまり重すぎて思いのままにならなかった。だが今彼〔地主の息子、ムハンマド・イブン・カマレーン」が手にした鍬はしっかり握りしめられ、一分の隙もなく統御されていた。それは男ならではのことだった。ムハンマドの男らしさは、いつしかアジーザにアブドッラーのことを思い出させていた。アブドッラーがまだ元気だった頃、彼もまた今目の前にいる男のように、ふくらはぎにも二の腕にも筋肉がみっしりと盛り上がっていた。（一五三頁）

イブン・カマレーンが掘り起こしたサツマイモの根っこを手に、早く夫に食べさせてやろうと駆け出したアジーザは、畑に穿たれた穴に足をとられて転倒する。彼女を起こそうと手を差し伸べたイブン・カマレーンは、次の瞬間、彼女に襲いかかる。アジーザは男に二度、犯される。男が二度目の行為に及ぼうとしたとき、

今度こそ女は立ち上がり、穴からとび出し必要とあらば鍬を摑んで打ちかかることもできただろう。しかし、女はそうしなかった。女は声を上げることもなく、自分に咎はないと言い切る資格を放棄した被害者の呻きを洩らし続けた。（一五七頁）

やがてアジーザは、身ごもったことを知る。

これのすべてがサツマイモの根っこのせいなのだろうか？　ちがう、それはあの一瞬自分が抗いきれ

なかったせいなのだ。あの瞬間が我が身をおぞましい呪詛の化身とし、七ヶ月もの間自らの足で自らの身を踏みにじらせてきたのだ。（一六三—四頁）

男に襲われたとき、アジーザは自分が拒み通さなかったことを知っている。あの日、鍬を振りあげてサツマイモを探す若いイブン・カマレーンの逞しい姿に、アジーザは、かつての生命力溢れる夫の姿を重ねて見ていた。男に襲われたとき、仮に女の力で精一杯抵抗したとしても、結果は同じであっただろう。だが、アジーザは、自分がそのとき拒み通さなかった、それを自分は否定できない、それがために自分は姦淫というアッラーが禁じた絶対的な禁忌を犯したのだと自らを断罪する。そこには自己を偽ろうとする欺瞞の欠片もない。そして、その後、彼女が嘗めることになるあらゆる辛苦を、自らが犯したハラームの罰として甘受するのである。

これについてカットは次のように説明する。「作者は、アジーザのスクート〔倫理的転落〕に対する態度を通じて彼女の感情を分析する。彼女は最初、イブン・カマレーンに抵抗するが、二度目には身を委ねてしまっている。〔…〕夫アブドッラーが病気のため、満たすことの出来ないでいた夫に対する性的な欲望がおそらくその原因であったと思われる。〔…〕夫が病気になって以来、性的に満たされずにいた結果、アジーザは青年に対し無意識のうちに驚嘆し、彼を欲し、そしてその場面の直後に、転落するのである(8)」。夫が病に倒れ、久しく満たされないでいたがゆえにアジーザが、イブン・カマレーンに対して欲望を覚えたというカットの説明は正しい。正しいが、しかし、このような指摘は

『アル＝ハラーム』という作品の本質と根本的に相容れないものではないだろうか。カットは続けて言う、「指摘に値するのは、女は男の脚や腕の筋肉を目にしただけで、いつでも堕落するということである(9)」。

ここでは、アジーザがイブン・カマレーンに覚えた欲望が、「女」一般の欲望に普遍化されている。エジプトには「三人目は悪魔」thālithhum al-shaiṭān という諺がある。男と女が二人いれば、そこに三人目として必ず情欲を煽る悪魔がおり、良からぬ結果になるという意味で、男女が二人きりになることを戒めたものだ。男の筋肉を目にしただけで女はいつでも堕落するというカットの言葉は、こうした諺に示されるエジプト社会の性規範をそのままなぞったものであり、アジーザの「スクート」をめぐる彼の解釈もそこから演繹されたものである。カットは「スクート」（suqūt 転落）や「転落する」（saqaṭat）という言葉を留保なしに用いているが（アラビア語で「落ちる」を意味する動詞 saqaṭa は、物理的に物が落下することだけでなく、倫理的、性的な堕落をも意味する）、「肉の家」という作品が端的に示すように、イドリースが私たちに問うのは、ほかならぬこの「スクート」や「ハラーム」というものの自明性であり、その自明性を信じて疑わない規範のありようである。

アジーザがイブン・カマレーンを拒みきらなかった一瞬、すなわち彼女がイブン・カマレーンに性の欲望を覚えた一瞬とは、彼女の生命が、彼女のからだの深奥から生の充足を渇望した一瞬だった。それはたしかに禁忌だが、アジーザにその禁忌を欲望させたもの、すなわち生の飢えとはそれ以上の禁忌ではないのかと作品は問う。作品のトーンもスタイルも異にしながら、この小説が「肉の家」と同一のモチーフ、同一のテーマを扱っていることは明らかであろう。アジーザが男に欲望を覚えたその一瞬の中に、イドリースは、生の充足を渇望させる飢え、あるまじきものとしての「貧困」という絶対的禁忌を凝縮して描いてみせたのだった。そこに、カットのように単なる性的な欲望しか見ないならば、作者が問うた、禁忌の真の意味も見えないだろう。

禁忌の書物

ここで作品の構造に注目してみたい。小説『アル＝ハラーム』は、田荘の灌漑用水沿いで嬰児の死体が発見されるところから物語が始まる。死体を発見した田荘の住民たちは、遺棄された嬰児の死体に直ちに不義、すなわちハラームの匂いを嗅ぎ取る。姦淫を犯した淫婦は誰か、犯人探しが始まる。住民たちは疑心暗鬼に陥り、父親は未婚の娘を疑いの眼差しで探る。その犯人探しの過程で、田荘の住人たちのさまざまな――必ずしもハラームと無縁とは言いがたい――人間模様が描かれる。やがて季節労働者の女が卒倒し、熱に浮かされた彼女が無意識のうちに、子を孕み、産み落としたその子を過って殺すまでのいきさつを告白するという形で、季節労働者のアジーザが姦淫を犯し、嬰児を殺めるにいたった一部始終の事情が明らかにされる。それは、作品もようやく三分の二、全十七章のうち第十四章においてである。

物語の途中に過去を回顧する別の物語が埋め込まれるこのような錯時法について、ジュネットは、「充足的後説法は、出来事の渦中へ式の出だしを実践することと結びついていて、その狙いとするところも、物語の「経歴」の全体を回収する点にある。このタイプの後説法の場合、物語言説の重要部分を構成するのが通例であって、[…] 物語言説の本質そのものをなすことすらある」[10]と分析しているが、第十四章はまさにジュネットが言う、充足的後説法が「物語言説の本質そのものをな」していする好例である。アジーザが赤ん坊を殺すに至る経緯が回顧的言説として物語言説に収斂したとき、すなわち、田荘の人々が、いかにして姦淫というハラームが犯されたかを知るに至ったとき、彼らはハラームの何たるかを規範によってではなく、別の位相において捉えるようになるからである。

「『アル＝ハラーム』という物語においてアジーザの過ちに関する詳細な分析を読み進んでいくほどに、悲劇の主人公に対する軽蔑や嫌悪といった我々の感情は完全に失せ、社会的環境の中に隠されてしまった原因であり、その後においては彼女の生のすべてを、彼女自身が犯してもいない罪に対する悲劇の原因に対して軽蔑と嫌悪を覚えるようになる。それは、アジーザを易々とレイプの餌食にして償いとして支払わなければならなかったような原因である」[11]とエジプトの批評家ラジャー・アル＝ナッカーシュも指摘するように、この章を境に禁忌なるものの一大転換が生じ、これによって規範はむしろ人間の生の現実を見ないものとして一挙に否定される。

ナッカーシュが「彼女自身が犯してもいない罪」とまで断言するほどに、アジーザが赤ん坊を殺すに至る事情とは、それが明らかになってみれば、彼女の犯したハラームさえをも溶解させずにはおかない。もし、物語言説が物語内容に一致して語られていたなら、つまり出来事の順序にしたがって、彼女が芋畑の偶発時で子を孕む一部始終が、殺された嬰児の発見に先立って描かれていたならば、私たちはそもそも彼女の行為をハラームとは見なさず、それを禁忌と見なす規範それ自体を批判的に問う契機を失っていたにちがいない。物語が嬰児の死体の発見で始まるのは、「姦淫」という、規範が最大の禁忌とするものを連想させ、出来事をまず規範的見地から眺めるためである。作品前半で規範が強調されるほど、真相が明らかになったとき、規範はにわかに形骸化し、人間を裁き得ないものとして、一挙に否定されるべきものと化す。イブン・カマレーンにアジーザが覚えた性／生の衝迫に、生に対する飢えとしての貧困が人間にとって最大の禁忌として描かれると同時に、真の禁忌の何たるかは、人間の生の深奥に対峙することなく、人間の行為を一元的に裁断しようとする規範的な言説を超克した地平において見出されなければならないことが、作品のこの対比的な構造によって弁証法的に示されている。

さて、悪いのは社会であり貧困であるとすれば、アジーザは犠牲者に過ぎない。それだけならこの小説は、「何が彼女にそうさせたか」式の、社会悪を告発した社会小説にとどまっていただろう。ところが作者は、アジーザを貧困という社会的不正の一方的な被害者としては描かなかった。イブン・カマレーンに抗い得なかった一瞬によって、作者はアジーザにハラームの罪を負わせたのである。

私たちがアジーザの犯したハラーム、すなわち彼女がイブン・カマレーンに対して欲望を覚えたことを知ることができるのは、作者全知の手法による物語叙述――それは、神の視点である――と、自分を責めるアジーザの内的独白によってである。だとすれば、その一瞬の真実とは、神とアジーザのみが知っていることである。自分は抵抗したのか、しなかったのか。相手が大の男であってみれば、結果は同じなのだから、女の非力で抵抗したのだと自分をごまかすこともできたはずだ。しかし、自分は抵抗しなかったのだとアジーザが認めるのは、自身の生の真実と対峙したとき、そこに性／生の欲望があったことを否定し得ないものとして彼女が認めるためにほかならない。管区長フィクリー・エフェンディをはじめとする田荘の住人たちとアジーザが決定的に異なるのはこの点である。たとえば、姦淫というハラームを犯した女を探し出す責を負ったフィクリーは次のように記されている。

こんな禁忌を働いた女というのは、いや、もっとずばりと言うなら、その淫婦はいったいどんな女なのだろうか？　淫婦という言葉が口にされるたびに、フィクリー・エフェンディは身もすくむような怖気に見舞われ、身震いせずにはいられなかったにもかかわらず、彼にも他の男たちの例に漏れず、婚前いや婚後にさえ女たちとの関係がなかったわけではなかった。しかし彼は自分と過ちを犯す女たちは淫婦ではなく、淫婦というのは自分以外の男と関係を持った別の類の女のことだと思っているふしがあった。（十四頁）

婚外の性関係はすべてハラームのはずだが、ことが露見しない限り禁忌を犯したことにはならないという、ハラームに対するフィクリーの態度は、「肉の家」のコーラン読みの態度とあい通じるものがある。「肉の家」が、ハラームに対する母親とコーラン読みの態度の対比の上に描かれていたように、田荘の住人たちのハラームに対する欺瞞的な日常的態度が明らかになればなるほど、アジーザの、自らを罪ありと断じて偽りない態度が際立たずにはいない。では、アジーザはなぜ、それを罪とするのか？

だけどあたしは、結局、拒み通さなかったのよ！　アッラーよ、天から地に下るすべての聖なる書によって、このあたしめを存分に呪ってくださいませ。なぜって、あたしはしまいには負けてしまって、拒み通さなかったんですから。（一六四頁）

神が存在しなければすべてが許されるとすれば、その反対に、アジーザが自分よりほかに知る者のない一瞬を「罪」だと断言するためには、神の存在を措定しなくてはならない。アジーザが自らのなした「行為」ではなく、一瞬、欲望を覚えたという「内面」に罪を認めるのは、彼女が真に「神」に対峙しているからにほかならない。

アジーザは、イブン・カマレーンに情欲を覚えたのではない。彼の逞しい腕に、彼女は夫を見たのだった。青年の力強さの中に一体化したい夫の生を感じたのだった。アジーザは神の教えに従ってこの欲望を禁忌としたが、果たして、アジーザのこの欲望は禁忌なのか。禁忌が禁忌たり得るには、それを禁忌となす、ある絶対的な地点を必要とする。真の禁忌とは何かを問うことは、この絶対的な地点を問いなおすことにほかならない。

性／生の飢えとアジーザの欲望は一体である。「肉の家」の母親は、真の禁忌とは何かを自らに問うたとき、規範的な言説を超克した地平において、生の飢えこそ最大の禁忌とした。アジーザは神にしたがい自らの欲望を禁忌としたが、作品が問うのは、果たしてそれは本当に禁忌なのか、という問題である。

作品のこの反語的な問題提起によって、カットは、イドリースにおいて倫理的価値観は相対的なものであると主張する。「イドリースがハラームというものに関心をもつのは、その進歩主義的立場のゆえであり、その立場から彼は倫理的価値観が相対的なものであると信じている。すなわち、人間は誰しも禁忌を犯すものであり、それが秘匿されている限り、禁忌を犯したからといって咎められることはない。ただし、一旦、暴かれたなら、禁忌を犯した者は罪を犯したことになるのだ(12)」。しかし、そうだろうか？「肉の家」を見る限り、イドリースは決して「倫理的価値観が相対的なものであると信じていた」りはしなかったはずだ。倫理的価値観に情況主義的な相対性を認めているのはむしろコーラン読みの方であり、「肉の家」という小説はコーラン読みのこの欺瞞的態度を問うたものだった。そうであるなら、イドリースが価値観の相対性をたびたびテーマにしたのは、倫理的価値観が一方では相対化されながら、人間の生の真実を見ない形骸化した規範が絶対的なものとされて人が裁かれる社会の矛盾と欺瞞を問題にしていたからであるだろう。アジーザの欲望は果たして本当に禁忌なのか、この欲望は肯定され得ないのかと作者が反語的に問うとき、それは、禁忌を相対化しているのではなく、この欲望が肯定されるなら何において肯定されるのか、その絶対的な地平を問うているのである。イドリースが「ハラーム」を執拗に問題化したのは、禁忌を問うことが、人間が立つべきこの絶対的な地平を開示するものであったからにほかならない。

アジーザは神ゆえに、イブン・カマレーンに対して覚えた欲望を禁忌とした。だが、ナッカーシュが彼女に無罪を宣言するように、この小説の文学的強度は、アジーザが犯す禁忌の内実に肉薄することで、それは真のハラームではないということを読者に確信させてしまうところにある。しかし、それは、単に形骸化した規範を否定するにとどまらず、神が禁忌としたものをも否定するということであり、規範的見地からすれば、まぎれもない背教である。

『アル＝ハラーム』という作品が突きつける問いに真に応えようとすれば、人は背教のハラームを犯さなくてはならない。エジプトの批評家たちがあえて作品の本質を捉え損ねるのは、サルマン・ラシュディの『悪魔の詩』ほどあからさまではないが、預言者をパロディにしたラシュディ作品よりもはるかにラディカルに、『アル＝ハラーム』という小説が実は危険な背教の書物にほかならないことを、彼らが直感しているからかもしれない。

（1）たとえばエジプトの批評家アリー・ジャードは、「ハラームやハラールを問題化する姿勢」がイドリースの「フィクションの中核をなしている」と評する。Ali Jad, *Form and Technique in the Egyptian Novel 1912-1971*, Ithaca Press, 1983, p.273.

（2）イスラームにおいて飲酒や豚肉を食すことが禁じられている――つまり「ハラーム」である――ことは知られているが、女性や子どもたちの居住空間が「ハレム」と呼ばれるのも、それが親族以外の男性にとって不可侵――すなわち禁忌の――領域だからである。イスラームでは豚肉だけでなく、羊や牛であってもイスラームの作法に則って屠殺された肉以外はハラームである。日本でも、ムスリムの人々が地域で密着して暮らすようになり、これらの人々のためにイスラームの作法に則り屠殺された肉が「ハラール・ミート」と表示されて店頭に徐々にではあるが並ぶようになってきた。

（3） Yūsuf Idrīs, ‘bait min laḥm,’ *bait min laḥm*, maktabat miṣr, Cairo, 1971, pp.3–11. 日本語訳はユースフ・イドリース「肉の家」奴田原睦明訳、『集英社ギャラリー［世界の文学］20　中国・アジア・アフリカ』、一九九一年。本文中の引用はすべて同書より。ただし引用にあたって一部改変した。

（4） Aḥmad Ḥaikal, ‘ yūsuf idrīs wa nasījuhu al-qaṣaṣī kamā fī bait min laḥm ’（「「肉の家」におけるユースフ・イドリースと物語のテクスチュア」）, *dirāsāt adabiīya*（『文学研究』）, dār al-ma'ārif, Cairo, 1980, p.203.

（5） Ḥaikal, 前掲書。

（6） Yūsuf Idrīs, *al-ḥarām*, maktabat miṣr, Cairo, 1959. 日本語訳はユーセフ・イドリース『ハラーム［禁忌］』奴田原睦明訳、第三書館、一九八四年。本文中の引用はすべて同書より。引用については「肉の家」に同じ。

（7） Shāfī al-Sayyid, *ittijāhāt al-riwāya al-misrīya*（『エジプト文学の複数の方向性』）, dār al-ma'ārif, Cairo, 1978, p.213. 'Abd al-Hamīd al-Qatt, *yūsuf idrīs wa al-fann al-qaṣaṣī*（『ユースフ・イドリースと物語技法』）, dār al-ma'ārif, Cairo, 1980, p.6.

（8） Qatt, 前掲書 pp.83–84.

（9） Qatt, 前掲書。

（10） ジェラール・ジュネット『物語のディスクール——方法論の試み』花輪光・和泉涼一訳、書肆風の薔薇、一九八五年、三〇—三一頁。

（11） Rajā al-Naqqāsh, ‘ yūsuf idrīs...baina al-'aib wa al-ḥarām ’（ユースフ・イドリース『エイブ』と『ハラーム』のはざまで）, Taha Husain et al., *Yūsuf Idrīs*, maktabat miṣr, Cairo, 1986, p.143.

（12） Qatt, 前掲書 p.6.

8　大地に秘められたもの

その名が深く記憶に刻まれる主人公というものがある。あたかも、そうした主人公を造形したこと自体が文学的事件であったかのように、文学史にその名を刻印される主人公たち。ラスコーリニコフ、ジュリアン・ソレル、ヒースクリフ、エマ・ボヴァリー、金俊平、ムスタファー・サイード……。主人公の名だけでこと足りるのは、彼らの存在自体が作品を表象しているがゆえに、作品名をいちいち挙げるに及ばないからだ（とはいえ、最後のムスタファー・サイードについては説明が必要だろう。スーダンの作家、アル＝タイイブ・サーレフの小説『北へ遷りゆく季節』の悪魔的主人公である）。これらの主人公に共通するのは、いずれも独自の形で、それぞれの時代と社会のエートスと深く切り結ぶ存在であることだ。

ユースフ・イドリースの小説『アル＝ハラーム』のアジーザも、そうした特権的な主人公の一人だと思う。一九九一年にイドリースが亡くなったとき、このエジプトを代表する作家の死を追悼するアラビア語の紙面に、彼の代表作をイラストで表したものがあった。今でも強烈に覚えているのは、鞭を振るう男の絵には「黒い警官」と作品名が添えてあるのに、百姓女の絵には「アジーザ」と書かれていたことだ。『アル＝ハラーム』という作品が、アジーザという存在によって深く記憶されていることのひとつの証左である。

だが、全十七章から成るこの小説の第十二章までは、田荘の住民たちの人間模様と、その人間関係の根底にある彼らの精神性がつぶさに描かれ、作品は、農村に生きるエジプト人の生態図鑑といった様相を呈しており、物語がアジーザに焦点化して綴られるのは第十四章のわずか一章のみである。『アル＝ハラーム』におけるアジーザを主人公とする物語とは、作品の結構上はひとつの挿話に過ぎない。そのアジーザが、作品全体を表象する存在となっているのは、なぜなのだろうか。言い換えるなら、アジーザは、この時代のエジプト社会のいかなるエートスと切り結ばれているのだろうか。

エジプト固有の文学

イドリースはわが国〔エジプト〕の農民について書いた最初の作家でもないし、また、農村を描いた初めての作家でもない。しかし、イドリースの真の価値は、彼が農村について書くとき、その人地を掘り起こし、その下に秘められたものを彼が熟知しているところにある。イドリース文学において、エジプト農村の真の姿が現れるのである。

作品の多様さにもかかわらず、イドリースの作品が湧き出る根源的源泉、包括的目的、根本的本質は一つである。根源的源泉とはエジプト人の人間的情感であり、包括的目的とはエジプト人の人間性を具象化することであり、根本的本質とはエジプト固有の色彩、世界的な形式、人間的傾向をもった発展的な新しい芸術である。

ラジャー・アル＝ナッカーシュ

アフマド・ハイカル

小説が当たり前のように書かれ、読まれている今の日本では広く忘れ去られていることだが、「小説」とは近代になって西洋から新しく移入された文学ジャンルである。二葉亭四迷がロシア語小説を日本語に翻訳するという実践を通して、日本語における小説の文体を獲得していったように、日本文学が「小説」という西洋伝来のジャンルを受容し、近代小説の文体を日本語が獲得し、それによって今日、私たちの知る「日本語」が成立するまでには、多くの作家たちによるこの新奇な文学形式との格闘が必要だった。

同じことは、非西洋世界であるアラブ世界に関しても言える。近代西洋世界との邂逅は、「小説」という、これまでアラブ世界に存在しなかった新たな散文形式の文学との出会いをもたらした。西洋小説の翻案や翻訳を経て、やがてアラブ世界でもアラブの作家たちが自ら小説を書き始めるようになる。フランスの植民地であったマグレブ地方（アルジェリア、チュニジア、モロッコの北アフリカ三国を指す）やレバノンなどではアラビア語に先立って、まずフランス語で小説が書かれ始めた。植民地においてフランス語が「国語」として定着し、書き手が言語的に根深く植民地化されていたというだけでなく、そこには、フランス語がすでに近代小説の言語として存在していたのに対し、アラビア語がいまだ近代小説の言語として完成していなかったという、言語におけるモダニティの「時差」が大きく関わっていよう。

やがて第一次世界大戦を機に民族独立の気運が高まると、西洋列強の植民地支配に抗する民族の主体性が文学においても模索され始める。時代の要請に応える新たな文学の創造が希求され、以後、エジプトにおいては、真のエジプト文学とは何かという問い、言い換えるなら、文学におけるエジプトの固有性というテーマが、小説をめぐる問題の中核を構成することになる。

エジプトは十九世紀末以降、英国の植民地支配下にあった。近代西洋から伝来した、その意味では「借り物」である小説が「エジプトの固有性」を獲得することで、小説を真に「エジプト文学」たらしめることが文学的課題となったのだった。イドリース自身、「エジプト社会が疑う余地なく蔵しているが、いまだに明かされていないもの」の探究を自らの文学的使命としているが、それは、この時代のエジプトのナショナルな要請に呼応してのものだったと言える。そうした文脈に、イドリースについて論じたナッカーシュやハイカルの言葉を置いてみるなら、近代アラブ小説をめぐる歴史において、彼がいかなる位置を占めているかがわかるだろう。イドリースとは、植民地支配に抗してエジプトが真に明かすべき、「エジプト農村の真の姿」を初めて描き、「エジプト人の人間性を具象化し」、「エジプト固有の色彩」をもった文学を小説において実現した作家であったということだ。

しかし、エジプト農村の何を描けば、その「真の姿」を描いたことになるのだろうか？　しかも、ナッカーシュによれば、それは地上に顕現しているのではなく、大地の下に秘められているのだという。イドリースの代表作である、エジプト農村を舞台にした小説『アル＝ハラーム』において、「エジプト農村の真の姿」が描かれていることはまちがいない。そして、アジーザがこの作品を表象する存在であるとすれば、イドリースの慧眼こそが大地の下から掘り起こしたとされるエジプト農村の真の姿とは、このアジーザにおいて体現されているにちがいない。

隠喩としてのヒロイン

イドリースは『アル＝ハラーム』を著す三年前に、革命運動をテーマにした長編『ある愛の物語』（*qissat hubb* 一九五六年）を発表している。主人公は学生活動家の青年、ハムザ。当局に追われる身となったハムザは地下に潜伏し、やがて連絡係として隠れ家に通う女性同志ファウジーヤに思いを寄せるようになる。そしてある日、隠れ家を訪れた彼女に思いを告白するのだが、「あなただけはその辺の男とは違うと思っていたのに、見損なったわ」と一蹴されてしまう。だが、後日ファウジーヤに再会したハムザは言う、ぼくはきみの面に宿る綿畑の白さを、きみの瞳のなかを流れるナイルを愛しているのだと。ハムザのこの言葉は同時に、祖国に対する愛の決定的な告白となっており、それゆえ、ハムザの先の告白を一蹴したファウジーヤも今度はこれを受け入れる。愛する女性のなかに「エジプト」が見出されることによって、祖国愛と恋愛の対立がひとつの愛へと止揚される。

この作品が書かれたのとほぼ同時期、エジプト人作家、イフサーン・アブドゥル＝クッドゥース（一九二九〜九〇年）も同じテーマで小説『私たちの家に一人の男がいる』（*fi baitinā rajul* 一九五七年）を発表している。[1] イドリースの『ある愛の物語』は、このアブドゥル＝クッドゥースの作品に触発されて書かれたことは、作品の結構上の類似から一読して明らかである。官憲に捕らわれていた若き革命の闘士イブラーヒームは、監視の目を盗んで脱獄し、ある家庭に匿われることになる。やがて、その家の娘、清純なナワールと相思相愛になるのだが、イブラーヒームは手紙でナワールへの思いを告白しながら、祖国解放のために英雄的な殉死を遂げる。

『ある愛の物語』と『私たちの家に…』を読み比べてみると、同じような結構を用いながら、イドリースがそれを独自の物語に変換し、あまつさえアブドゥル＝クッドゥースが描く「革命」に対する批判的応答として作品を書いていることが分かる。活動家の主人公が潜伏先で若い女性と出会って恋に落ちるというプロットは同じだが、ハムザはイブラーヒームのような英雄ではない。イブラーヒームが祖国解放のために英雄として死んでいくのに対し、ハムザはあくまでも一介の活動家に過ぎず、しかも、彼は地下に隠れているだけで実際には何の活躍もしない。むしろ、墓掘り人夫や労働者たちが、この知識人活動家をいかに援け、運動を支えているかが作品の主要なモチーフとして描かれる。

ヒロインの造形も対照的だ。イブラーヒームと組織のあいだの連絡をとりもつことを頼まれたナリールは、組織へのメッセージを携えて独り外出する。映画では、すれ違う人にもいちいち怯えるナワールの様子に、良家の娘が一人で外出することなど滅多にないエジプト社会において、彼女がいかなる女性かということが示唆されていた。ナワールは愛する男性のために、そして祖国のために、規範を犯し、危険を冒すのである。他方、ファウジーヤは、男たちが暮らすアパートを独り訪ねることも意に介さない。独り暮らしの男性の住まいを独りで訪れる未婚の女性は、エジプト社会の規範で言えば「あばずれ」であるが、ファウジーヤはそんな社会の規範など歯牙にもかけない。そして、ナワールがイブラーヒームを崇敬の対象として愛するのに対し、ファウジーヤは革命の対等な同志として、ハムザの最初の愛の告白を一撃の下に粉砕する。アブドゥル＝クッドゥース作品に内面化されているジェンダーの非対称性に対して、イドリースが明確な批判的意識をもっていたことは間違いない。

さらに、いずれの作品においてもヒロインは祖国エジプトの比喩となっているが、ナワールがその無垢ゆえに、男性主人公によって守られ、解放「される」べき祖国エジプトのメタファーであるのに対し、ファウジーヤはその強さと能動性ゆえに、自らを解放するエジプトのメタファーとなる。二人とも祖国解放のために規範を侵犯するが、ナワールがあくまでも受身であるのに対し、ファウジーヤは、規範に縛られない精神の独立と自由を持ちえているためにそうするのであり、革命運動への参与も、そのような自主独立の精神によるものである。ちなみに「ファウジーヤ」はアラビア語で「勝利」を意味する。勝気な彼女のキャラクターそのままの名であるが、彼女がエジプトのメタファーであるなら、それは最後には革命を成就させ、勝利を勝ち取ることになるエジプトをも意味しているだろう。
『ある愛の物語』においてイドリースが目論んだのは、革命を独りの英雄によって表象するのではなく、歴史にその名をとどめることのない人民のものとして描くと同時に、エジプトを、イブラーヒームのような一握りの英雄によって解放されるものとしてではなく、自らを解放するものとして描くことだったと言える。だが、主人公を知識人の青年活動家に設定し、恋人への思いに祖国への愛を重ねて描くという、アブドゥル＝クッドゥース作品のプロットを踏襲した結果、作品はある種の特権性を免れず、作者の目論みは中途半端なものになってしまった。いや、もっと言えば、大いなる矛盾を孕むことになってしまったのではないか。

女が解放される祖国のメタファーとされることで、女を解放の主体の位置から排除する思想を、イドリースは革命運動に参与するファウジーヤの主体性を描いて批判した。だが、革命／解放運動の真の主体が無産労働者たちであるなら、土地をもたぬがゆえに小作だけでは食っていかれず、季節がくれば見知らぬ土地へ赴いては綿畑の害虫駆除の出稼ぎ労働にたずさわり、田荘の住民たちから人間以下の存在として蔑まれながら炎天下でただひたすら綿の葉から虫を取り除くことでようやく日銭を稼ぎ日々の糧を得る、たとえばアジーザのような季節労働者にとって、「きみの面に宿る綿畑の白さを、きみの瞳のなかを流れるナイルを愛する」という言葉はいったい何を意味するだろうか。背に鞭を喰らいながら綿畑での重労働で生をつなぐ彼らの肌は綿の白とは無縁だろう。綿畑の白さは彼らにとって、祖国愛のメタファーなどではありえないことだけは確かである。

『アル＝ハラーム』の最終章（第十七章）では、アジーザの死に呼応して、もの言わぬ季節労働者たちが、支配と差別と抑圧に抗して大地のうねりのように起ちあがるようすが力強く描かれる。

> その報〔アジーザが亡くなったという報〕が野良に出ている季節労働者のもとに届いたのは昼食がすんだ後だった。訃報を伝えきいた後の季節労働者たちの挙動には、管区から派遣されていた労働監督係や現場主任には、いかんともしがたい変化が生じた。季節労働者の長い列に、不規則に揺れ動く波がうねり伝わっていったのだった。それを察知して、仕事の手を休めるなとばかり、すかさず彼らの背に鞭がふり下ろされると、今までついぞなかったことだが、季節労働者たちはぐっと背筋を反らし、目をかっと見開いて、労働監督係や現場主任の方へ一斉に向き直った。その目は瞬きもせず、その眼差しの行きつく涯はアッラーのみが知る凄まじい反抗を、寡黙と忍耐とによって長い間培われてきた、言葉の介在せぬ蜂起を警告していた。奇妙なことに、労働監督係それに現場主任たちは季節労働者たちのその眼差しを一度目にすると、がらりとそれまでの態度を変えてしまった。[2]
>
> （二三四―三五頁、強調引用者）

それまで背に鞭を喰らい、悪口雑言を浴びながら、差別と抑圧をひたすら耐え忍んできた彼らが、アジーザの死の報を契機に、凄まじい反抗の意思をその眼差しに宿して労働監督係や現場主任に対峙するに至るのである。それは、アジーザの生と死に対する「否」、アジーザが象徴する「地に呪われたる者」たちの生に対する、人間の尊厳を賭けたまったき「否」であったと言えよう。

作品は、最終章のあとに「かくしてその年は過ぎていった」で始まる三頁の「結び」が添えられている。田荘の住民たちそれぞれのその後の顚末がひとしきり詳述されたあと、革命の予兆と革命後の社会のようすがわずか三段落に凝縮して描かれる。

その後の数年は、これまでになかった新しい事態を次々に目撃することになった。たとえば、農地の賃貸契約を結んだ農民とアフマディ・バーシャとのあいだに生じた不和、抗争、頻発する裁判沙汰、その結果、差し押さえに来る執行吏たち、差し押さえられた不動産、差し押さえ済みの動産や家畜に見張り番、競売に付される物品、管区の揚水機や収穫物に対する怨恨による放火等々。

そして革命《サウラ》が起きた……。（二四八頁）

革命はエジプト社会の何を変え、あるいは変え得なかったのか。それまでの大地主に代わり、「幾百人という小土地所有者が生まれたが、住居だけは以前に彼らが日雇いや小作農だった頃に住んでいたままの家だった。これらの幾百人もの小自作農は、やがてある者は肥え太り、他人を賃雇いするようになり、またある者は次第に先細りになり、生活に窮するようになった挙句、土地を売って小作人へと転落していった」。革命が成就し、革命前の社会秩序が変革され、季節労働者がいなくなってもなお、アジーザがそうであったような無産労働者の、無産労働者であるがゆえの人間の悲惨――ハラーム――が消失したわけではないことが、この一文で端的に伝えられる。

革命後の社会においても搾取と抑圧のうちに人間の尊厳が侵されるというハラームは形を変えて依然、継続していた。だがエジプト革命の生起が、人間の尊厳の侵犯に対する全人民的な「否」の宣言であったことは間違いない。このとき、アジーザの死を知った季節労働者たちの眼差しに宿った「もの言わぬ蜂起《サウラ》 *thaura* の警告」とは、やがてエジプト全土で起こる「革命《サウラ》」の警告であり、その力の源にほかならない。英国の植民地支配から独立を勝ちとり、腐敗した王政に終止符を打つことになる「エジプト革命」の力の源泉は、これらエジプトの大地に生きる「もの言わぬ者たち」、「地に呪われたる者たち」のまったき「否」の意志、彼ら自身によっては言説化されない意志のなかにあるという作者の主張を、最終章と「結び」に現れる「蜂起《サウ》／革命《ラ》」という語の反響のなかに聴き取ることができる。

作者は、人間の尊厳を侵す貧困と、無産労働者の搾取の上に成り立つ社会のありようこそ人間にとって最大の禁忌として告発した。同時に、社会の最底辺で収奪され、差別される無産の季節労働者たちの反抗と連帯の意志に、英国の植民地支配のもとで収奪され、やがてそこからの解放を求めて起ちあがるエジプト人民の姿を重ね書きしている。腐敗した王政を打倒し、七〇年に及ぶ英国の植民地支配から自らを解放したエジプト革命が、植民地主義のもとで抑圧されてきたエジプトの民族的主体性の体現であるならば、革命を真に成就せしめた力とは、知識人革命家が紡ぐ政治的言説とはまったく無縁なところで、大地に這いつくばって背中に鞭を喰らいながら生きる、もっとも収奪された者たちの尊厳を賭けた「否」の意志のなかにあることを『アル＝ハラーム』という作品は力強く訴えている。「エジプト」の意志を真に体現する彼らは、歴史にその存在すら記されることなく黙々と生きる者たちであるからこそ、彼らの意志はペンによって「大地の下」から掘り起こされなければならなかったと言える。このときイドリースが、地に呪われた者たちにその真実の姿を開示させるために「大地の下」から掘り起こしたのは、アジーザという、歴史が決して記憶することのない、社会の最底辺でもっとも抑圧され、もっとも収奪された女――サバルタンの女――の存在だった。

アジーザは貧困のうちに生き、貧困のうちに非業の死を遂げる。たしかに彼女の生は悲惨だった。労働監督係や現場主任に向けられた季節労働者たちの「否」の意思とは、アジーザが生きることを強いられた生に対する「否」にほかならない。それは、人間は決してこのような生を生きてはならない、このような生を強いることこそが許されざる禁忌であることを力強く告げている。しかし、季節労働者たちが起ちあがり、やがてエジプト革命《サウラ》へと連なる蜂起《サウラ》の意思を顕わにするのは、アジーザが、ただひたすら悲惨を耐え忍ばねばならなかった受身の犠牲者であったからではない。

彼女が地主の息子に欲望を覚えた一瞬とは、運命に抗し、神に反して、貧困が彼女から奪おうとした生の充足を彼女が求めた一瞬だった。その一瞬に、あるいはその欲望に、あらゆる抑圧に抗して人間がそれでもなお希求してやまない生への意思が凝縮している。季節労働者たちの反抗とは、彼女白身がその全存在を賭けて発した「否」の声、差別と貧困に抗して生きる彼女の生への意思に呼応したものにほかならない。アジーザが自らの生をいかに生きたか、そのこと自体が、彼女が生きることを強いられた生に対する彼女の「否」の表明なのだと作品は断言する。

アジーザは、革命によって変革されるべき旧体制の犠牲者のメタファーでも、解放されるべき無垢なる祖国のメタファーでもない。その自主独立の精神ゆえに、自らを解放する祖国が投影された存在でもない。抑圧に抗して、禁忌を犯しながらも生きようとする――アジーザは夫以外の男に性欲を覚え、不義の赤ん坊を殺める、その意味で彼女は決して無垢ではない――彼女の逞しい生の力こそ、傷つきながら自らを解放する「エジプト」がその大地に秘めたものにほかならない。アジーザはエジプトの大地に生きる無数の名も知れぬ者たちの一人、エジプトの根源的一部である。これらの存在を大地に深く秘めているがゆえにエジプトは限りなく愛しい存在となる。「アジーザ」とは、アラビア語で「愛しいもの」を意味する。

隠喩としてのサバルタン

文学におけるエジプトの固有性の探究とは、イドリース自身が自らの使命としたものであるが、それは、政治的独立が久しく民族の悲願であったこの時代のエジプト社会のナショナルな要請でもあった。革命によってエジプトが英国の植民地支配から脱し、政治的独立を獲得した七年後、『アル＝ハラーム』は生まれた。この小説がエジプト農村の真の姿を描き、エジプトの固有性を体現しているとするならば、それは、ナッカーシュが言うように、イドリースが大地の下に秘められているものを掘り起こし、それを通して「エジプト」を描いたからにほかならない。大地の下に深く秘められているもの、それは、やがて革命をも成就させることとなる、もの言わぬ無産労働者たちの存在の深奥に宿るまったき生への希求と反抗の意思である。作者はそれを、アジーザという存在に凝縮して描いたのだった。エジプト農村を懐として生まれ育った、第三世界の知識人としてのイドリースは、重層的抑圧の根底にジェンダー化されたサバルタンの女が存在することをたしかに知っていたにちがいない。

小説が、その虚構ゆえに真実を描きうるのは、小説の虚構性においてこそ私たちがサバルタンに出会い、その声を聴くことが可能になるからである。だからといってもちろん作家がサバルタンをいかようにも表象し、彼女に何を語らせてもよいということではない。表象されたサバルタンは、すでに彼女自身ではない。サバルタンが表象されるとき、彼女自身は表象のなかでさらに沈黙させられ、二重にサバルタン化される。サバルタンを描くとは、この表象のアポリアに向き合うことにほかならない。

イドリースがアジーザを描いたのは、二〇世紀の後半になってサバルタンをめぐるポストコロニアルの諸言説が世界的に興隆するはるか以前である。だが、第三世界出身のマルキスト知識人としてスピヴァクがサバルタンの女の問題を知っていたように、イドリースもまたそれを知っていただろう。『アル＝ハラーム』とは、重層的抑圧の根底にあるサバルタンの女をいかに描くかという問題に対する、作家の挑戦であったとも言える。イドリースがアジーザを描いたのは、サバルタンとして生き、サバルタンとして死ぬアジーザのサバルタン性こそを描くためであった。アジーザが生きる、無産労働者の悲惨な生の現実を描きながら、しかしイドリースは、彼女を決して犠牲者一辺倒の存在にはせず、悲惨を生きる主体としての彼女の能動性《エージェンシー》を見事に作品に刻み込み、そうすることで、サバルタンたるアジーザに、いまだ明かされぬ「エジプトの真実」を仮託したのだった。『アル＝ハラーム』という小説の強度はまさにこの点に由来する。

しかしその一方で、「大地に秘められ」「いまだ明かされぬ」エジプトの真実、固有性なるものが、アジーザの性的欲動を作品の中核に据えることによって担保されるということは何を意味しているのだろうか。

たとえば、グリム兄弟が民話を採集するさいに、従来は無学なドイツの農婦たちの語りが集められたとされてきたが、グリム兄弟自身の主張とは裏腹に、実は中流や上流階級の教養ある女性たちから集められた物語であることが現在では明らかになっている。ここで注目したいのは、グリム兄弟が、ドイツ民話の固有性や真正さ——ひいてはドイツ民族の固有性や本質——を「農民の」「文字の読めない」「女性」によって担保しようとしたことである。そこには、民族の本質や固有性が、大地に密着して生きる、文字の読み書きとは無縁な女のうちに宿されるとするドイツ・ロマン主義のイデオロギーがあるが、それと同種のものが『アル＝ハラーム』においても作動していると言えるだろう。この小説がエジプトの固有性を描いたものとして受け入れられるという事実は、そうしたイデオロギーが社会的にも強力に作用していることを物語っているし、さらにそのようなものとして読まれることで、そうしたイデオロギーの内面化を促すだろう。

植民地支配に抗するエジプトの民族的主体性の根源として描かれた季節労働者たちの反抗を生み出したのはアジーザの生への意志だが、イドリースはそれを、彼女が一瞬覚えた、抑えようのない子宮の疼き、すなわち、サバルタン女の身体という大地に秘められた性的欲望に結晶化させて描いた。『アル＝ハラーム』において体現されているエジプトの固有性とは、大地に生きるアジーザというサバルタン女の「性欲」という「大地に秘められたもの」――あるいはフロイト的に言うならば、「暗黒大陸」に秘められたもの――を、もっとも秘められているがゆえにもっとも真実なるものとして、作品の中核に描いたことにあるのではないだろうか。

このとき、アジーザの性欲は彼女のものであって、彼女のものではない。彼女のからだの奥に秘められた、神と彼女しか知らないはずの彼女の欲望の記憶は、神の視点を有する作家によって暴かれて、名もなき無産労働者たちの深奥に宿る生への意思、ひいてはエジプトの大地に秘められた自由への希求に読み替えられる。アジーザの死を知った季節労働者たちの列にまるで地波のように「不規則に揺れ動く波がうねり伝わってい」くが、このとき、これら季節労働者たちは限りなくエジプトの「大地」そのものに同化し、アジーザも季節労働者も、もの言わぬエジプトの大地のメタファーとなる。『アル＝ハラーム』では、サバルタン女が、言説化しうる言語とはもっとも遠い存在であるがゆえに、そして、彼女の性欲が、彼女の自由意志とは関係なくその身体のもっとも秘められたところから湧き上がる欲望であるがゆえに、サバルタン女の存在がエジプトの大地そのもののメタファーとしてネイションの固有性を担保するべく描かれている。だが、それは、男性知識人作家による、サバルタン女のセクシュアリティの文学的搾取であるとは言えないだろうか。イドリースは、エジプト社会におけるナショナルな要請を自らの文学的使命とし、アジーザというサバルタン女によって見事に「エジプト」を表象《リプレゼント》することで、字義どおりポストコロニアルのエジプトの要請に応え、エジプトというネイションを代表《リプレゼント》する作家となった。だが、サバルタン女とは、ネイションに主体的に同一化してナショナルな要請を自らの使命として選びとったり、ネイションを代表するような主体の位置を占めることのできない者たちのことだ。男が女を一方的に無垢で受動的な存在として表象し、女を解放されるべき祖国のメタファーとすることで、男が解放の主体となる言説と同じように、そこには、サバルタン女をそのサバルタン性ゆえにもの言わぬ祖国の大地のメタファーとして表象し、そうすることで主体となろうとする知識人作家の欲望がありはしないか。アジーザの声は、彼女の性欲とともに、男性知識人に横領されてしまったと言うのは、果たして言い過ぎだろうか。

21世紀のアジーザたち

一九九〇年代半ば、来日したバングラデシュの女性活動家ファリーダ・アクターは、同国では人口抑制のため、先進工業国のODAと抱き合わせに、経口避妊薬のみならず、合州国内では安全基準上、法的に使用が禁じられている埋め込み式の避妊薬が地方農村部の女性たちに対して半ば強制的に使用されていると訴えた。サバルタン女の性欲は、ネイションと決して無関係ではない。だが、それは決して、サバルタン女の性欲にネイションの真実が見出されたり、ネイションの固有性が担保されるという意味においてではない。むしろ、文学におけるネイションの固有性に奉仕するために、男性知識人によってサバルタン女のセクシュアリティが表象されるように、北側先進工業世界の未来設計に奉仕するために、「南」の女たちのセクシュアリティが、世界を代表《リプレゼント》／表象する「北」の人間たちによって操作されているのである。

小説『アル＝ハラーム』は、柳の木の逸話で終わる。アジーザは陣痛をこらえるために柳の枝を噛みしめた。彼女がこと切れた用水堀の縁に、彼女が投げ捨てた柳の枝から木が生え育ち、やがて、その木に不妊の癒しを求めて不幸な女たちが祈りを捧げに来るようになったという。

革命前、病身の夫と子どもたちを養うために、アジーザが季節労働者として見知らぬ土地に赴いたように、二一世紀のアジーザたちは、国境を越えて「移民労働者」となる。そして、アジーザが地主の息子に強かんされて身ごもり、産後の重労働がたたって死んでいくように、たとえば、湾岸産油国で家政婦として働くフィリピン人女性は、自分を強かんしようとした主人を殺して死刑に処せられ、あるいは、故郷に子どもを残して日本に出稼ぎに来ていたタイ人のホステスは、売春を強要する店の「ママ」を殺して懲役刑となった。殺された「ママ」もまた出稼ぎのタイ人だった。梅毒に冒され、殺されなくても余命いくばくもなかったことが検死で判明した。香港では、高層マンションの窓から転落死する出稼ぎの家政婦が後を絶たないという。それは、危険な窓拭きのさなかの不注意による事故なのか、それとも、強かん者の手を逃れようとして、逃げ惑ううちに足を滑らせたのか、あるいは、外出の自由もない奴隷労働から、自らの意志で自由になることを求めたのか……。イドリースが『アル＝ハラーム』で、人間における絶対最大の禁忌として描いた無産労働者の搾取と抑圧は、グローバル化された世界において依然、「アル＝ハラーム」であり続けているのであり、作品の最後に刻み込まれたアジーザの墓碑たる柳の木は、二一世紀の今日、グローバル化された重層的抑圧の根底でハラームを生きるサバルタンの女たちの存在を――私たちが耳を澄ますべき祈りの声がそこにあることを――私たちに指し示し続けている。

（1）『私たちの家に一人の男がいる』はのちにヘンリー・バラカート監督によって映画化され、オマル・シャリーフが主演している。

（2）引用はすべて、イドリース『ハラーム［禁忌］』奴田原睦明訳、第三書館、一九八四年から。引用にあたり一部改変した。

9　コンスタンティーヌ、あるいは恋する虜

かつてモロッコでフェズ出身の画家に出会った。「門の画家だよ」。一緒にいた、やはりフェズ出身の詩人がからかうように言って画家を紹介した。彼の絵を見た。門だと言われなければ何の絵だか分からない、そんなデフォルメされた門の絵ばかりを彼はひたすら描いていた。

市壁で囲まれたフェズ旧市街には無数の門がある。まず市壁の東西南北に街に出入りするための大きな門がある。その一つ、ブージュルード門はモロッコ伝統のモザイクで飾られた美しい門で、その下はいつも、記念写真を撮る観光客で賑わっている。そうした由緒ある門だけでなく、世界最大の迷宮都市と言われるこの街には、入り組んだ路地のそこここに街区を仕切る小さな門があり、かつては夜になるとそれらの門は木の扉で固く閉ざされたという。彼が描くのは、フェズの街のそうした大小さまざまな門の絵だ。

「フェズの街を知っているかい？」ワイングラスを片手に詩人は言うと、体を椅子ごと後ろに傾け、

後ろの二本の脚でかろうじて椅子を支えながら、顔を大きく後ろに反らして真上を向くと、搾り出すような声で言った。「フェズの空はこうしてようやく視界に入る、頭上に四角く切り取られた小さな空だ。狭い、閉ざされた空間のなかで、男も女も欲望を持て余している。それがフェズだ」。

だとすれば、そのフェズの街の門を描くことで画家は、フェズという街の本質を描こうとしていたのだろう。一枚のカンバスに、フェズという古都に堆積した千数百年という時間の厚みを、閉ざされた空間のなかに充満する人間たちの欲望や情念を……。

アルジェリア出身の女性作家アフラーム・モスタガーネミー（一九五三年〜）の小説『肉体の記憶』（*dhākirat al-jasad* 一九九三年）に登場する画家——語り手であり、主人公でもある——が描くのは門ならぬ橋の絵である。彼の故郷、アルジェリアの都市コンスタンティーヌにかかる無数の橋の絵だ。

アルジェリアの北東部に位置するこの国第三の都市コンスタンティーヌは、街のまわりを、城塞をとりかこむ濠のように渓谷が取り巻いている。いや、街自体が、巨大な渓谷の底から聳え立つ砦のようにも見える。いくつもの橋が渓谷をまたいで街と外界を結ぶ。なかでも深い渓谷の上を渡る巨大な吊り橋はこの街を象徴する橋となっている。

パリで異郷《ゴルバ》の孤独を生きていた画家の前に、ある日、一人の女性が現れる。画家は彼女の肖像を描く。それは、コンスタンティーヌの吊り橋の絵だった。以来、彼は憑かれたように橋の絵を描き続ける。彼女の肖像であり、コンスタンティーヌそのものである橋の絵を……。

純粋恋愛小説

『肉体の記憶』は次のように始まる。

かつてきみが言ったことをぼくはまだ覚えている。「わたしたち二人のあいだで起きたこと、それこそがほんとうの愛。起こらなかったことは、ただ小説に出てくるようなこと」。だとすれば、ぼくらのスキャンダルを描いた小説こそ味わいたいものだ。ぼくらのあいだで起こらなかったこと、それは無限の広がりをもっている。それを小説に著すには何巻あっても足りないだろう。

そして、ぼくらの愛もまた……。ぼくたち二人のあいだで起きたことは、なんと美しかったことか……。起きはしなかったこともまた美しい……。そして、未来永劫、決して起きることはないとわかっていることごとも、なんと美しいことだろうか……。

今日までぼくは、人生に癒えて初めて人はそれについて書くことができると思っていた。再び痛みを覚えることなく、古傷にペンで触れることができて初めて、愛しさも、狂気も、憎しみも覚えることなく、過去を振り返ることができて初めて、人生について書くことができるのだと。だが、ほんとうにそうなのだろうか? 人は自らの記憶に癒えることはない。だからこそ、人は小説を書くのだ。だからこそ人は絵を描くのだ。

一九八八年秋、ハーレドは故郷コンスタンティーヌに戻る。「すべてが終わってしまった今」、彼が追想する「きみ」との出来事。甘美な、しかし永遠に癒えることのない痛みとして、肉体が忘れることのできない記憶がハーレドの一人称によって綴られる。

パリに暮らす隻腕のアルジェリア人画家ハーレド。あるときパリのギャラリーで開かれた個展に若い女性が訪れる。黒い髪の、ハーレドの亡くなった母が身につけていたのと同じアルジェリア伝統のブレスレットをしたその女性は、ハーレドの親友で、祖国解放に殉じた英雄スィ・ターヘル（「スィ」はマグレブ地方で男性の名の前につける敬称）の娘アフラームだった。

二十数年前、戦闘で腕を負傷し、治療のため隣国チュニジアの首都チュニスに赴くハーレドに、スィ・ターヘルは娘の名を託す。革命の指導者であり司令官であったスィ・ターヘルは、長女が誕生して数ヶ月してもチュニスにいる家族を訪れることができないでいた。チュニスの病院でハーレドは左腕を切断する。医者は肉体の一部を失ったハーレドが人生の新たな現実に耐えるために、文章か絵をかくことを薦める。ハーレドは絵を選ぶ。自分にとっていちばん大切なものを描くように言われ、ハーレドが描いたのは、故郷コンスタンティーヌの吊り橋の絵だった。

退院後、ハーレドはスィ・ターヘルの家族を訪ねる。父親が選んだ正式な名がハーレドによって伝えられるまで、家族は赤ん坊を「ハヤート（命）」と呼んでいた。解放闘争で自らの肉体の一部を失ったハーレドは、解放闘争のさなかに誕生した新しい命に出会う。スィ・ターヘルがその命に与えた名は「アフラーム」、アラビア語で「さまざまな夢」を意味する。ハーレドが腕を犠牲にし、スィ・

ターヘルが命を犠牲にしたのは、これら未来のアルジェリアに生きる無数の命たちのためだった。その命のために彼らが抱いた、さまざまな夢のためだった。

その命、その夢がいま、美しく成長して彼の前にいた。パリの大学で学ぶ彼女は、同時にアラビア語で小説を書く作家でもあった。故郷コンスタンティーヌのアクセントで語る彼女のアラビア語が、異郷で孤独に生きてきた彼の存在に滲み入る。パリで亡命生活を送る彼にとって、彼女は懐かしい故郷の記憶のすべてだった。母の記憶、故郷コンスタンティーヌの街、革命に託した未来の夢の数々……彼は恋に落ちる、狂おしいまでに……。やがて彼女は、後見人である叔父によって、アルジェリア財界の大物のもとへ嫁がされることになる。

ハーレドとアフラームのあいだに起きたこと、それは、幾度かの逢瀬と、彼のアトリエでのただ一度だけの抱擁と接吻がすべてだ。恋愛小説で描かれるような劇的なことは何も起こらない。にもかかわらず、いや、だからこそ、この作品は究極の恋愛小説となっている。

二人のあいだで実際に起きたことは、恋愛という出来事のほんの一部に過ぎない。彼が回想するのは、現実には起きはしなかったけれども、起きてほしいと彼が願った出来事である。彼は毎夜、想像のなかで彼女を抱き、自分のものにする。実際に起きていればスキャンダルになっていたにちがいない。しかし起きていればなんと甘美であったことだろう、たとえ傷をさらに深めるものであったとしても……。ただ一度きりの抱擁と接吻、それはなんと甘美であったことか。同時に、毎夜、彼が夢想しながら、しかし、二人のあいだで起きはしなかったことごともまた。そして、彼女が永遠に失われてしまった今、未来において決して起こりえぬ出来事もまた——それは彼の夢想のなかにしかない——なんと美しいことか。彼女との恋は、彼女がほかの男のものとなったあとでも、決して起こりえない出来事の甘美な記憶として彼のなかに生きつづけるだろう。

だが、二人のあいだで起きなかったこととは、起きてほしいと願ったことばかりではない。ハーレドにはズィヤードというパレスチナ人の親友がいる。アルジェリアでアラビア語の教師をしていたズィヤードは、ハーレドより一まわり若いパレスチナ人の詩人だ。革命後のアルジェリアの体制を厳しく指弾するズィヤードの文章を穏健な表現に改めるよう、当時、政府の機関紙の責任者をしていたハーレドが求めたとき、それを断固として拒絶したズィヤードの信念に満ちた態度に、ハーレドは、体制の擁護者にいつしか堕していた自分に気づかされ恥じ入る。ハーレドはズィヤードの文章をそのまま掲載して処分されるが、以後、二人は固い友情で結ばれ、やがてズィヤードは、パレスチナ解放の闘争の列に加わるためにアルジェリアを去る。ハーレドは彼が尊敬するこの若き無二の親友についてアフラームに語り聞かせ、夏期休暇にアルジェリアへ帰る彼女にズィヤードの詩集を貸し与えさえする。

秋、パリを訪れたズィヤードをハーレドはアフラームに紹介する。友人の名を告げるよりも早く、アフラームは彼がパレスチナ人の革命家詩人であることを言い当て、すぐさま彼の詩を暗唱してみせる。二人のあいだに運命的な出会いを感じとらずにはいられないハーレド。パリの自宅にズィヤードを残し、ハーレドは予定されていた個展のためグラナダに赴く。自分より若く、信念の男であるズィヤードを彼女に紹介するという愚行を呪いながら。ハーレドはグラナダからアフラームへの思いを連綿と手紙に綴る。だが、彼女は今頃、この手紙をズィヤードに見せているのではないか。自分の留守中に二人は自分の家で逢瀬を重ねているのではないか。二人は結ばれたのか、親友は自分を裏切ったのか、彼がパリに予定外の長逗留をしているのは彼女ゆえなのか……。アラブ・イスラームの歴史的記憶においてグラナダとは、五〇〇年前、アラブ王朝最後の王ボアブディルが、ヨーロッパ・キリスト教徒の軍勢の前に一戦も戦わずして降伏し、明け渡してしまった王都である。この自分もまたボアブディルのように、愛するアフラームをなす術もないままズィヤードに明け渡してしまうのか……。異郷でハーレドは想像し、独り苦しむ。

ズィヤードはレバノンに戻る。あくる一九八二年、イスラエル軍がレバノンに侵攻し、ハーレドは彼の死を知る。ズィヤードがハーレドのアパートに残していった、今は彼の遺品となったスーツケースの底にハーレドはアフラームの小説とズィヤードの手帳を見つける。手帳にはいくつもの詩が書きとめられていた。

通わしめよ、ぼくの体軀に、きみのその唇を
ただ剣のみが通ったこの体軀に
燃え上がらせよ、ぼくを、炎の女よ……

詩に記された日付から考えてその女性が彼女であることは間違いない。やはり二人は愛しあったのか？ 彼女は自分ではなくズィヤードを選んだのか？ それとも彼女に出会って、詩人が詩想を掻き立てられただけなのか？

アフラームとの記憶をめぐるハーレドの追想の大半は、このように彼の想像、というより妄想のなかの出来事である。想像の世界の中の出来事が、現実に起きた出来事と同じように、あるいはそれ以上に彼を歓喜に酔わせ、また苦しめる。そのとき彼が感じる喜びと苦しみはどこまでも真実である。『肉体の記憶』で綴られる恋愛とは、実際に起きはしなかったこと、ただ主人公によって狂おしいまでに想像された出来事の記憶である。だが、そもそも恋愛とは、現実に起きたこと以上に、人間の想像力のなかで体験される出来事ではないのか。

画家はひたすら恋する女性のことを思い続ける。そこには、恋の虜となって愛しい女《ひと》への思いをひたすら詩に歌い続けた、アラブの古《いにしえ》の詩人の姿が重ねられている。アラブ世界で語り継がれる「ライラーとマジュヌーン」（「マジュヌーン」とはアラビア語で「気狂い」の意）の悲恋物語において詩人カイスは恋するライラーへの思いを公然と詩に歌い、彼女の名誉を汚したことで恋人を失い、発狂する。狂おしい恋の虜となっているハーレドは現代のカイスである。だが、年齢的にアフラームの父親であってもおかしくはないハーレドは（事実、彼は彼女にとってある種の「名づけ親」でもある）、若いカイスのように世間の掟を破って彼女への愛を歌い上げるほど恋の狂気に我を忘れることはできない。だからこそ逆に、その恋は妄想となって彼の内部でますます激しく燃え盛るのだとも言える。彼にできるのはせいぜいアトリエで彼女を抱きしめ、唇を重ねることだけだ（とはいえ、古の詩人はライラーの手にすら触れたことはなかったにちがいない）。彼がアフラームの肖像を描くことは、カイスがライラーを詩に歌うのと同じタブーである。ハーレドは彼のノスタルジア、コンスタンティーヌの化身たるアフラームへの思いのすべてを込めてコンスタンティーヌの吊り橋を描く。彼女は彼にとって過去と現在、夢と現実、故郷と異郷を架橋する橋、彼を歓喜と苦悩、エロスとタナトスのはざまに宙づりにする橋である。

恋愛小説がつねにそうであるように、『肉体の記憶』もまた、甘美であると同時に痛みに満ちた物語である。いや、恋愛における甘美と痛みとは、決して別個のものではない。甘美も痛みも想像のなかで限りなく増幅していく。甘美であるほどにそれは妄想と嫉妬の源になる。恋に落ちた者は、愛する者の言葉を、表情を、いくとおりもの仕方で解釈しようとする。まるで批評家がテクストを解釈するように。だから、愛する者はつねに謎に満ちている。テクストが謎に満ちているように。アフラームの思わせぶりな態度がハーレドを翻弄する。だが、その「思わせぶり」と思える態度さえ実は、彼の想像が過剰に読み取っているものかもしれない。彼女はほんとうに自分を愛していたのか？ 愛の謎は、ズィヤードが書き残した詩のように、いくとおりもの解釈の可能性に開かれたまま、物語は終わる。

『肉体の記憶』はその形式においても内実においても純然たる恋愛小説である。だが、恋愛小説として書かれながら、この作品がその根源において真に企図する痛みに満ちた記憶とは、ハーレドの失われた恋の記憶のことではない。そのことは、作品冒頭にさりげなく、しかし、たしかに刻まれた「一九八八年秋」ということばによって示唆されている。

一九八八年十月、アルジェリアの首都アルジェでは、反政府デモが暴動に発展し、多数の市民が死傷した。当時、私は隣国のモロッコにいた。新聞一面に大きく掲載された、歩道に横たえられた何体もの遺体の写真を今でもよく覚えている。社説の見出しには「アルジェリアの怒りの秋」とあった。「怒りの秋」kharif al-ghaḍab とは、一九八一年十月、イスラエルと単独和平を結んだエジプトのサダト大統領がイスラーム主義者に暗殺されたとき、エジプト人ジャーナリスト、ムハンマド・フセイン・ハイカルがこの暗殺事件を論じた自著につけたタイトルである。アルジェ暴動の翌年、憲法が改正され、かつて革命を成就し、フランスの植民地支配からの独立を勝ちとったFLN（国民解放戦線）の一党独裁に代わり、複数政党制を敷くなど民主化が推進された。しかし、一九九一年の総選挙でイスラーム主義政党のFIS（イスラーム救国戦線）が勝利すると、イスラーム主義者の政権獲得に対して西洋諸国に支援された軍部がクー・デタを起こし、九〇年代、アルジェリア社会は政府とイスラーム主義者のあいだで分裂し、内戦の混沌《カオス》へと陥っていくことになる。一九八八年十月とは、独立後三〇年にわたってアルジェリアを支配した独裁体制に加えられた致命的一撃となると同時に、その後十年におよぶアルジェリア内戦というカオスの時代の序章となる歴史的結節点なのである。

一九八八年の秋、何が彼をコンスタンティーヌに呼び戻したのか。それは、物語の終盤、彼女との過去を追想していたハーレドの語りが、再び一九八八年の「今」に至ったとき明らかとなるだろう。追想の円環が閉じられたそのとき、純粋恋愛小説と思われたこの作品が、まったく別の相貌でたち現れることになる。

砕け散った夢

一三〇年にわたりフランスに植民地支配されたアルジェリアは、一九五六年から六年間におよぶ苛烈な独立戦争を経て解放された。それに先立ち、一九四五年、セティフをはじめとするアルジェリア各地でフランスの植民地支配に対する蜂起とそれに対する大弾圧が起こり、数万の市民が殺されている。コンスタンティーヌでもこのとき一大蜂起が起こっている。アルジェリアの解放とは、無数の命を犠牲にして勝ちとられたものだった。

しかし、独立後の社会を待っていたのは独裁と官僚主義、そして自由の圧殺だった。体制を肯わない者たちは獄に繋がれた。かつて祖国の解放を求めて闘い、植民地主義者によって投獄されたのと同じ監獄に、ハーレドもまた、今度はアルジェリア人自身の手によって投獄されたのだった。これが植民地支配に対し輝かしい勝利を勝ち取った祖国の、独立後の苦い現実だった。

人権が抑圧され、創造性が尊重されず、自由に呼吸することさえままならない社会を逃れ、ハーレドはフランスへ亡命する。かつて祖国を蹂躙し、自分の腕を奪い、親友の命を奪った植民者たちの国で、皮肉にも彼は、祖国で奪われた人権と創造の自由を享受することになる。

ズィヤードの死から間もなく、ハーレドは、アフラームがスィ・Xと結婚することを知る。在仏アルジェリア外交団のなかで高位に就いた、スィ・ターヘルの弟スィ・シャリーフは、姪を財界の大物スィ・Xに嫁がせることでさらなる地位と権力を手に入れようとする。スィ・Xは、祖国解放の英雄の娘と結婚することで、その利権まみれの胡散臭い経歴の洗浄《ロンダリング》を図ろうとしていた。スィ・シャリーフもスィ・Xも、自由のために無数の命が犠牲になった闘いを、自分たちの利権の取引材料にしているのだった。アフラームの結婚は、ポストコロニアルのアルジェリア社会の退廃、堕落の象徴にほかならない。他の登場人物たちに固有名があるのに、アフラームの結婚相手だけXなのは、個人の利益のために革命を食い物にするあらゆる者たちの名をそこに代入することが可能だからだ。

アフラームの結婚式――大いなる茶番、革命を冒瀆する唾棄すべき出来事――に参列するためハーレドは祖国へ戻る。祖国の解放に片腕を犠牲にした革命の元闘士であり、花嫁の父、革命の英雄スィ・ターヘルの親友ハーレドの出席もまた、アフラームとスィ・Xの結婚に革命の「正統性」を与える演出のために必要だったのだ。婚礼の前、ウイスキーを幾杯もあおることが、ハーレドにできる精一杯の抵抗だった。父の記憶を冒瀆する結婚式に列席することを頑なに拒んで、アフラームの弟ナスルは婚礼のあいだずっとモスクで祈り続ける。その姿には、社会の堕落と政府の腐敗に対し鬱積していた不満が、数年後、総選挙におけるイスラーム主義の圧勝という形で噴出し、以後、十年にわたる内戦の混沌へと突入していくアルジェリア社会が予言されているとも言える。

アフラームの結婚自体が革命に対する致命的な裏切りであるが、亡命して以来、初めて故郷に戻ったハーレドは、そこでさらに、革命後の社会の現実を目の当たりにする。閣僚が高級車を乗りまわす一方、市民は住む家を求め、冷蔵庫を求め、生活必需品を手に入れるため血眼になっていた。希望のない暮らしに見切りをつけて多くの者がコンスタンティーヌを去った。教師をしているハーレドの弟ハッサーンも、薄給と、誰からも尊敬されない仕事に、未来への希望を無くしていた。首都では党の連絡係をするだけで高給がもらえるそうだとハッサーンは言う。政府要人に女性を手配するのがその仕事だった。

それから六年後の一九八八年十月、ハッサーンの訃報がパリのハーレドに届く。首都アルジェに出かけたハッサーンは、そこで反政府暴動に巻き込まれ、警官が発砲した流れ弾に当たって死んだのだった。ハーレドは弟の葬儀のために六年ぶりにコンスタンティーヌを訪れる。冷蔵庫を欲しがっていたハッサーン。教師を辞めることを決意し、党のコネを求めて彼がアルジェに行ったのも、冷蔵庫をはじめとするさまざまなものを手に入れるためだったのだろう。遺体安置所の冷蔵庫のなかに横たわるハッサーンは、皮肉な形で自分の夢を実現したのだった。

ポストコロニアルのアルジェリア社会の堕落は、政府要人ばかりではない。ハッサーンのようなごく普通の市民が、物質的な渇望を満たすことだけが生の目的となり、教師であることよりもぽん引きになることに憧れる、あるいは憧れざるをえないまでにアルジェリア社会の退廃、荒廃は進んでいた。

自分が片腕を失い、親友スィ・ターヘルが命を犠牲にし、アフラームが父を失ったのは、こんな空しい未来のためだったのか。アフラームがポストコロニアルのアルジェリア社会で、個人の立身出世の資本として取り引きされ、砕け散っていく革命の隠喩であったとすれば、ハッサーンはアルジェリア社会の現実の提喩である。三〇年前、自由と人間の尊厳を求め、無数の命を犠牲にして成し遂げられた革命がアルジェリアに実現したのは、冷蔵庫やアパートを手に入れることだけが生きる目的と化した、そんな空虚な社会だった。

コンスタンティーヌの吊り橋――アフラームの化身――の上から、ハーレドは橋の下にどこまでも深く広がる渓谷を見おろす。かつて、その橋の下の洞窟で、人々はフランス軍当局の目をのがれ、旗をつくり、スローガンを書き、反仏デモの準備をした。フランス軍は、突然地の底から湧いて出たかのような人民のデモに驚愕したものだった。いま、橋の下に広がる深淵は、ただひたすら暗かった。

アルジェリア革命と言えば、カーテブ・ヤーシーン（一九二九～八九年）のフランス語小説『ネジュマ』[1]（*Nedjma* 一九五六年）がアルジェリア文学の金字塔として屹立しているが、ヤーシーンが革命のさなかに探求した祖国の未形の未来が、三〇年後、いかなるものとして顕現しているかを、娘の世代にあたるモスタガーネミーが描いたのがこの『肉体の記憶』である。

未来の記憶

一九九三年にベイルートで出版された『肉体の記憶』は、アルジェリア人女性によって初めてアビア語で書かれた小説である。日本でもおなじみのエジプトの女性作家ナワール・エル＝サァダーウィー（一九三一年〜）はすでに六〇年代後半からアラビア語小説を発表している。同じくエジプトのラティーファ・エル＝ザイヤート（一九二三〜九六年）が小説『開け放たれた扉』(*al-bāb al-maftūḥ*)を発表したのは一九六〇年である。その背景には、二〇世紀前半にまでさかのぼるエジプトそしてマシュレク（東アラブ世界）の女性たちによる小説をはじめとするアラビア語の豊かなエクリチュールの堆積がある。アルジェリアの隣国モロッコもまた、一九一二年から四四年間にわたりフランスに植民地支配されていた。モロッコを代表する女性作家ライラー・アブーゼイド（一九五〇年生まれの彼女はモスタガーネミーと同世代である）のアラビア語小説『象の年』(*ʿām al-fīl*)が発表されたのは一九八四年だが、モロッコ女性がアラビア語で書いた初の作品というわけではない。そう考えると、一九九三年にモスタガーネミーが『肉体の記憶』を著すまで、独立後三〇年間、アルジェリア人女性によってアラビア語小説が書かれえなかったという事実に、一三〇年に及ぶフランスによる植民地支配がアルジェリア人から何を奪ったのか、その暴力の根深さを考えないわけにはいかない。同時に、アルジェリアではいまだ小説の多くがフランス語で著されるなかで、モスタガーネミーはなぜ、アラビア語で書いたのかという問いもまた生起する。アラブ人作家がアラビア語で小説を書くということについて、マシュレクであれば決して喚起されることのない問いが問われること自体がすぐれてアルジェリア的情況なのだと言える。

小説『象の年』で、フェズを舞台に夫に離縁された一モロッコ女性の自立の闘いを、植民地支配からの独立を求めるモロッコの民族的闘いに重ねて描いたアブーゼイドは、ナショナリストであった父がフランスの官憲によって投獄された経験に触れ、その父の娘である自分がこの小説をフランス語で書くことなどは考えられなかったと語っている。だが、モスタガーネミーの『肉体の記憶』において、あえてアラビア語が選び取られた背景にあるのは、アブーゼイドにおいて自明とされる言語ナショナリズムだけではない。

エジプトの男性作家ユースフ・イドリースの小説『黒い警官』は、獄からの解放後、奇怪な人格的変容を遂げる革命の元闘士シャウキーの姿を通して、植民地支配から解放された社会が、かつて解放前、自分たちを抑圧した者たちの似姿になってしまうという革命後の悲劇を描いたものだった。イドリースは『ある愛の物語』で、抑圧に抗して自らを解放するエジプトの輝きを、自信に満ちたファウジーヤという女性によって表象した。だが、瞳の中をナイルが流れ、面の白さに綿畑の白が宿る美しいファウジーヤ（圧制に対する勝利者）として夢想されたエジプトが、姑息で卑小なシャウキーに変容してしまう、それが独立を遂げたポストコロニアル社会の現実だった。革命を裏切る革命後の現実。それはアルジェリアに限らない、広くポストコロニアル社会の現実である。イドリースの『黒い警官』が出版されたのは一九六二年、皮肉にもアルジェリアが独立に沸き立った年だ。だが、その作品で描かれている悲劇とは、アルジェリア社会の「明日」の姿でもあった。

『肉体の記憶』において、モスタガーネミーはレバノンで殺されるズィヤードを登場させることで、パレスチナでは脱植民地主義の闘いが現在進行形の革命として生きられていることを、作品に刻み込んでいる。だが、一九九三年のオスロ合意によって自治が始まったパレスチナで人々が目撃することになるのは、イスラエルに代わって、パレスチナ人政治犯がパレスチナ警察に拷問されるという事態だった。そして、自治政府を主導するファタハは腐敗にまみれていく。イドリースが『黒い警官』で描いた現実がアルジェリアで再現されたように、『肉体の記憶』で描かれたアルジェリアのポストコロニアルの歴史はパレスチナで再演される。だとすれば、この小説が描いているのはエジプトの過去の記憶であり、パレスチナの未来の記憶でもある。『肉体の記憶』は、植民地主義の抑圧と暴力からの解放を求め、自由と人間の尊厳ある未来のために命を賭けた闘いを続けるパレスチナをはじめ、独立したのちもなお、その未完の闘いをいまだ続ける、アルジェリアだけではない、アラブ世界の歴史的記憶、未来の記憶に向けて書かれている。だからこそ、それはフランス語ではなく、アラビア語でこそ書かれねばならなかったのだと言える。

起こらなかったけれども、起こりえたかも知れない過去

一九五三年生まれの作者モスタガーネミーは、カーテブ・ヤーシーンや主人公ハーレドの娘の世代にあたる。革命闘争の時代を回想するハーレドの追想に、作者は、ハーレドの尊敬する友人としてカーテブ・ヤーシーンを登場させてもいる。ヤーシーンが探求し、ハーレドが夢想したアルジェリアの未来の夢は、独立後の現実によって致命的なまでに裏切られた。今や人々が未来に抱くのは物質的な夢だけだ。では、革命に託した祖国の未来の夢《アフラーム》のために、かつて人々が拷問され、傷つき、命を犠

牲にしたこと、その闘いのすべてが無意味だったのだろうか。ここに、この小説が恋愛小説として書かれなければならなかった文学的必然がある。

愛する人《アフラーム》が永遠に失われてしまった今、彼女を狂おしいまでに愛した日々の、美しく痛みに満ちた出来事の記憶は、すべて無意味なことなのだろうか。ハーレドは言う、「ぼくたち二人のあいだで起きたことは、なんと美しかったことか……。起きはしなかったこともまた美しい……。そして、未来永劫、決して起きることはないとわかっていることごとも、なんと美しいことだろうか……」。

アフラームがコンスタンティーヌの化身ならば、この作品冒頭のことばが意味するのは、アフラームへのハーレドの思いだけではない。故郷コンスタンティーヌへの、そしてアルジェリアの未来への思いであり、未来への夢を託した革命への思いである。アフラームとの愛の記憶、それは、植民地支配からの解放を求め、自由と独立を求め、コンスタンティーヌで闘った革命の記憶である。起きはしなかったこと、そして今となっては、未来永劫、決して起きることはないとわかっていることごととは、革命に彼らが託した未来の夢の数々のことだ。革命後の社会はそれとはかけはなれたものになってしまったが、それでも、あのとき夢見た未来の夢の数々はなんと美しいことか。父たちの世代は、それをたしかに夢見て、命を犠牲にするのも惜しまなかった。「未来永劫決して起こることはないと分かっていること」とは、逆説的にもそう語ることで、「起きないこと」はたしかに想像され、そして想像されることによって、私たちのなかでたしかに生きられている。恋愛がそうであるように、甘美であると同時に痛みに満ちた記憶として。ありえたかもしれない別の未来の可能性に開かれた記憶として、起こらなかったけれども、起こりえたかもしれない過去を想起し顕彰することで、アルジェリアの「現在」を救済すること。そこに、ベンヤミンの「歴史の概念について」の反響を聴き取ることは可能だろう。『肉体の記憶』は、「歴史の概念について」におけるベンヤミンの思想を文学的に実践してみせたテクストにほかならない。[2]

裏切りによってすべてが潰えた瞬間から回想される愛の記憶、未来の夢想に開かれた革命の記憶、それは、ジャン・ジュネが「恋する虜」としてパレスチナに捧げたものでもあった。ヤーシーンが『ネジュマ』で探求しようとしたアルジェリアの未形の未来が三〇年後、いかなる現実となって顕現したか、そのアルジェリアの歴史の痛みを、ハーレドの失われた恋の痛みに、そしてジュネの『恋する虜』[3]（*Un Captif Amreux* 一九八六年）に重ねながら、モスタガーネミーがアラビア語の詩的イマージュを豊かに織り上げて著した小説『肉体の記憶』とは、ポストコロニアルを生きる娘から、革命を生きた父の記憶に捧げられたオマージュであり、父の世代が革命を通して自分たち未来の世代に捧げた夢への、遺された者からの愛と痛みに満ちた応答である。

（1）日本語訳はカテブ・ヤシーヌ『ネジュマ』島田尚一訳、現代企画室、一九九四年。
（2）平子友長「ベンヤミン「歴史の概念について」最初の六テーゼの翻訳について」『立命館国際研究』18-1参照。
（3）日本語訳はジャン・ジュネ『恋する虜——パレスチナへの旅』鵜飼哲・海老坂武訳、人文書院、一九九四年。

10　アッラーとチョコレート

地中海世界の例に漏れずエジプトにも午睡《シエスタ》の習慣がある。二時頃に仕事が終わると、人々は帰宅して昼餐をとったあと午睡をとる。国じゅうがグローバリゼーションに浸潤され、社会も人も、モノとカネに狂奔しているような今のエジプトではどうだか分からないが、私が留学した一九八〇年代初頭のカイロはまだ、そうだった。午後になると商店もいったん閉じられ、街全体がまどろんでいたものだ。

エジプトの女性作家アリーファ・リファアト（一九三〇～九六年）の短編「遠景のミナレット」（manzar baʻid li-miʼdhana）の冒頭は、この午睡の場面から始まる。

薄目を開けて彼女は夫を見た。左向きに横たわり、からだを彼女のからだに絡ませ、頭を彼女の右肩にあずけている。こんなときいつも感じるように、彼女は、夫がどこかまったく別の世界にいて、自分は独りその世界の外にうち棄てられているような気がした。夫のからだの動きをほとんど意識もせずに、彼女は頭をめぐらし部屋の隅に目をやった。蜘蛛が巣を張っていた。長箒を持ってきて払わなければと彼女は思った……。

それが午睡と分かるのは、やがて夫の動きが激しさを募らせたとき、いつものように、午後の祈りの刻が来たことを告げ知らせる声がモスクから響きわたり、閉め切った寝室の窓を通して聞こえてくるからだ。夫は動きを速めながら、彼女の脚を持ち上げて押しつけた。蜘蛛の巣の方に向いた足先を見つめながら、彼女は、そろそろ爪をあたる頃だと思う。

彼女が昔から、このようであったわけではない。新婚当初、彼女のなかにも燃えさかる欲望がたしかにあった。夫があとほんの少しだけ自分のなかにとどまり、動きをやめないでいてくれたらと、ずっと願っていたものだった。そうしたら自分も、からだも魂も満足できるのにと。だが、夫がそれを察してくれることをひたすら願いながら、女がそのようなことを口にするのは恥ずべきことだという伝統的な価値観にとらわれて、なかなか切り出せないでいた。けれどもあるとき、いま自分は、既婚の友人たちが秘かに教えてくれたあの経験の間際にいるのだと感じて、彼女は勇気をふりしぼり夫に懇願したのだった、やめないでと。しかし、夫はまるでわざとそうするように、突然、動くのをやめた。その後も、そんな機会の折々に、彼女は絶望的な思いで夫に行為を続けさせようとしたが、夫はいつも無情にやめてしまうのだった。あるとき、彼女はその瞬間、必死に夫の背中に爪を立て、彼女のなかにとどまらせようとした。夫は悲鳴をあげて、彼女を突き放すと叫んだ。「気でも狂ったのか、この女は？　俺を殺す気か？」

その出来事は拭い去りがたい恥として彼女のなかに刻まれ――今でもそのことを思いだすたびに、彼女は赤面せずにはいられなかった――以来、彼女は受身に徹するようになった。ふとした会話の折に、夫がほかの女たちと関係をもったことがあるのを彼女は知る。今でもまだ、その種の女たちと関係をもっているのだろうか。夫のからだの下で彼女は考える。そうであったところで今はもう、心かき乱されるでもない自分に気づいて彼女は驚く。

夫の動きが速まり、彼女は物思いから現実に引き戻される。祈りの刻を知らせる声が聞こえる。夫は低く呻くと、彼女の脚を放り出し、身を離した。そして、枕の下にあったタオルをからだに巻いて、そのまま背を向けて寝てしまった。彼女は身を起こすと、からだを洗うために寝室を出て行く――。

ブラインドが下りた午後の薄暗い寝室、祈りの刻を知らせるアラビア語の声。そして、自分だけの世界で汗を滴らせながら孤軍奮闘している夫と、そのようすを、部屋の隅の蜘蛛の巣を見つめるのと変わらない醒めたまなざしで眺める妻……。性を――とりわけ女自身の性を――ここまで率直に描いたアラブ女性のエクリチュールをそれまで私は知らなかった。

性が、なかでも女性のセクシュアリティがタブー視されているイスラーム社会で、ムスリム女性が女自身の性欲をこれほどの率直さで描くということは、日本や西洋の大方の読者にとって大きな衝撃ではないだろうか。アラビア語の原著では、短編集『長い冬の夜に』(*fī lail al-shitāʾ al-tawīl*)の中ほどに収められているこの作品が、デニス・ジョンソン=デイヴィースの英訳で編まれたリファアトのアンソロジー(*Distant View of a Minaret* 一九八七年)では表題作となって、さらに巻頭に収められているのも、その衝撃のゆえにちがいない。

性はたしかにリファアトの作品を彼女独自の文学たらしめる根幹の要素である。しかし、彼女の文学の独自性とは、女性の性がタブー視されるイスラーム社会で、にもかかわらずムスリム女性がその性を大胆かつ赤裸々に描いたことにあるのではない。むしろ、「にもかかわらず」という逆接ではなく、ムスリム女性「であるからこそ」このような作品を書いた、あるいは書きえたというところにリファアト文学の本質と真の衝撃がある。

一人寝室を出た彼女は洗面所に行くとビデでからだを洗い、シャワーの下に立ち、右半身、左半身と順番に温かいお湯がからだを包むのに任せた。

なぜ、半身ずつなのか。イスラームでは礼拝の前に必ず身を浄める。通常は口をすすぎ、顔を洗い、手、腕、足などを洗い、性行為のあとであれば全身、沐浴をする。このとき必ず右から洗うことになっている。彼女がまず右半身、それから左半身に湯を当てるのは、これが彼女にとって、行為のあとの単なる身体の洗浄ではなく、深い信仰の実践としてあるからだ。

この作品が書かれたのと時代的にあまり変わらない頃にカイロで暮らした私は、リファアトの主人公と理由は異なるものの、やはり半身ずつシャワーを浴びたものだった。私が下宿した、カイロ中心部にある革命前に建てられた古いアパートにあった、小さな瞬間湯沸し機式のシャワーは、全身浴びられるほどの水量だと湯は水のままで冷たく、熱くしようと水量を抑えるとガスが消えてしまうという厄介な代物で、仕方なく、ボショボショと不景気に滴り落ちるぬるま湯の下に、まさに作中、彼女がそうするように半身ずつ交互に身をおいたものだった。当時でも、高級住宅街のマンションや郊外の新興住宅地の近代的マンションであれば、各戸に温水タンクがあり、勢いよく熱いシャワーを浴びることができたが、一介の留学生にそうしたマンションは高嶺の花だった。イスラーム地区のあたりに暮らす主人公のアパートのシャワーもおそらく似たようなものだったにちがいない。だから、彼女の身を包むシャワーのお湯は「熱い」ḥarr のではなく、「生温かい」dāfiʾ のだ。

だが、彼女のからだを包むのが、勢いよく迸る熱いシャワーではないのは、主人公が暮らす旧市街近辺の生活感をリアルに反映して、というだけではない。女として彼女が抱えもつ不幸は、生が続くかぎり耐え忍ばなければならないものであり、彼女の実存と一体のものであるとすれば、行為のあとで熱いシャワーを全身に勢いよく浴びて、夫の汗や精液を洗い流すようにすっきりと拭いさって、忘れてしまえるようなものではないからだ。

からだを清めた彼女は、礼拝するために居間に行く。通りすがりに息子の自室からポップミュージックが聞こえてくる。寝台の上に寝転がって教科書を読んでいる息子の姿を想像して、彼女は微笑む。あんな騒々しいなかでどうして勉強できるのだろうと訝しく思いながら、彼女は居間の戸を閉め、礼拝用の絨毯を床に敷き、午後の祈りを始める。

四回のラカア〔祈りの一連の動作〕を終えると、彼女は絨毯の縁に座って、数珠を指先で手繰りながら神の名を唱えた。季節は冬だった。じきに日没の祈りの時がやってくる。すぐにまた祈ることができるのだと思うと嬉しかった。一日五回の礼拝は読点のように彼女の生を分節し、生きることに意味を与えてくれた。祈りは、さまざまな料理のように、それぞれに異なった味わいと趣があり、彼女を喜びと確信で満たした。彼女は絨毯をたたむと、狭いバルコニーに出て行った。

彼女が不幸なのは、単に性的に満たされないからではない。性交において肉体的に満たされたいという妻の思いを一顧だにしない夫のエゴセントリックな態度はそのまま、妻への思いやりと愛情を欠いた夫婦関係を象徴している。ポップミュージックを聴きながら勉強している息子は中学生か高校生くらいだろうか。だとすれば彼女はまだ三〇代半ばにもなっていないだろう。彼女の前に続いているのは、からだも魂も満たされない、長い、寂しい人生である。だが、その空虚を満たし、生を内面から支え、確信で満たしてくれるのが信仰だった。行為の最中、午後の祈りの刻を告げる声を彼女が意識するのは、性に醒めているからだけではない。それは、相互理解によって深く結ばれた夫婦という、人生に意味を与えてくれる幸福のひとつを無縁なものとして生きざるを得ない彼女の、その孤独な生に生きる意味を与えてくれる大いなる存在を、その声を通して彼女が看取しているからであるだろう。

「季節は冬だった」kāna al-waqtu shitā'an というアラビア語の原文が、ジョンソン＝デイヴィースの英訳では「晩秋だった」it is the late autumn と意訳されている。(1) アラビア語の shitā' に「秋」の意味はない。また、テクストにも、それが「晩秋」であることを示唆する叙述はない。にもかかわらず、ジョンソン＝デイヴィースが「冬」を敢えて「晩秋」と訳しているのは、若くしてすでに現世に諦念し、やがて遠い人生の先に訪れる死を見つめながら生きる彼女の生を、あとはただ冬の訪れを待つだけの晩秋のイメージに重ねているからだろう。

竹製の椅子から埃を払うと彼女は腰をおろし、六階のバルコニーから下の通りを見下ろした。街の喧騒が立ち上ってくる。バスのエンジン音、車のクラクション、行商人の叫び声、そして近隣の部屋のラジオの音……。高層ビルのはざまに、高いミナレットが一つだけ見える。スルタン・ハサン・モスクの二本あるミナレットのうちの一つだ。かつて、結婚前に彼女が夢見たのは、ヘルワンかマワーディのようなカイロ郊外の静かな街で、小さな庭に囲まれた家に住むことだった。だが、市の中心部に勤める夫の通勤のためにカイロ市内に住まねばならないとなったとき、彼女がこのアパートでよしとしたのは、ミナレットが林立する旧市街から、その背後に広がるムカッタムの丘までを一望できる、その眺望のゆえだった。だが、歳月の経過とともに、次々に高層ビルが建ち並び、かつて数多見えていたミナレットも、今や、一つしか眺めることができない。彼女の眺望に唯一残されたこのミナレットも早晩、新しいビルが建って、視界から消え去るのだろう。

日没の祈りの刻が近づいたことに気がついた彼女は台所に行き、夫のためにコーヒーを淹れる準備をする。いつものようにお盆に銅製のポットとカップを載せて寝室に行くと、起きていると思った夫は、不自然に体を曲げて横たわったままだった。異常を察して近づいてみると、目が虚空を凝視していた。死の匂いが部屋を満たしているのが分かった。居間のテーブルにお盆を置くと、彼女は息子の部屋に行き、ラジオのスイッチを切る。

「お母さん……何かあったの？」

「お父さんが……」。

「また発作？」

彼女は頷いた。「下のお宅で電話を借りて、ラムズィ先生を呼んでちょうだい。大至急、来てくださいってお願いして」。

居間に戻り、彼女はコーヒーを自分のために注ぐ。「これほど冷静であることが、自分でも不思議だった」という一文で作品は結ばれる。だが、その言葉とは裏腹に、夫の突然の死を前にしても彼女が冷静でいることが、実は何の不思議もないことをこそ、この作品は描いている。

日本語としての座りのよさから、ここでは「遠景のミナレット」としたが、アラビア語原題は直訳すると「ミナレットの遠い景色」（あるいは「遠い眺め」）である。「景色」を意味するアラビア語の manẓar は、「眺める」を意味する動詞 naẓara から派生した名詞であり、その意味で、日本語の「眺め」の方がアラビア語の原義に近い。この作品は、視覚（行為のさなかの夫の姿や天井の隅の蜘蛛の巣）、聴覚（祈りの時を告げる声、通りから立ち上ってくる喧騒）、皮膚感覚（温かいシャワーの湯）、比喩としての嗅覚や味覚（部屋を満たす死の匂い、夫の死後、ひとり味わうコーヒー）といった主人公の五感を通して、彼女の孤独な生が表出されており、それを踏まえると、「景色」という日本語よりも、眺める者の存在を前提として、五感のひとつとしての視覚と関連する「眺め」という日本語のほうが適切である。タイトルが意味しているのは、作中、主人公がバルコニーから望む、彼女の視界に最後に唯一残された、遠くのミナレットの眺めのことである。ミナレットが神の換喩であるとすれば、「ミナレットの遠い眺め」とは神の遠さを、言い換えるなら、彼女にとって神の救いが遠いこと、最小限のものでしかないことを暗示しているだろう。信仰を支えに生きたからといって、それはただ、孤独な生を耐えしのぶことをかろうじて可能にするだけで、生のわびしさそれ自体が癒されるわけではないのだ。

ムスリム女性文学の可能性

一九八〇年代の初頭、私がアラブ文学に関心を持ち始めた頃と較べると、アラブの女性文学は、この四半世紀あまりのあいだに大きく様変わりしたと思う。とりわけ九〇年代以降、アルジェリアのアフラーム・モスタガーネミー（一九五三年～）や、レバノンのホダー・バラカート（一九五二年～）など、新世代の女性作家たちの登場によって、アラブの女性文学は実に多様化した。前章で論じたように、モスタガーネミーの小説『肉体の記憶』（一九九三年）は、今は五〇代となったかつてのアルジェリア独立戦争の男性闘士を語り手に、失われた恋の記憶を通して、革命の夢が革命後の社会の現実に裏切られる様を描いた作品であったし、バラカートの『笑いの石』（*hajar al-dahik* 一九九〇年）は男性同性愛者の視点からレバノン内戦を描いた作品である（この小説は、アラブ文学で初めてゲイの男性を主人公にした小説であるという）。また、エジプトのラドワー・アシュール（一九四六年〜）の『グラナダ』（*ghurnāta* 一九九四年）はレコンキスタの嵐が迫り来る十五世紀のグラナダを舞台にした歴史小説である。これら新世代の女性作家たちにおいては文学作品としての虚構性が高まり、女性作家だからといって主人公や語り手が女性であるとは限らず、また、フェミニズムがテーマとして前景化しているとも限らない。だからと言って、新世代の作家たちが女性の問題に関心がないわけではなく、ジェンダーやセクシュアリティの問題は、入念に彫琢された虚構世界のなかに巧みに織り込まれて描かれているのである。

だが、一九八〇年代初頭、女性作家と言えば、エジプトのナワール・エル＝サァダーウィー（一九三一年〜）やガーズィビーヤ・スィドキー（一九三七年〜）、ラティーファ・エル＝ザイヤート（一九二三〜九六年）、あるいはレバノンのライラー・バアラバキー（一九三四〜二〇〇〇年）など、フェミニスト作家が主流だった。彼女たちの作品は、作者の分身的存在を主人公に、そのフェミニスト的主張をストレートに描く、まさにフェミニズム小説であった。

一九三〇年生まれのアリーファ・リファアトは、サァダーウィーらと同世代にあたる。リファアトがその作品において一貫して「女」自身の問題を書き続けたことは、その世代性と決して無縁ではないだろう。だが、サァダーウィーらと同世代の作家として見たとき、リファアトの作品は実に異色である。前述のとおり、フェミニズム文学であることが、この世代の女性文学の特徴である。家父長制の下で不幸を強いられる女の問題を描いているという意味で、リファアトの作品を「フェミニズム文学」のひとつとして語ることが可能だとしても、男たちの男性中心主義を批判するリファアトの思想的な土壌は、サァダーウィーやザイヤートらのように「フェミニズム」にあるのではない。「イスラーム」なのである。

このことはリファアトの経歴と深くかかわっている。サァダーウィーにしても、ザイヤートにしても、女性が高等教育を受けること自体が珍しかった時代に、例外的に大学教育を受け、のちに医師（サァダーウィー）、あるいは大学教授（ザイヤート）となった、きわめて特権的で例外的な存在である。高等教育が大衆化し、大卒女性が必ずしも珍しい存在ではなくなった現代でも、作家となるアラブ人女性が、英語やフランス語などの外国語に通じた高学歴のキャリア女性であるという事情はあまり変わっていない。

これに対し、アリーファ・リファアトは、女に大学教育は不要という父親の意向で——それは一九四〇年代のエジプト社会にあってはごく普通の考え方であったにちがいない——中等教育を受けたのち、意に添わぬ結婚を余儀なくされている。幼い頃から文学が好きだったが、夫に書くことを禁じられ、隠れて書いた作品が本名で活字になったとき、夫は激怒し、彼女を家から叩き出したという。サァダーウィーやザイヤートなど同世代の女性たちが知識人として社会的キャリアを築きながら、自らの女性としての自立と解放の問題を主人公に重ね合わせて小説作品を著していた頃、リファアトは一介の主婦として家庭のなかで生きてきたのだった。彼女が作家として登場するのは夫の死後、五〇を過ぎてからのことである。

サァダーウィーやザイヤートのような社会的エリートのフェミニスト作家にとっては、女性の自立と解放においてイスラームが問題とされるのは、それが男性中心主義的に解釈されることで家父長制と共犯し、女性の社会的抑圧に宗教的正当性を与えているという点においてであり、ムスリム女性自身のアイデンティティにおけるイスラームはあまり問題にされてこなかった。ひとつには彼女たちが、時代的にマルクス主義の洗礼を受けた知識人だったこともある。彼女たちは、女性の解放を求め、家父長制社会に抵抗し反逆する女性主人公の姿を通して、あるいは、過酷な家父長制の犠牲となっていく女たちの姿を通して、女性の自由と権利を抑圧する家父長制の実態を暴くと同時にこれを厳しく告発する。小説を書くこと、それは、これらの女性作家たちにとって、家父長制社会を変革し、女性を解放するというフェミニズムの実践であったと言える。

だが、社会の大半の女たちは、リファアトがそうであったように、夫の専横の前に沈黙し、女に生まれたことの不幸を黙って耐え忍ぶしかない。前述の「遠景のミナレット」をはじめ、「長い冬の夜に」「バヒーヤの瞳」などの作品でリファアトが描くのは、フェミニスト作家がこれまで深く立ち入ることのなかった、そうした女たち一人ひとりが内に秘めた思いであり、女たちがそれぞれに生きる具体的な悲しみの形である。フェミニズムの思想と無縁に生きるそのような女たちが、自分たちが強いられる生の不幸を解釈する枠組みはイスラームである。メッカへの巡礼も果たしたリファアトが、女のセクシュアリティをかくも率直に描きうるのも、逆説的にも彼女が敬虔なムスリムであるからにほかならない。なぜならイスラームにおいて夫婦間の性愛は、男女の情愛を深める大切なコミュニケーションであり、イスラームは女性も男性と同じように肉体的に満足する権利を認めており、それを一顧だにしない夫こそ、神の教えに反しているのだという強い信念が、性愛を描くリファアトのエクリチュールの中核にある。フェミニスト作家たちが、女性の不幸の原因を家父長制に見出し、家父長制の解体を目指すのに対し、リファアトにとっては、イスラームの教えが正しく守られていないことこそが女性の不幸の原因なのである。「遠景のミナレット」で描かれる夫の行為の一方性は、単に妻を顧みない男のエゴセントリズムだけでなく、神に対する男性の不敬の証であり、その行為のさなかに祈りの時を告げる声が聞こえてくるのは、神の教えを顧みない男性に対する根源的な批判として読めるだろう。

リファアトの文学の衝撃に満ちた独自性とは、彼女の作品が、それまでアラブ社会における女性の問題を提起してきたフェミニスト作家たちが関心を払わなかった、社会の圧倒的多数の女たちがムスリム女性として生きる、その内的世界を描くことで、アラブ女性文学にひとつの沃野を切り拓いたことにある。

人間の生には終わりがあり、死によってもたらされる、愛する者との別離という出来事は人間にとって必定である。最愛の誰かを喪うという受け入れがたい現実を人はいかに受け入れるのか。リファアトの短編「姿なき呼び声」（Telephone Call）は、最愛の夫を喪った妻がその癒しがたい悲しみを受け入れる姿をわずか数頁に凝縮して描いたものだ。

アラビア語において外来語の「テレフォーン」が一般に使われるようになる前は、電話は「ハーティフ」hātif と呼ばれた。「ハーティフ」とはアラブの伝説に伝わる、姿は見えねど声だけが聞こえるという精霊《ジン》の名前である。「姿なき呼び声」の語り手は、愛する夫を亡くして以来、昼は誰にも会わず眠り続け、夜、世界が眠りにつくと、独り目覚めて、夜明けの祈りの刻が来たことを告げ知らせる声がモスクから響きわたるまで、死者の記憶に満ちた部屋の中でただひたすら還らぬ人のことを思い続ける。

あの人なしで生き続けねばならない苦しみを味わわないですむように、自分を先にお召しくださいと祈り続けたのに、あの人は先に逝ってしまった……。でも、四〇日のあいだ、死者の霊はこの世を離れず、辺りを漂っているのではなくて？　冥界について知り尽くしていた古代エジプト人がそう信じていたのだから……。

ある朝未明、「わたし」の自宅にどこからとも知れず電話がかかってくる。「わたし」が受話器をとると、ただ沈黙だけがそこにあった。受話器を必死で耳に押し当て、「わたし」は沈黙に耳を澄ます。

しばしののち回線は切れ、夜明けの祈りにつく彼女を確信が満たす。あれは冥界の夫が自分に呼びかけてくれたのだ、神はわたしの願いを聞き届けてくれたのだと。そのとき再び電話が鳴り、オペレーターの声がして、先ほどの電話は国際電話の操作ミスで誤って彼女の家にかかってしまったものであるという。早朝の電話で迷惑をかけたことをオペレーターは詫びる。

礼拝用の絨毯に戻り、わたしは再び腰を下ろした。手が震え、数珠が指からこぼれた。わたしは全能の神に赦しを乞い続けた。そのとき初めてわたしは気づいた。自分が神に求めてしまったもの、そして、神はそれをお与えくださったのだとわたしが思ってしまったものの罪深さを。わたしが求めたのは、あの世からの徴だった。

「わたし」は思い出す。預言者が亡くなったという知らせに信者たちがいかに狼狽し、信仰への不信を募らせたか。預言者であれ、人間は誰しも亡くなる。不滅なのはただ、アッラーのみなのだ。作品は最後、次の一文で結ばれる。「涙は頬を流れ続けたが、わたしはようやく、神が定めたものを心安らかに受け入れたのだった」。

愛する者が永遠に喪われてしまったという事実を受け入れられず、今は死者となった愛する者の存在をそれでも、今一度感じたいという、人間なら誰しも抱かずにはおれない思い、それが遺された者を苦しめる。夫が冥界から呼びかけてくれたのだと思ったものは、国際電話の操作ミスだった。死は死にほかならないのだという冷徹な現実を突きつけられて、「わたし」は泣くのをやめることができない。だが、それが神の定め給うたことであり、「イスラーム」とはこの神の定めを全的に受け入れて生きることにほかならない。預言者でさえ亡くなるのである。最愛の者の死という人間として受け入れがたい出来事でさえ、それを神の定めとして受け入れれば、悲しみが即、拭い去られるというわけではないが、それでも彼女の心にはじめて平安がもたらされる。

「あなたの上に神の平安がありますように」というイスラームの挨拶の定型句に謳われる「平安」al-salām とは、「平和」という言葉から私たちが連想しがちな平穏無事だけではない。人が生き、そして死ぬという、人間が人間の定めを生きることそれ自体に苦しみや悲しみが内在するのであり、「イスラーム」とは何よりもまず、そうした苦しみや悲しみに満ちた生に安らぎを与える教えにほかならない。そのようなものとしてイスラームが生きられているのだということを、リファアトの作品は教えてくれる。

イスラームの信仰をムスリム女性自身がどのように生きているかを描いた、こうしたリファアトの作品に対して私が深い共感を覚えるのは、たとえばレバノンのシャティーラ難民キャンプを訪れて、パレスチナ難民の女性たちに接し、イスラームの信仰が彼女たちの苦難の生をいかにその根源から支えているかを垣間見ているからだ。幼くして民族浄化で故郷を追われ難民となり、あるいは異邦の難民キャンプで難民として生を受けた彼女たちは、幾度となく虐殺にさらされて、肉親を殺されたり、息子を連れ去られたままだったり、癒し難い痛みを抱えて生きている。世界は自分たちが被った不正義に関心などなく、六〇年がたっても難民キャンプで、国連が配給する小麦粉で糊口をしのぐ生活を余儀なくされている。いつ故郷に帰れるとも知れない、この生活がいつまで続くのかも分からない。老いた者たちは故郷を見ることなく次々に世を去っていく。そんな苦難ばかりの生のなかで、彼女たちがそれでもなお、今日を生きることを支えているのは、ムスリムとしてイスラームの教えを守って正しく生きるという信仰の力ゆえだった。宗教の名のもとにふるわれる理不尽な暴力によるもっとも悲惨な抑圧を被るのも、こうした社会の低みで生きる女性たちであるが、同時に、「人権の彼岸」に生きるこれらの者たちがイスラームの信仰を力にして、あらゆる不条理に耐えていることもまた、まぎれもない事実なのである。

歴史的にはイスラーム世界を植民地支配した西洋の帝国主義列強が、イスラーム社会における女性差別をイスラーム文化全般の後進性の証とすることで植民地支配を正当化した。そして近年では、二〇〇一年九月十一日「同時多発テロ」に見舞われた合州国の「対テロ戦争」において、イスラーム「原理主義」政権とされるターリバーンによる抑圧からアフガン女性を解放するという言説によって、アフガニスタン空爆の正当化が図られた。このように、「イスラームと女性」とは一文化におけるジェンダーという問題を超えて、現代世界において特殊な政治的負荷を帯びた問題である。にもかかわらず、そのムスリム女性自身がイスラームをいかなるものとして生きているのかという彼女たちの生の内実は、私たち、すなわち、歴史的にも今日的にも、彼女たちの生殺与奪の権利を握り続けている西側世界の人間たちにほとんど知られていない。その意味でも、リファアトの小説作品は、現代世界に生きる私たちに重要な他者理解の扉を開いてくれるものだと言えよう。

女たちの抵抗

だが、リファアトがイスラームの信仰や敬虔な女たちばかりを描いているわけではない。敬虔なムスリムでありながら、その一方で、イスラーム的価値観から言えば眉をひそめるような娘たちの振る舞いを描いた作品にこそ、リファアトの真骨頂が現れているのである。

たとえば、「ゴバシ家の出来事」(ḥādath fī dār ghubashi) は、エジプトのとある地方の農村を舞台に、父親が出稼ぎに出かけた留守に未婚の娘が妊娠するという出来事を扱った作品である。物語は母の視点から描かれる。家長が家を離れるあいだ、肉体的に成熟した娘の性の管理は母であるゼイナートの務めのはずだった。それだのに娘のニウマは一線を越えただけではない、父親がいなくなるや妊娠までしてしまったのだ。やがて出稼ぎから夫が戻り、ことが夫の知るところとなったら娘はどうなるのか? だが、ニウマは月のものが来る時期になるとタオルを干し、何事もなかったかのように振る舞っている。ある朝、母は娘に訊ねる。

「どうしたらいいか、考えついたかい?」

ニウマはお手上げというように肩をすくめた。

「父さんが出かけてまだ四ヶ月。時間はあるんだから」。

「考えたところで何になるの？　神さまがケリをつけてくださるわ。水を汲みに用水堀に行ったついでに足を滑らせて水に落ちでもすれば」。

ゼイナートは胸を叩き、娘を抱きしめた。

「そんな邪まな考えを抱いちゃだめ。悪魔にそそのかされるんじゃないよ。落ち着いて、二人で考えようじゃないか、父さんが帰って来て、ことが知れる前に」。

ふと母親はある考えを思いつく。行李からハンカチに包んだ金子と古着を何着か取り出すと、ゼイナートは金子をニウマの手に握らせる。

「まっすぐ駅に行って、カイロ行きの切符をお買い。カイロは大都会だから、神さまがきっと秘密を守ってくださる。赤ん坊を連れて、夜の闇にまぎれて帰っておいで。誰にも勘づかれないようにして」。

「父さんには何て言うの？」と訊ねる娘にゼイナートは、たくし上げた長胴衣の裾を口にくわえ、腰に古着を何重にも巻きつけると、膨らんだ腹部を長胴衣で覆って言う、「ぐずぐず言っている時間はないよ。駅に行く前に、母さんが籠をもって市場に行くのを手伝っておくれ。母さんがこんな姿なのをみんなが目にするようにね。父さんだって帰ってきたとき、神に許された自分の子どもがいたほうが、娘に罪深い子ができているよりいいに決まっているだろうさ」。

エジプトをはじめ地中海世界にはイスラーム以前から歴史的に、未婚の娘の処女性を一族の名誉と同一視する習慣がある。婚前の娘の処女喪失は、しばしば一族の汚名を雪ぐために男性親族によって娘が殺害されるという事態をもたらす。いわゆる「名誉殺人」である。一線を越えてしまったがために殺められる女性の問題はこれまでも、フェミニスト作家だけでなく男性作家によってもさまざまな小説や映画に描かれ、社会問題として批判されてきた。「ゴバシ家の出来事」でリファアトが描くのも、場合によっては「名誉殺人」ともなりかねない、一線を越えてしまった娘の話であるのだが、作品の主眼は、フェミニスト作家の作品のように、因習の前に女性の人権を顧みない社会の告発という方向には向かわずに、そうした事態に陥った女たちがどのように知恵を絞り、その苦境を乗り越えるかというところにおかれている。

「名誉殺人」が社会問題となるということは、婚前交渉を禁忌とする社会規範にもかかわらず、婚前に一線を越える娘たちが少なからず存在するということでもある。規範を侵犯した「罪」を命をもって贖うことになる娘たちの悲劇が今なお存在することも事実であるが、他方、一線を越えた娘たちのすべてが殺されるわけでもない。むしろ、多くの場合、「ゴバシ家の出来事」のように母と娘が共犯することで、規範を侵犯した娘とその子どもたちは生き延びてきたのである。夫や父を欺きながら命を生き延びさせるということは、フェミニストの抵抗とは違うものだが、しかし、それもまた、女の命よりも一族の名誉を重んじるという不条理な規範に対する、女たちのまぎれもない抵抗であるだろう。では、その抵抗の力の源はどこにあるのか。

姉の外出に監視役として伴われる幼い妹の視点から語られた「わたしと姉さん」(anā wa ukhtī)は、「ゴバシ家の出来事」で描かれる母と娘の「女同士の共犯性」の原点を描いたものであると言える。エジプトでは、年頃の娘が外出する際、不測の出来事が起きないようにと――つまりゴバシ家のニウマのようなことにならないようにということだ――幼い妹や弟をお目付け役につけることがある。エジプト映画では、親密に語らいあう若い男女の傍らで幼い妹や弟がアイスクリームを頬張っていたりするのがデートの定番シーンになっている。

女友達に会うと言って「わたし」を連れて外出した姉ダラールの行き先は、ボーイフレンドの車だった。男と会っていたと誰かに言ったら、あんたの目玉をくり抜いてやると「わたし」は姉に脅される。姉の恋人マフムードはいつも大きなチョコレートを丸々一枚買ってくれる。「わたし」が助手席でチョコレートを頬張っているあいだ、二人は後部座席で煙草を吸ったりしているのだった。ある日、マフムードが運転を誤り姉は怪我をしてしまう。男に車で送られてきたところを家族に見られたとあっては言い訳のしようがない。姉は卒倒したふりをし、「わたし」も姉の真似をして気絶したふりをする。

二人きりになると、ダラールは目を開けた。はじめて、姉さんのことを恐いとは思わなかった。

姉さんはわたしに向かって微笑んだ。わたしは姉さんがいつもどんなふうにわたしの顔を叩いていたか思い出した。わたしも微笑み返した。もう二度と姉さんがわたしを叩いたりしないと分かっていたから。わたしは眠りに落ちた。

妹に微笑みかける姉。それは、はるかに年上の姉が、秘密を守った幼い妹を同じ「女」として認めた瞬間だった。姉の秘密を共有することで、幼い「わたし」は姉の共犯者となる。このとき女としての何かを「わたし」は確かに共有したのだ。

おもしろいのは、敬虔なムスリムであるリファアトよりも、たとえばサァダーウィーのような近代教育の洗礼を受けたフェミニスト作家のほうがはるかに、「西側」世界の価値観で生きる私たちに近いはずだが——事実、サァダーウィーの作品は数多く英訳され、さらに英訳された作品のほとんどが日本語に訳されている——しかしながら、サァダーウィーがフェミニストとして批判をこめて描く、家父長制のもとで抑圧されるエジプト女性の物語が、私たちのまなざしのなかでムスリム女性を、私たちとは本質的に異なる、異様な抑圧を被る存在であるかのように他者化し、さらにはイスラームをも他者化するようなものとして読まれがちであるのに対し、アッラーを深く信仰する、その意味で、世俗的価値観で生きる私たちとは相容れないかに見える敬虔なムスリム女性リファアトが描く女たちのほうが、二一世紀の日本の現代娘たちとさして変わらないように思われることだ。もしかしたら共犯する女たちのシスターフッドというものがあって、それがリファアト描く娘たちに対する私たちの共感を呼ぶのかもしれない。

規範が若い娘たちに何を要求しようと、娘たちは、どこの世界でもそうであるように、親の目をかいくぐり、好奇心あるいは若者らしい思慮のなさから規範を侵し、そして時に、自らの振る舞いが招いた結果をその身に手ひどく被りながらも、しかし、母と娘、あるいは姉妹同士、秘密を共有しながら、その結果を乗り越え生きているのである。敬虔なムスリムであるリファアトがニウマやダラールの行状を肯定するとはとても思えないにもかかわらず、彼女の作品には、イスラーム社会に生きるそうした娘たちの、いささかもフェミニスト的でもなければイスラーム的でもない卒直な生の姿が、作者の女としての共感を（リファアト自身は否定するかも知れないが）込めて描かれているのである。そこに、「女」という存在に対するリファアトのまなざしの、一筋縄では解けない不思議な魅力がある。

（1） Alifa Rifaat, 'Distant View of a Minaret', *Distant View of a Minaret*, Denys Johnson-Davies trans., Heinemann, 1988, p.3.

11　越境の夢

パレスチナ出身の男性映画監督ミシェル・クレイフィ（一九五〇年〜）の作品に『豊穣な記憶』（一九八〇年）というドキュメンタリーがある。イスラエルのガリレア地方で暮らす五〇代のキリスト教徒のパレスチナ人女性ルミヤと、イスラエル軍占領下のヨルダン川西岸に暮らす三〇代後半の作家サハルという二人の女性を主人公に、それぞれの生に交互に焦点を当てながら、二〇年を経て繰り返されるイスラエルの占領のもとでパレスチナ人が生きるということ、そして、パレスチナ社会で女性が生きるということの意味を彼女たちの日常の暮らしと語りから浮かび上がらせた作品である。それと同時に、パレスチナを特徴づける丘陵地帯の風景やナブルス旧市街の伝統的な街並み、麦畑に渡る風の色、伝統的な石造りの家、その石の肌触り、あるいは子守唄やフォークソングなど無数のイマージュの断片を豊かに織り上げることで、作品は、「民なき土地（＝パレスチナ）を土地なき民（＝ヨーロッパのユダヤ人）に」をスローガンにパレスチナ入植を推進したシオニストたちの「パレスチナ人など存在しない」「パレスチナは無人の砂漠である」という主張に、パレスチナ人によって生きられてきた「パレスチナ」の豊穣な歴史的記憶を対置させ、シオニズムによるパレスチナのメモリサイドに対する根源的抵抗となっている。

豊穣な記憶

二人の主人公は、世代も宗教も異なれば、その境遇も実に対照的である。農民出身のルミヤは十三歳で親の決めた歳の離れた男と結婚するが、若くして夫とは死別。祖国はイスラエル建国によってユダヤ人の国となり、自分たちの土地はイスラエル政府に強制収用され、貧しさに耐えながら再婚もせずに修道院の賄い婦をして、女手ひとつで二人の子どもを育ててきた。孫がいる現在でもイスラエルの縫製工場で働いている。まだ五〇代半ばと思われるのに、「初老」という言葉が似つかわしい皺を深く刻んだその風貌は、彼女が生きてきた人生の艱難を如実に物語っている。

一方のサハルは西岸にあるナブルスの名家の出身だが、彼女もまた高校を卒業してすぐに親の決めた男性との結婚を余儀なくされている。だが、自活するための資金を自力で蓄え、十三年後に離婚を実現した彼女は念願の大学進学を果たす。文学を学び、作家となり、西岸の街で娘たちと暮らしながら、サハルはこの映画の撮影当時、三作目の小説『ひまわり』（*'abbād al-shams* 一九八〇年）を発表したばかりだった。それから四半世紀以上たった現在、サハル・ハリーフェ（一九四一年〜）はパレスチナを代表する女性作家の一人となっている。

サハルが伝統的な社会でフェミニストとして生きる困難を引き受け、個人としての自由を追求するのに対し、ルミヤは、女は二夫にまみえるべきではないという家父長主義的な伝統的価値観を墨守し、夫の死後も独り身を守り、再婚した娘を時になじって泣かせたりもする。親が勝手に決めた年寄りの、愛情などみじんも感じない夫であったとしても、彼女にとっては社会の伝統が自分に課す寡婦としての責務、残された子どもたちへの母としての責務が、女が個としていかに生きるかということより優先されるべきことであったからにほかならない。

サハルがいつも独りで監督のカメラに向き合うのとは対照的に、ルミヤが登場するときはつねに家族の誰かが傍らにいる。それは孫だったり娘だったり姪だったりするが、そうした映像は、ルミヤが誰かの祖母、母、妻であるということをつねに自らのアイデンティティの中核としていることを示唆する。女を彼女自身ではなく、つねに誰かの妻や母や娘と規定する価値観こそ、個として自由に生きたいと思うサハルのような女性たちを縛る旧来的な社会の価値観である。ルミヤの生を対置させることで、作品は、パレスチナで女性が全的な解放を求めるとき、イスラエルの占領と闘うだけでなく、女自身によっても深く内面化されたパレスチナ社会の家父長主義的な伝統的価値観とも闘わなくてはならないことを描いていると言える。クレイフィはこの後、『ガリレアの婚礼』（一九八七年）においても、イスラエル支配のもとでのパレスチナ人の民族的従属と家父長制のもとでの女性の従属をパラレルなものとして描き、家父長主義による女性の抑圧を自明視する男たちが民族解放を叫ぶ矛盾に明確に「否」を表明している。

ルミヤは確かに、家父長制の犠牲者であると同時に、抑圧的な伝統的価値観を内面化し、個としての自由を希求する娘の抑圧者でもある。だが、この作品における彼女は、女の自己解放のために否定され、乗り越えられるべき存在としてのみあるのではない。サハルとルミヤの対照性とは、女の生き方をめぐる彼女たちの価値観の相違にあるのではない。クレイフィは二人のナラティヴの違いを作品に明確に書き込むことによって、両者のあいだのより本質的な差異について言及している。

たとえばサハルは、カメラに向かって、監督が彼女に投げかけた問いを反芻しながら自分の意見を述べる。それは、監督に対する応答であるが、その言葉からは、ミシェル・クレイフィという眼の前の人物に対する応答という個人的関係性は限りなく払拭されて、むしろスクリーンを通して彼女を見つめる、彼女の知らない不特定多数の観客の存在を前提に発せられた言葉となっている。知識人である彼女の発言は、自分について語ることであっても抽象化が施され、客観的、分析的に語られる。サハルにとって自分を語るとは、それを通してパレスチナ社会を遂行的に分析する、批評行為となっている。観客は、サハルの語りを聴くことで、単に彼女自身について知るだけではなく、女にとってのパレスチナ社会のありようについてフェミニスト的観点からの理解を得ることになる。

他方、十三歳で結婚し、中等教育とも無縁であったと思われる工場労働者のルミヤにおける「言語」のありようは、知識人のサハルとは決定的に異なっている。ルミヤが語るのは目の前にいる誰かに向けてであり、サハルのようにカメラに向かって、そこには存在しない不特定多数の者たちに向けて語るということは彼女にはできない。ルミヤにとってコミュニケーションとは「二人称」の関係性において初めて可能になるものなのである。だから、この作品のなかで例外的に彼女が独りでカメラの前に立たされ、人生の回顧を語らせられたとき、彼女は教科書を必死で暗唱する小学生のように、暗記した文言をただ不器用に「再生」することしかできないのだ。

だとすれば、彼女がつねに家族の誰かといっしょに登場するのは、単に彼女が誰かの妻や母というアイデンティティこそを第一に生きているというのとは別の理由を指摘することができるだろう。彼女が語りうるためには、そこに誰かがいることが絶対に必要なのだ。自分とは存在の審級を異にするカメラの背後の監督ではなく、カメラの前で彼女に問いかけ、彼女の語りに耳を澄まし、彼女に頷き返す、彼女と同じような誰かが。その結果、サハルの語りがときにレクチャーのようであったり、あるいはインタビュー的な応答になるのに対して、ルミヤの語りはつねにお喋りの一部として生起する。カメラに向かって語るサハルが可能な限り客観的であろうとし、抑揚を抑え、語りの内実が、語られた言葉の「意味」に限りなく還元しうる一方で、ルミヤの場合は、語られた言葉だけでなく、愚痴やため息、沈黙、独り言、笑い声、抑揚や表情といったものすべてが、彼女自身の思いの何事かをつねにすでに「語って」いるのである。

サハルとルミヤのナラティヴの本質的な差異とは、サハルがメタレベルに立って自己を含む世界を対象化し、批評したり表象しうるのに対して、ルミヤはあくまでも二人称の関係性のなかで、「あなた」に向かって「わたし」の思いを語るということにある。それゆえサハルが、イスラエルの占領とアラブの家父長制のもとで自らがいかに生きているかを、個の自由と尊厳を求める人間の普遍的な闘い、抵抗として語るのに対し、ルミヤは、自らの生を「抵抗」と名指すこともなく、占領と家父長制をひたすら生きているのである。だが、たとえルミヤ自身が自らの生のありようを「抵抗」として分節してはいなくても、彼女の生がイスラエルの占領に対する、そしてパレスチナ社会で女が生きる諸々の困難に対する不断の抵抗にほかならないことこそを作品は描いている。クレイフィは、自己と自己のおかれた情況を他者に向かって三人称で表象しうるエクリチュールをもった知識人サハルと、二人称の関係性の中でしか語ることのできないルミヤを登場させることで、自らの生を抵抗として語りうる知識人だけでなく、それを「抵抗」として名指したり分節することなく、ただそれを生きている者たちによってこそ、実は根源的な抵抗が生きられているのだということを、イスラエルによって強制収用された土地の権利を頑なに譲り渡さず、五〇を過ぎても黙々と働き続けるルミヤの姿を通して観る者に伝える。

だが、他者に対して世界を表象する術のない者たちは、自らが生きる生それ自体が抵抗にほかならないと言説化することはできない。だとすれば特権的なエクリチュールをもち世界を表象しうる作家とは、単に自己が生きる苦難を表象するだけでなく、「抵抗」として自ら名指すことなく抵抗を生きているこれらの者たち——サバルタン——のその生を「抵抗」として分節し、表象する責務を負った存在であると言える。クレイフィの映画は映像において、そのような思想を実践してみせたテクストにほかならない。

『豊穣な記憶』に、サハルが自作『ひまわり』の一節を読み上げる場面がある。知識人女性と「サバルタン」女性が対比的に登場し、占領下でパレスチナ人の女が生きることの「抵抗」が描かれるという『豊穣な記憶』の設定は、サハルの小説『ひまわり』の結構を踏襲したものである。

『ひまわり』は、サハルの前作『スッバール』(*Subbār* 一九七五年)の続編にあたる。「スッバール」とはアラビア語でサボテンを意味する。パレスチナの農村では伝統的に住まいの周りに垣根代わりにサボテンが植えられる(だから、イスラエル領内の土地のそこここに繁るサボテンは、かつてそこにパレスチナ人の村があり、パレスチナ人の暮らしがあったことを証言しているのである)。「スッバール」というタイトルには、イスラエルによる占領の抑圧を耐え忍び生きている人々の姿が、過酷な環境に耐え、大地に深く根を張って生い茂るサボテンに重ね合わされている。

『スッバール』は、一九六七年の戦争で、イスラエルに占領された西岸から亡命したパレスチナ人青年ウサーマが、占領軍に対して軍事作戦を実行すべく故郷に戻ってくるところから物語が始まる。故郷で彼が目にするのは、占領者の経済に従属し、イスラエルで出稼ぎ労働者として生きる住民たちの姿だった。占領によって骨抜きにされ、占領者に唯々諾々と従っているかのような同胞に対する不満を述べるウサーマに親友のアーディルは言う。「人間が生きるということにはさまざまな次元があるんだ」。

やがてウサーマは、イスラエル占領軍の将校を殺害し、物語の最後で、パレスチナ人労働者をイスラエル領内の労働市場へと運ぶバスを襲撃する。だが、作品が描いているのは、武装闘争のみを抵抗の唯一のあり方と見なす者の目には、抵抗心をなくして占領に妥協し、あまつさえ協力さえしているように見える住民たちが、実は占領下のパレスチナにとどまり、占領を日々生き抜いている、そのことにこそ彼らの抵抗があるのだという事実である。

主人公のアーディルや、イスラエルの工場で働くことで家族を支える男たち、反占領の抵抗運動に身を投じ、投獄される青年たちの姿を通して「占領と抵抗」の問題を描いた『スッバール』が言わば「男たちの物語」であったのに対し、続編の『ひまわり』は「女たちの物語」である。『ひまわり』の主人公はアーディルの恋人で、フェミニズムに深い関心を寄せるエルサレムの若い雑誌記者ラティーフェと、前作の最後、バス襲撃事件で夫を殺され、幼い子供たちを抱え未亡人となり、イスラエルの縫製工場で働くサァディーエである。

夫のいない若い女に対する社会の目は厳しい。サァディーエの一挙手一投足を街区《ハーラ》の女たちが監視し、噂しあう。後ろ指をさされないために、まだ若い肉体も美貌も欲望もすべて封印して生きなければならない。なんと不自由な人生。脇目も振らず働いて、子どもを育て、気がつけばルージュがはみ出るほど唇も干からびてしまった。鏡に映った自分の顔を見て愕然とする女。おそらくそれは、若くして自ら離婚を実現し、娘二人と生きてきたサハル自身が体験したことでもあっただろう。サァディーエは街区で暮らす束縛から自らを解放するために、口さがない女たちに「裏切り者」と非難されながらもイスラエルの縫製工場で必死に働き、街区から離れたところに自分の土地と家を手に入れる。ラーマッラーのヴィラで娘たちと静かに暮らすサハルもまた、かつて作家を志した頃、「自分だけの部屋」を希求して、女たちの視線がからみつく街区をサァディーエのように脱出したにちがいない。

映画『豊穣な記憶』でサハルは、パレスチナ社会をアラブの公衆浴場《ハンマーム》になぞらえ、「蒸気が全身にまとわりついて、呼吸をすることもままならない」と語っているが、しかし、そこから身をひき剝がし、個人として生きるために支払った対価もまた大きかったと述懐している。街区は女の生にとって抑圧的であるだけではない。郊外の家に越した子どもたちは、街区を懐かしがって、母さん、家に帰ろうよとサァディーエにせがむ。街区では人々がたえず隣人を気遣い、困っている者には救いの手が差し伸べられ、なんぴとも孤独のうちに放置されたりはしない。街区の人々の他者への関心が、人々を孤独から守り、弱い者たちの生を支えていることもまた事実なのである。

作品の最後、サァディーエがようやく手に入れた家はイスラエル占領軍に強制収用されてしまう。占領軍兵士らによって少年たち、若者たちが学校の校庭に集められる。サァディーエの息子もいる。あちこちから湧き上がる「われわれは抵抗するぞ!」という叫び、それに呼応して起ち上がる少年たち。彼らの頭上に容赦なく振り下ろされる棍棒、だが、少年たちの叫びは止まない。『豊穣な記憶』においてサハルが読み上げるのはこの部分だ。その七年後、占領地全土で勃発するインティファーダを見事に予言して作品は終わる。

雑誌社で働く大卒のフェミニスト記者と、高等教育とは無縁でイスラエルの縫製工場で働く未亡人。

クレイフィの『豊穣な記憶』におけるフェミニスト作家サハルと、工場労働者ルミヤという設定が、サハルの小説における二人の女性主人公の設定をなぞったものであることが分かるだろう。だが、雑誌記者ラティーフェが作者サハル・ハリーフェの分身的存在として描かれているわけではない。むしろ、作者自身の女としての経験は、サァディーエのありようにこそ投影されている。前作で「抵抗」を武装闘争としてのみ一元的にしか理解しないウサーマが批判されていたように、ここでも、女性の解放の問題を家父長制による女性抑圧という側面でしか捉えていないラティーフェのフェミニズムの一面性が、サァディーエの生と彼女が抱える困難が多面的に描かれることで批判されているのである。クレイフィは『豊穣な記憶』において、世界を表象したり、自らの生を分節してそれを「抵抗」と言説化することなく、しかし、抵抗をまぎれもなく生きているサバルタンの女、ルミヤの生にこそ注目し、その生を描くことが世界を表象しうる知識人作家の責務であるとした。『ひまわり』におけるサハルもまた、一労働者であるサァディーエによって生きられる生の経験を通してパレスチナ人の女の抵抗を描き、世界を表象しようとする若きフェミニスト知識人に人間が生きるということの多元性を教える。小説『ひまわり』の結構だけでなく作者ハリーフェの姿勢もまた、クレイフィによって反復されているのである。

零度の女

知識人であるフェミニスト作家が、自らの作品に、知識人フェミニストとサバルタンの女の対立を書き込むこと、それはサハル・ハリーフェの『ひまわり』だけの話ではない。エジプトの女性作家ナワール・エル＝サァダーウィー（一九三一年〜）の小説『零度の女』（*imra'a 'inda nuqtat sifr* 一九七三年）そして、モロッコのフェミニスト社会学者ファーティマ・メルニーシー（一九四〇年〜）の自伝的フィクション『越境の夢』（*Dreams of Trespass* 一九九五年）についても同じことが指摘できる。そして『ひまわり』においては、ラティーフェがサァディーエとあいまみえるのは作品の最後、強制収用の取材に訪れたラティーフェがサァディーエに話しかけ、一蹴される場面だけであり、基本的に二人の物語が交わることなく作品が進行するのに対して、サァダーウィーの『零度の女』もメルニーシーの『越境の夢』も、フェミニスト作家とサバルタン女性の対立は作品の根幹により深く関わっている。

サァダーウィーの『零度の女』は、一人の死刑囚の女の物語である。主人公フィルダウスは、男たちにその生と性を搾取され続けるなかで、真に自由であるために自ら売春婦たることを選びとり、高級娼婦として成功する。しかし、彼女を支配しようとした男が現れるに及んで、自らが手に入れた自由を再び奪われまいとしてフィルダウスは男を殺めてしまう。だが、男を殺すことで、彼女は気づく。男に対して手を上げることとの、なんとたやすいことか。男など恐れるに足りない。今まで男に従ってきたのは、男に対して女が手を上げることなどできないと思い込まされてきたからに過ぎなかったのだ。

人々が自ら進んでその尊厳と自由を売り渡し奴隷となっているのは、単に権威を権威として認め従属し、その権威を恐れているからに過ぎない、権威など何も恐れるに足りないのだという真実を手に入れることで、彼女はまったき精神の自由を得る。フィルダウスは死刑を宣告されるが、それは、殺人を犯したからというより、権威を権威として認め、それを恐れることが人間を奴隷状態にするのだという真理に覚醒することで、彼女がもはや地上のいかなる権威にも従属せず、これを恐れないためであった。体制は大統領特赦を与えようとするが、彼女は権威に従属して奴隷の生を生きることより自由を選び、特赦を敢然と拒否し、そして処刑される。フィルダウスとはアラビア語で「天国」を意味する（英語の paradise の語源）。彼女が生きた、男たちによる抑圧と搾取の生、その挙句の反逆と死刑という結末を考えるなら、実に皮肉な命名にちがいない。だが、他方、彼女があらゆる権威への従属を峻拒することによって獲得した、死をも恐れないまったき自由を思うなら、フィルダウスという名は、彼女自身が痛みの果てにたどり着いた境地を表しているとも言える。

『零度の女』という小説が描くのはフィルダウスの人生の物語である。だが、作品は、女性精神科医である「私」が数年前に出会った、忘れ難い死刑囚フィルダウスとの出会いについて回想する、その「私」の語りの中に、フィルダウス自身の人生の回想物語がはめ込まれた入れ子構造をとっている。独房を訪れた「私」に向かって、フィルダウスは一人の少女がいかなる経験を経て、自ら売春婦となることを選び、高級娼婦となり、そして男を殺め、死刑囚となるに至ったか、その顚末を語り聞かせるのである。

この小説は実話に基づいており、精神科医でもあるサァダーウィーが実際に出会った死刑囚をモデルにした作品であることが、日本語版の冒頭、作者による前書きに記されている(1)。そのため、この小説は日本では、エジプト・アラブ社会における家父長制による過酷な女性抑圧の実態をフェミニスト作家が著した一種のノンフィクション小説であるかのように読まれやすい。たしかに、この作品がエジプト・アラブ社会の家父長制と女性抑圧を告発したものであるのは事実だが、作品はそれだけに還元されるものではない。けれども、作品があたかもノンフィクションであるかのように読まれることで、作者がフィルダウスの物語を敢えて女性精神科医の回想のなかに組み込むという文学的仕掛けを施したのはなぜかという作品理解の根幹に関わる部分が見えなくなってしまう。フィルダウスの物語の枠物語を形作る、精神科医の「私」による回想部分とは、フィルダウスの物語を紹介する前に、作者サァダーウィーが彼女に出会った実際の経緯を読者に説明したものではない。それはまさに「私」とフィルダウスの、女性知識人とサバルタン女の「対立」としてテクストに描かれているのである。

すでに女性精神科医として成功を収めていた「私」は、新たなプロジェクトとして女性拘留者の心理調査を行っていた。あるとき、特異な死刑囚の存在を聞かされ、俄然、興味を惹かれた「私」は面会を求めるが、フィルダウスに拒絶される。「私」はプライドをいたく傷つけられて落ち込むが、フィルダウスが自分を拒絶したのは、自分が誰だか告げられていなかったためであろう、自分が誰だか分かれば会うにちがいないと考えて気をとりなおす。それでもフィルダウスは「私」を拒絶する。だが、フィルダウスに会うのを諦めかけた頃、彼女の方から「私」に面会を求めてきたのだった。独房を訪れた「私」を地べたに座らせ、フィルダウスは言う。「わたしに話しかけないで、わたしの話を遮らないで、あなたの話に耳を傾けている暇などわたしにはないのだから」。そしてフィルダウスは、彼女の人生の物語を語り始める。

そこには、知識人である「私」に対するフィルダウスの「否」が何重にも書き込まれている。フィルダウスは「私」に会うことを拒否する。そして「私」が何者であるかを知ってもなお面会を拒否することで「私」自身を拒否する。さらに、独房を訪れた「私」を地べたに座らせ、「私」が語るのを拒絶する。フィルダウスによる「私」の拒絶は、「私」の権威に自分が従属することへの拒絶であり、それはとりもなおさず、「私」が女であろうと、フェミニストであろうと、男たちの権威を分有した「連中」の一味であることをフィルダウスが看破していたことを意味する。

フィルダウスがその人生の経験から疑う余地なく学び知ったこととは、社会的成功とは体制の権威に従属し、それを自ら分有することであり、それはフィルダウスのような者たちを踏み台にすることによって成し遂げられているのだということである。女性知識人である「私」は、刑務所に収監されている女性の囚人たちという、「私」のように世界を分析することも表象することもできない社会的被抑圧者の女性たちをインフォーマントにして、彼女たちの生を代理表象することで自らの業績を作り上げていく。すなわち、これらサバルタン女性たちは「私」がさらなる権威を分有するために搾取する資源なのである。「私」がフィルダウスに会おうと思ったのも、特異な死刑囚といわれる彼女を自らのさらなる権力資源として利用するためであったと言える。だからこそ、フィルダウスの生がフェミニスト知識人によって真に表象されるためには、フェミニスト知識人はフィルダウスによってその権威を否定され、その存在自体を拒絶され、そうされることによって、自らが何者であるのかをフェミニスト知識人自身が痛みをもって理解する必要があったのである。これは、サハル・ハリーフェの『ひまわり』でサァディーエにインタビューしようとしたラティーフェが彼女に一蹴されることとも重なるだろう。

サバルタンが語ることができない[2]（スピヴァク）のは、サバルタンが語っていないから、ではない。語っているのに聴き取られないからである。あるいは、語っているのに、その言葉が知識人によって横領され、勝手に表象されてしまうからである。だから、サバルタンの声を聴き取ろうと思ったら、知識人は学び知った知識を忘れ去らなければいけない。分有している権威を捨て去らなくてはならない。独房の冷たい地べたに座って、女たちの語りに虚心に耳を傾けなくてはいけないのである。

越境の夢

ファーティマ・メルニーシーの『越境の夢』[3]（日本語版は『ハーレムの少女ファティマ——モロッコの古都フェズに生まれて』）は、日本語版のサブタイトルにもあるように、モロッコの古都フェズの名家メルニーシー家のハーレムで生まれ育った著者が、その幼年時代を回想し、ハーレムに生きる女たちの日常を描いた自伝的フィクションである。作品にはメルニーシー家のハーレムで暮らすさまざまな親族の女たちが登場するが、女たちの人物造形や彼女たちにまつわるエピソードには、社会学者である著者がインタビューした何百人ものモロッコの女たちの生が巧みに織り込まれて描かれている。自伝的「フィクション」たる所以である。[4]

作品は、幼い少女ファティマの目線から、フランスの植民地支配に対する独立運動に揺れるフェズのハーレムで生きる女たちの姿を生き生きと描きだしていく。ハーレムの女たちは、確かにハーレムの境界を越えて自由に外出することはできないけれども、だからといって、決して家父長制の受動的な犠牲者というわけではなく、女同士、知恵を絞りあい、協力しあい、時には男たちを出し抜いて、生きているのである。それは近代のフェミニズムが言う「抵抗」とは異なるかもしれないが、それもまた、まぎれもない女たちの「抵抗」にほかならないことを、そして、彼女たちのその抵抗の力を育んだのは、近代西洋のフェミニズムではなく、ハーレムにおける女たちの伝統文化であることが、著者の茶目っ気あふれるユーモラスな筆致によって綴られる。

男たちによる女たちの支配の叙述はつねに、フランスによるモロッコの植民地支配の叙述へと繋がり、家父長制と同じように植民地主義もまたモロッコの女たちの自由を抑圧していることをテクストは強調する。フランスがモロッコに強いる植民地主義の境界線と、男たちが女に強いるジェンダーの境界線は、いずれも不条理なものであることを幼いファティマは女たちに教えられ、いつの日かそれらの境界を越えて広い世界へと羽ばたいていくことが、ハーレムの女たちから幼いファティマが託された未来の夢となる。そして事実、ファティマはアメリカに留学し、学位をとり、マグレブ・アラブ世界を代表する女性知識人として世界に飛翔することになる。

敢えて英語で、西洋の読者に向けて著されたこの作品は、ハーレムの女性たちの「抵抗」を生き生きと描くことで、家父長制の受動的な犠牲者という、西洋のフェミニズムにおけるムスリム女性についてのステレオタイプを是正する。同時に、アラブ・イスラーム社会の家父長制だけでなく西洋の植民地主義もまたモロッコの女たちを歴史的に抑圧するものであったことを、そして、モロッコの伝統文化のすべてが女性抑圧的なものとして全否定されるべきではないこと、むしろ、女たちの抵抗の力を涵養したのはハーレムの伝統であることを描き、アラブ女性の抑圧についての西洋人の一元的理解に修正を迫っている。

では、この作品で、フェミニスト知識人とサバルタンの女たちの対立はどのように描かれ、また、その対立はどのように脱構築されているのだろうか。

やがて高等教育を受け大学教授となり、英仏二言語を操り、知識人として活躍するファティマに対して、ハーレムに暮らす年上の女たちが、世界を他者に対して表象する術を持たないサバルタンであることは間違いない。彼女たちの「抵抗」は、フェミニスト知識人ファーティマ・メルニーシーのまなざしによって「抵抗」として分節されることで初めて、そのようなものとして表象されるのである。では、社会学者であるメルニーシーがモロッコのサバルタン女性たちの生を表象することは、フィルダウスを自らの権力資源としてその生を表象しようとした女性精神科医とどのように異なるのだろうか？

『越境の夢』はメルニーシーの幼年時代の物語だが、著者はそれを回想という形では書かずに、幼い少女ファティマを語り手に据えることで、少女の視線からすべてを描いている。少女はまだ、女であることが何を意味するのか、男であることが何を意味するのか、ハーレムとは何か、フランス軍がなぜモロッコにいるのか、何も知らない。世界について何も知らない幼いファティマに、女であることの痛みや悲しみ、この世の正義、不正義を教えるのは、ハーレムの女たちである。ルミヤがそうであるように、彼女たちは二人称の関係世界のなかであれば、目の前にいる「あなた」に向かって、自分自身の言葉で世界を語ることができるのだ。ファティマは世界を理解しようと、女たちの語りに一心に耳を澄まし、自分が聴き取った言葉を語っていく。このとき、ハーレムの女たちの語りに耳を澄ます、まだ世界について何も知らない幼い少女ファティマとは、言うなれば、自らが学び知ったことを忘れ去って、サバルタン女性の語りに虚心に向き合う女性知識人の謂いにほかならない。

ハーレムの女たちの夢を託された幼いファティマがフェミニスト知識人ファーティマ・メルニーシーになったのだとすれば、メルニーシーのフェミニズムを育んだのは、彼女がフランス語や英語で書かれたフェミニズムの書物を紐解くはるか以前、フェズのハーレムで、ファティマが触れたこれらの女たちの語り、笑い、痛み、涙によってであることを、そして、フェミニスト知識人となった著者がモロッコの女たち、とりわけサバルタンの女たちについて語るのは、自分を育んでくれたハーレムの女たち、自らは世界を表象することのできない彼女たちへの応答の営みなのだということが分かる。

アラブのフェミニスト作家がサバルタン女性を小説において表象するとき、彼女たちが知識人女性とサバルタン女性の対立を作品に書き込むのは、スピヴァクがそうであったように、第三世界のフェミニスト知識人として彼女たちが、フェミニズムの実践として何よりもサバルタンこそを表象する責務を負っていることを自覚すると同時に、しかし、サバルタンを表象することがはらみもつ原理的な困難について、とりわけ、サバルタンを決して代表できない自分たちがサバルタンをいかようにも表象し、それを自らの権力資源としうる特権性を熟知しているからにほかならない。だからこそ、フェミニスト作家たちは、サバルタン女性が生きる生の現実について自分たち知識人が実は何も知らないのだという自らの無知を作品に書き込んでいるのだと言える。それがなければ、自分たちの作品がサバルタンの声をむしろ封殺するものとなり、フェミニズムを自ら裏切るものであることを彼女たちが知っているからである。だが、知識人として構築された自分が、体制の権威を分有した世界から、サバルタンの言葉が聴きとれる世界に越境してゆくことは、ファティマがハーレムから広い世界に越境することよりも、もしかしたらはるかに難しいことであるかもしれない。

（1）日本語版はナワル・エル・サーダウィ『0度の女——死刑囚フィルダス』鳥居千代香訳、三一書房、一九八七年。
（2）G・C・スピヴァク『サバルタンは語ることができるか』上村忠男訳、みすず書房、一九九八年。
（3）Fatima Mernissi, *Dreams of Trespass ; Tales of a Harem Childhood*, Basic Books, 1995. 日本語版はファティマ・メルニーシー『ハーレムの少女ファティマ——モロッコの古都フェズに生まれて』ラトクリフ川政祥子訳、未來社、一九九八年。
（4）メルニーシにはモロッコ女性へのインタヴューをまとめた *La maroc raconté par ses femms*（『女たちの語るモロッコ』）, Société Marocaine des Edituers, 1986.（英語版 *Doing Daily Battle : Interviews with Moroccan Women*, Rutgers Univ. Press, 1989.）がある。

12　記憶のアラベスク

ユースフ叔父さんの物語は次から次へと編み出されていった。ふたつの物語がひとつに抱き合わされたり、ひとつの物語がふたつに分かれたり、縒り合わされたり、対をなしたり、記憶の果てしないアラベスク紋様を描いて、その多くは、微妙な改変を施されながら繰り返し繰り返し語られたが、一方で、おじさんがその生涯、ほんの二、三回しか語らなかった物語もある。だが、流れ出た物語はどれもみな、おじさんの周りに幻想の渦を巻き起こし、始まりはおしまいに、内側は外側に、現実は御伽噺へとつながっていくのだった。［…］いつの日か、ぼくもまた、これらの物語を物語るよう運命づけられているのだということを叔父さんは知っていたのだ。

アントン・シャンマース『アラベスク』

第一作目の小説とはたいてい、偽装された自伝である。そして、この自伝は偽装された小説である。

クライブ・ジェイムズ『あてにならない記憶』
（『アラベスク』のエピグラムより）

パレスチナ人が故郷の大地から引き剝がされ難民となってから、すなわち、パレスチナ人が「ナクバ」（大いなる災い）という言葉で記憶する悲劇の出来事から、二〇〇八年で六〇年になった。一人の人間が生まれ、そして還暦を迎えるまでのその歳月のあいだ、故郷を追われたパレスチナ人の多くは異邦で難民として生きることを余儀なくされている。六〇年がたち、三世、四世の代になっても、占領下や周辺諸国では、いまだ無数のパレスチナ人が難民キャンプで暮らし続ける。繰り返し生起するいくたびもの虐殺にさらされながら。

ナクバの悲劇から約二〇年、いつか国連が、国際社会が、あるいはアラブの英雄ナセルがイスラエルに勝利してパレスチナを解放し、自分たちを祖国へと連れ戻してくれる、そう信じて、難民キャンプの泥土にまみれながら、冬の寒さ、夏の暑熱を耐え忍んできた難民たちの希望は、一九六七年、第三次中東戦争におけるアラブ軍の完膚なきまでの敗北、そして西岸とガザの更なる占領という事態によって打ち砕かれる。だが、六月のその苦い敗北のなかから、自らの手で祖国の解放をめざす若者たちが登場する。迷彩服に格子模様のスカーフを巻き、カラシニコフ銃を手にしたこれら解放戦士《フェダーイーン》の青年たちは、やがて旅客機をハイジャックし、国際社会が都合よく忘却していた「パレスチナ人」の存在を世界の集合的記憶のなかに強烈に刻みつけたのだった。あの頃、「パレスチナ人」と言えば「ゲリラ戦士」のことだった。

だが、その後、「パレスチナ人」が意味する存在は、「ゲリラ戦士」によって表象される「難民」から、イスラエルの軍事占領下におかれた西岸やガザに生きる人々へと移ってゆく。とりわけ、一九八七年に始まった第一次インティファーダによって世界の耳目は一気に占領下パレスチナに注がれ、さらに、一九九三年のオスロ合意によってこの潮流は決定的なものになる。PLOはそれまで、イスラエルとなったパレスチナも含め歴史的パレスチナ全土の解放を掲げていたが[1]、アラファトが西岸とガザにパレスチナ・ミニ国家を建設することに同意して暫定自治が始まると、第二次インティファーダの勃発もあいまって、国際社会の関心はもっぱら占領地に絞られ、周辺諸国の難民キャンプで暮らすことを依然、余儀なくされている難民たちは、忘却の彼方に置かれることになる。

しかし、「パレスチナ人」とは、これら周辺諸国に離散する難民と占領下の住民たちだけではない。六〇年前、八〇万以上が故郷を追われ難民となるなかで、少なからぬ数のパレスチナ人がイスラエルとなったパレスチナにとどまった。現在、その数は約一五〇万、イスラエルの総人口の約二〇パーセントを占める。故郷の村や街にとどまった者もいるが、故郷を追われてイスラエル国内で難民となった者も多い。彼らが故郷に残してきた財産はイスラエル政府によって没収され、その村々は破壊された。パレスチナ人が歴史的にその地で暮らしてきたという、その生の記憶を地上から抹消するためだ。

「ユダヤ国家」の独立を宣言したイスラエルの独立宣言は、宗教、人種、性にかかわらず、すべての住民の社会的、政治的諸権利と社会的平等を保障している[2]。イスラエルにとどまったパレスチナ人にもイスラエル国籍が与えられ、彼らは「イスラエル国民」となった。だが、「ユダヤ人国家」を国是とするイスラエルにおいてユダヤ人ならざる彼らは、国家に対する忠誠を疑われる潜在的「第五列」であり、法的、社会的に差別され周縁化されている。一九六六年まで二〇年近くにわたりパレスチナ人はイスラエルの軍政下に置かれ、移動の自由といった基本的人権に至るまで軍政当局によって厳しく管理されたのだった。

たとえば、「イスラエルのアラブ人」Israeli Arab という彼らの呼称は、イスラエルにおけるパレスチナ人という存在の内実を端的に物語っているだろう。彼らは「パレスチナ系イスラエル人」であるが、イスラエルで彼らがそのように呼ばれることはない。イスラエル国家にとって彼らはあくまでも「イスラエルのアラブ人」なのだ。ゴルダ・メイール元首相の「パレスチナ人などという民族は存在しない」という発言や、「土地なき民に民なき土地を」といったシオニズムの初期の入植スローガンに顕著に現れているように、シオニズムはパレスチナにおける「パレスチナ人」の歴史的存在を一貫して否定してきた。シオニズムの見解によれば、彼らは「パレスチナ人」ではなく(なぜならそのような「民族は存在しない」のだから)、周辺のアラブ諸国に起源をもつ「アラブ人」の一部に過ぎない。彼らは今、たまたまイスラエルにいるだけであって、そもそもアラブ人なのだから、神がユダヤ人に約束したこの土地に属しているのではない。彼らはやがては本来の故郷であるアラブのいずれかの国へ帰る存在である……。「イスラエルのアラブ人」とはこのように、パレスチナという土地に対するパレスチナ人の歴史的帰属性と権利の否定を意図する呼称なのである。

パレスチナ難民や占領下のパレスチナ人が、「ハイジャック」や「自爆テロ」、あるいはイスラエル軍侵攻による「虐殺」という形であれ、この六〇年の歴史の折々に世界のマスメディアに登場してきたのに対し、ナクバ以来、六〇年の歴史を通じて、イスラエルのパレスチナ人の存在についてはほとんど語られてこなかった。「イスラエル」＝「ユダヤ人の国」という強固なイメージのなかで、パレスチナ人がイスラエルの人口の五分の一を占めているという事実もあまり知られてはいないだろう。

イスラエルのパレスチナ人に関する無知はアラブ人とて例外ではなかった。ガリレア地方出身で、現在、聖公会エルサレム大司教座の司教をつとめるリヤーハ・アブー・エル＝アッサール（一九三七年〜）は、その自伝『はざまに囚われて——あるアラブ人キリスト教徒パレスチナ系イスラエル人の物語』(3)において、アラブの国を訪問した際、同胞たるアラブ人が彼に向けた嫌悪について記している。リヤーハ司教の故郷、ガリレア地方は、歴史的に多数のキリスト教徒が暮らしていた。一九四七年の分割案ではアラブ国家の領土とされていたが、一九四八年、イスラエルに占領され、イスラエル領となり、リヤーハ少年も「イスラエル人」となった。あるとき、リヤーハ司教があるアラブの国を訪れ、「イスラエルから来た」と自己紹介したとたん、同席していたアラブ人たちは握手を拒み、席を蹴って出て行ったという。「パレスチナの大義はアラブの大義」と謳われていた当時、イスラエル国民であるアラブ人など問答無用でパレスチナの大義の裏切り者と見なされたからだ。異邦の難民キャンプに生きるパレスチナ人の苦難に対する共感はアラブ世界で普遍的に共有される一方で、ユダヤ人国家におけるユダヤ人ならざる者としてパレスチナ人が生きる苦難は、アラブ世界においてもほとんど知られていなかった。しかし、「イスラエルのパレスチナ人」という存在もまた、パレスチナにおけるユダヤ人国家の建設という暴力的な出来事がパレスチナ人にもたらした悲劇のまぎれもない一部であり、イスラエル建国により祖国を喪失したことは彼らとて同じであった。

難民となったパレスチナ人に関しては、ナクバから十年もたたない一九五〇年代後半から、ガッサーン・カナファーニー（一九三六〜七二年）によって、ナクバと、それによって難民となったパレスチナ人の生の経験が幾多の小説作品に形象化された。一九七二年、三六歳という若さでカナファーニーが殺されたとき、あとには、難民として生きるパレスチナ人たちの生の証言たる膨大な数の物語が残された。他方、イスラエルのパレスチナ人の経験については、カナファーニーが亡くなったのと同じ一九七二年、エミール・ハビービー（一九二二〜九二年）の最初の小説『悲楽観屋サイードの失踪にまつわる奇妙な出来事』(4)が出版されている。ハビービーはイスラエルのパレスチナ人作家だが、故郷ハイファの街を愛し、ハイファの人間として終生、故郷の街で生き続けた。だとすれば、「イスラエルの」ではなく、「ハイファの」パレスチナ人作家と呼ぶべきかもしれない。(5)『悲楽観屋サイード…』は、ナクバから第三次中東戦争にいたる、イスラエルとなったパレスチナの二〇年の歴史を背景にしながら、イスラエルの官憲の手先となって生きるパレスチナ人サイードを主人公に、「ユダヤ人国家」となってしまった祖国で「イスラエル人」として生きるパレスチナ人の苦悩と葛藤を諧謔を交えて描き、エドワード・サイードに現代アラブ文学の最高傑作と絶賛された作品である。それから十四年後、イスラエル生まれのパレスチナ人作家アントン・シャンマースが、自伝的小説『アラベスク』(6)を発表する。

一九二二年生まれのハビービーがイスラエル建国時、すでに二〇代後半であったのに対し、一九五〇年生まれのシャンマースは、イスラエル建国後に「イスラエル人」として――イスラエル国家による呼称に則って言えば「イスラエルのアラブ人」として――生まれた。シャンマースの最初の小説『アラベスク』は、二〇世紀前半から八〇年代初頭にかけて半世紀にわたるシャンマース一族三代の物語である。と聞けば誰しも、英国の委任統治からアラブの反乱（英国の植民地支配に対するパレスチナ住民の一斉蜂起。一九三六年）を経て、イスラエル建国という「ナクバ」に暴力的に見舞われ、そして、ユダヤ人国家となってしまった祖国で「異邦人」として生きることを強いられるパレスチナ人の生の経験を綴った歴史小説を思い浮かべるのではないだろうか。とりわけ、一九六六年までパレスチナ人が軍政下で生きた困難や、シオニズムをナショナル・イデオロギーとするイスラエルにおいて――それは、とりもなおさず、「パレスチナ人」の歴史的存在が否定されるということだ――パレスチナ人がいかに民族的アイデンティティを抑圧されながらもそれを守ろうとしているかといった、これまでほとんど表象されることのなかったイスラエルに暮らすパレスチナ人の生の実態が描かれているだろう。そんなことを期待して私は本書を手にとったのだが、期待は見事に裏切られた。シャンマースの『アラベスク』は、そのようなものとはまったくかけはなれた作品だった。

『アラベスク』には、イスラエルのパレスチナ人について、そうした存在が生み出されるにいたった歴史的・社会的文脈といったものはまったく書き込まれてはいない。パレスチナやイスラエルについて知らない者がこの作品を読んでも、物語の背景となるパレスチナの歴史や、イスラエル社会に生きるパレスチナ人の生の実態はよく分からないにちがいない。たとえば、語り手でもある主人公アントンの通う学校——パレスチナ人キリスト教徒の子弟のために創設された私立の学校——の発表会にイスラエルの教育監督官が視察に来るため、会場前方の壁に「ダビデの星」（イスラエルのシンボル）を急ごしらえで飾ったことが言及されている。だが、語り手がそこで語るのは、それがあまりに急ごしらえであったため、いつ壇上の生徒たちの頭上に墜落するか気が気ではなかったということだ（その逸話を寓意として解釈することは可能であるにしても）。また、アラブの反乱や、ユダヤ軍の進軍、サブラーとシャティーラの虐殺といった歴史的事件も語られはするのだが、それらはあくまでも、そこで語られる逸話の背景に過ぎない。では、『アラベスク』では何が語られているのか？

物語のポリフォニー

『アラベスク』で語られているもの、それは「物語」である。あるいは「お話」といったほうがいいかもしれない。昔々、誰それがどうしたこうした……というお話。たとえば、六人の子どもたちのなかで唯一、祖父の気質を受け継いだジュリース叔父さんが妻子を置いて南米に渡ったきり戻って来ず、やがて年老いて独りアルゼンチンの老人ホームで亡くなる話。残されたジュリース叔父さんの妻のアルマザがベイルート滞在中、赤ん坊のアントンが病気で亡くなり、彼女は息子が使っていた枕を抱きしめて故郷に戻ってきたこと、そして、息をひきとる間際、棺にその枕をいっしょに入れて欲しいと願った話。あるいは、ユースフ叔父さんがまだ少年の頃、近所の女の子と中庭の水桶を的にして、どちらが屋根の上からおしっこを的に命中させることができるか競い合い、少女のおしっこが宙に弧を描きながら見事に桶のなかに放たれ、叔父さんを驚嘆させた話……。そうした物語が次から次へと語られてゆくのである。

「ナクバ」をめぐる逸話においても、語られるのは、パレスチナ人がいかにユダヤ人に祖国を奪われ難民となったかではなく、アラブの反乱当時、反乱部隊の指導者だったマフムード・エル＝イブラーヒームが、それから十二年後、ユダヤ軍の進軍に際しては同胞を裏切り、ユダヤ軍の協力者となって、のちに自殺したという逸話（だが、その裏切りの理由も自殺の理由も明らかにはされない）、そして、そのエル＝イブラーヒームがなぜか生きていて、自宅に隠しもっていた金品を村の若者にとりに行かせるという逸話なのである（死んだはずのエル＝イブラーヒームがなぜ生きているのかも説明されない）。一般に、物語が生起する社会的、歴史的な文脈の説明が不十分であることは小説作品の瑕疵と見なされるが、前述のとおり、この作品にはそうした文脈的説明は一切ない。では、一見、関係のない逸話の集積の果てに何らかの全体像が現れるかと言えばそうでもなく、むしろ一つの物語は別の物語を呼び込み、話は拡散し続け、それと同時にたがいに絡まりあい、筋を追っていると読んでいるうちに何がなんだか分からなくなってくるのだが、いつしか訳も分からぬままにその語りに身を委ねていること自体が心地よくなってもくるのだった。

だから、『アラベスク』の内容を要約するのは容易ではない。作品は、語り手アントンが祖父母の時代から「現在」（一九八〇年代初頭）にいたる半世紀に及ぶ一族の思い出を物語るという形で進行するが、しかし、時系列に沿って物語が進展するのではなく、連想が連想を呼び、物語は時間、空間を自由奔放に飛躍しながら展開していくのである。だが、想起とは元来、奔放なものだ。私たちが何かを見て別の何かを思い出すとき、記憶の連想は空間にも時間にも縛られたりはしない。ある物語を聞いて私たちは、その物語のなかの「何か」に触発されて、「そう言えば……」と別の物語を語りだす。ひとつの物語のなかの「何か」が別の物語を始動させる。小説『アラベスク』はまさにそのように展開していく。まるでイスラーム寺院のドームを彩るアラベスク紋様のように。始まりも終わりもなく、蜘蛛の巣のように、あちこち枝分かれを繰り返しながら、たがいに絡まりあい、そのひとつひとつに蕾が芽吹き、花が咲くのである。近代の「小説」の基本的な結構が、時間の流れに沿いながら出来事が単独のナラティヴのなかで進展し――それは、別の言い方をすれば、不可逆的な時間、著者という一者の視点、ひとつの語りに支配されているということだ――最終地点へと到達するものであるとすれば、『アラベスク』にあるのは、その対極にある、「物語」的語りそのものなのである。

では、その「物語」はどこから来るのか。近代の小説が「著者」という起源によって創出されるのに対し、「物語」は作者不詳だ。その起源は定かではない。物語はつねに、かつて誰かから聴いた話だ。そして、その誰かは別の誰かからその物語を聴いたにちがいない。「ぼく」が語る物語が、かつてユースフ叔父さんが「ぼくたち」に語ってくれた物語であるように、幼いユースフ叔父さんもまた、別の誰かからそれらの物語を聴いたにちがいない。物語は、時と場合に応じて変幻自在に語られる。同じ物語がいつも同じように物語られるとは限らない。「ぼく」もまた、やがてそれらの物語を「ぼく」流にアレンジしながら、誰かに語り直すだろう。語られる物語のなかに、その物語を聴き、語り継いできた複数の語り手、複数の声が存在し、一つの物語には無数の物語が存在するのだ。

ヘブライ語小説

だが、『アラベスク』という作品についてもっとも重要な点は、この作品がヘブライ語で書かれたという事実である。パレスチナ人の作家がアラビア語ではなく、ユダヤ人国家の国語であるヘブライ語で書くとはいったい何を意味するのだろうか。

イスラエル建国後に生まれているとはいえ、シャンマースはアラビア語で著述することに問題はなかったはずだ。イスラエルの公立学校で教えられるのはシオニズムのイデオロギーに基づいたユダヤ人のナショナル・ヒストリーであり、シオニズムがそもそもパレスチナにおけるパレスチナ人の歴史的存在を否定するものである以上、学校教育においても、パレスチナ人の歴史や文化は抑圧され、彼らの民族的アイデンティティは否定される。「パレスチナ人」としての民族性を子どもらに涵養しようとすれば、高額の授業料を払って私立の学校に入れるしかない。日本社会で「在日」の人々が抱えているのと同様の問題を彼らも抱えているのである。とは言え、パレスチナ人の子どもたちが通う公立学校ではアラビア語が教えられているし、『アラベスク』の逸話が著者の自伝的内容を踏まえているならば、キリスト教徒のパレスチナ人子弟のための私立の学校で教育を受けているシャンマースは、アラビア語で書こうと思えば書けたはずだ。十二歳で故郷を追われるまでフランス系のミッションスクールでフランス語の教育を受けたガッサーン・カナファーニーは後年、アラビア語で小説を書くために、外国語を修得するにも似た努力を払わねばならなかったというが、シャンマースはそのような苦労とは無縁だっただろう。

では、なぜ、アラビア語ではなくヘブライ語で書いたのか？　何のために？　イスラエルのユダヤ人読者に読ませるために？　シオニズムのイデオロギーに洗脳されたユダヤ人国民が否定し続ける、ユダヤ人国家がパレスチナ人に対して行使する暴力をユダヤ人国民に対して告発するために？　だが、作品には、ユダヤ人国家によってすべてを剝奪され、抑圧されるイスラエルのパレスチナ人としての経験は登場しない。むしろ、シャンマース一族のきわめて私的で個人的な物語ばかりが語られるのである。これは何を意味するのだろう。

単一の物語に抗して

イスラエルとなったパレスチナの地で、パレスチナ人の「イスラエル人」として生きながら、ユダヤ人との共生の未来を築こうとしている先述のリヤーハ司教が、その自伝のサブタイトルを「あるアラブ人キリスト教徒パレスチナ系イスラエル人の物語」としたことは示唆的である。自らのアイデンティティに、アラブ－クリスチャン－パレスチナ人－イスラエル人という重層性を呼び込むことで、「ユダヤ人国家」というイスラエルのありようを根源的に批判すると同時に、異種混交性に開かれたパレスチナの、共生の未来のヴィジョンをも指し示しているのである。これは、アメリカの大学で教鞭をとるイラク系ユダヤ人エラ・ショハットが、アラブ－ユダヤ教徒－イラク人という自身の重層的アイデンティティを前面に出すことで、ユダヤ人の立場から、「ユダヤ人国家」を支えるイデオロギーの根底にある「ユダヤ」対「アラブ」という虚構の二項対立を脱構築しようとしていることと対をなしていよう。

「ユダヤ人国家」の脱構築――それこそが、シャンマースが『アラベスク』で企図していることではないだろうか。自身、難民であったカナファーニーがパレスチナ難民の生の経験を作品に描くことを通して、難民的生のエートスを思想へと彫琢しながら、パレスチナ解放の可能性、祖国帰還の可能性を追究したのに対し、イスラエルで「イスラエル人」として生きるパレスチナ人作家アントン・シャンマースは、リヤーハ司教とは別のやり方で「ユダヤ人国家」を脱構築しているのである。

『アラベスク』という作品の構造は実は、先に述べた以上に複雑である。『アラベスク』は全十部とエピローグから成るが、《物語》と題された奇数部（第一部、第三部、第五部……）の物語と、《語り手》と題された偶数部（第二部、第四部、第六部……）の物語のふたつが交互に展開するのである。先に紹介した物語は、奇数部の《物語》の内容である。他方、偶数部の《語り手》では、最初の第二部で、「第三人称」「ナディヤ」「アミーラ」「イェホシュア・バル＝オン」という（「第三人称」以外は）人名を標題にした四つの物語が交互に繰り返され、やがてそれぞれの人物が交錯し、続く第四部以降では、アメリカのアイオワ州のとある街で、世界各国から集まった国籍を異にする作家たちが三ヶ月にわたり共同生活を送るという国際プログラムを舞台に、著者自身を思わせるイスラエルのパレスチナ人ヘブライ語作家（作中では詩人となっている）によって、同地での、さまざまな作家たちとの交流のようすが描かれる(ユダヤ系フランス人作家アミーラと「私」の情交もそうした「交流」の一部だ)。時間の進行に沿って物語が進むわけではないとはいえ、それでも奇数部の《物語》が、半世紀にわたる一族の物語を通時的に語るのに対し、この《語り手》のほうは、「今」(八〇年代初頭)、「ここ」(米国アイオワ)で共時的に展開する物語である。この、時間、空間を異にするまったく別系統の二つの物語の流れがまさに縦糸、横糸のように織り合わされながら『アラベスク』という作品を構成し、作品の最後にいたって、この二つの物語の糸が魔法のように一つに縒り合わされるのである。《物語》と《語り手》の二つの物語もまた、さらに大きなアラベスク紋様を形作る物語の一部だったのだ。

さて《物語》のほうでは、語り手である「ぼく」アントンは、生きながらえることのできなかった従兄の名を受け継いだとされる。それもまた、ユースフ叔父さんがぼくに語ってくれた物語だ。「ぼく」は、この、ベイルートで赤ん坊の頃亡くなった、アルマザおばさんの息子アントンが実は死んでおらず、母親の知らないうちにアブヤド家に養子に出され、ミハイル・アブヤドとして育てられたのではないかと疑っている。そのミハイル・アブヤドが、《語り手》の最終部で、アイオワの国際作家プログラムに参加している「私」の前に現れ、アルマザがベイルートでアブヤド家の家政婦をしていた頃、幼い自分は死んだアントンの枕で眠りながら、アルマザを母のように慕っていたこと、そして、自分が両親の実の子どもではないことを知り、自分がアントンであったかもしれないという虚構の「自伝」を、死んだアントンの、その名を受け継いだ従弟の名で書き、その中に、死んだはずのアントンとして自分を登場させようと思いついたのだと告げて、その原稿を「私」に渡したのだった。きみの好きなように書き換えてくれてかまわないと言い残して。ここにいたって、著者アントン・シャンマースが、自らを語り手として自伝的物語を語っていたと思われた奇数部の《物語》が、実はミハイル・アブヤドなる人物が書いた架空の「自伝」であったことが判明する。

《物語》において、ユースフ叔父さんの息子アミーン(語り手アントンの従兄のひとり)はある日突然、家出して姿を消してしまうのだが(その理由も、ほかの逸話同様、明らかにはされない)、ベイルートでアミーンと知り合ったミハイルは、彼からシャンマース一族のさまざまな物語を聴かされ、それらの物語を自分の「自伝」に織り込んだのだった。《物語》で語られるシャンマース一族三代の物語とは、ユースフ叔父さんが子どもたちに語った幾多の物語を、ベイルートでアミーンがミハイルに物語り——おそらくは彼なりに微妙に改変させながら——それをミハイルが、やはり彼なりの改変を施しながら「自伝」に仕立てあげたものだった。では、この自伝小説《物語》はミハイルが書いたものなのか、それとも、ミハイルの原稿を読んだ「私」が書いたものなのか。《物語》の著者は誰なのか?

だが、『アラベスク』という作品はまさに、物語の起源を特定の一つに限定するそのような問い自体を不可能にするものとして企図されているのだと言える。ユースフ叔父さんが語るのは、その物語がいつか別の誰かに物語られるためである。私の物語は、私にそれを語ってくれた者の物語であると同時に、私の物語を聴いた者たちの物語でもある。物語 histoir は決して誰か一人に領有されたりはしない。そして、物語の起源は決して単一ではない。起源の複数性、物語の可能性の複数性こそを、この『アラベスク』という小説はその作品そのものによって体現しているのである。そして、これこそ、シオニズムという単一の物語が支配する「ユダヤ人国家」という存在に対する根源的な批判ではないだろうか。

「ユダヤ人国家」は、イスラーム教徒もキリスト教徒もユダヤ教徒もアラブ人としてさまざまな物語を紡ぎながら生きてきたパレスチナを、シオニズムというただ一つの物語によって領有し、その他の物語の可能性を否定する。それは、パレスチナの起源とは、「創世記」において神がユダヤ人に与えた約束の土地という物語だけではないことを否定し、そこでパレスチナ人が何世代にわたり多様な生の物語を生きてきたことを否定し、ユダヤ人が離散してからそこは二千年にわたり耕す者もいない無人の荒野であったという物語だけしか信じない。『アラベスク』は、そのようなユダヤ人国家が語る貧しく哀しい物語のありようを、複数性に開かれた物語の豊穣さ、悦びを描くことで批判しているのである。アイオワの片田舎のペンションに世界の作家たちが集い、創作のための共同生活を営むのも、豊かな「物語」が生み出されるためには、つねに「私」とは異質な者、他者との交流が必要だからではないか。物語 histoir とは、他者とともに紡ぎあげていくものではないのか。「私」はアミーラといっしょに、ひとつの作品の創作に取り組む。ここでもまた、さりげなく、しかし、たしかに、「物語」の起源の複数性が示唆されている。

物語が物語を生み出し、果てしない物語の連鎖が続いていく、この『アラベスク』の語りのありようが、中世アラブ文学の金字塔『千夜一夜物語』を踏襲していることは明らかだろう。『千夜一夜物語』もまた、ひとつではない。書かれた「物語」として成立したものにもいくつかのヴァージョンがあるが、実際に語られた物語は、数知れぬ語り手が語った数だけ存在するだろう。シャンマースは『アラベスク』をヘブライ語で著すことによって、イスラエルのヘブライ文学のなかに、「ユダヤ人」の物語だけではない、「イスラエル」が重ね描きされた歴史の地層のその下にたしかに存在する「パレスチナ」の記憶、そして「アラビア語」の記憶、その豊かな物語の記憶を刻みこみ、同時に、パレスチナで生きてきた一族の記憶の物語を、ヘブライ語文学のアーカイブのなかに記録したのだった。ヘブライ語文学をシオニズムという単一の物語から解放し、それを、信仰や民族を異にするさまざまな者たちのさまざまな物語からなる豊かな文学とするために。ヘブライ語文学がシオニズムから解放されることは、やがてはイスラエル文学の豊かな滋養となるだろう。

妻に裏切られ、女不信に陥って、処女と一夜をともにしては、翌朝その首を刎ねていた残忍な王は、千と一夜、シェヘラザードの果てしない物語に耳を傾け、物語の快楽に身を委ねるうち、いつしか自らの非を悔い改めた。『千夜一夜物語』にはさまざまな不思議や驚異譚が登場するが、最大の奇跡とはこの王の改心であるにちがいない。小説『アラベスク』には、シェヘラザードのその祈りが込められている。

（1）現在、「パレスチナ」と言うと、一般に、一九六七年にイスラエルに占領されたヨルダン川西岸とガザ地区しか意味しないが、元来は、イスラエル領となった土地も含めて、すべてが「パレスチナ地方」だった。現在、「イスラエル／パレスチナ」という表現は、イスラエル国家と、西岸とガザのパレスチナという別々のものを意味するが、少なくとも八〇年代までこの表現は、イスラエルとなっている土地も歴史的にはパレスチナである、という含意を持っていた。「パレスチナ」が西岸とガザのみを限定的に意味するようになったのは、オスロ合意以降の現象であると思われる。

（2）「イスラエル国は［…］、イスラエルの諸預言者によって預言された自由、正義、および平和に基づき、宗教、人種、あるいは性にかかわらずすべての住民の社会的、政治的諸権利の完全な平等を保障し、すべての宗教の聖地を保護し、国際連合憲章の原則に忠実でありつづける」。イスラエル国独立宣言より。

（3）Riah Abu el-Assal, *Caught in Between: the Story of an Arab Christian Palestinian Israeli*, Society for Promoting Christian Knowledge, 1999.（リア・アブ・エル＝アサール『アラブ人でもなくイスラエル人でもなく——平和の架け橋となったパレスチナ人牧師』輿石勇訳、聖公会出版、二〇〇四年）。

（4）日本語訳は、エミール・ハビービー『悲楽観屋サイードの失踪にまつわる奇妙な出来事』山本薫訳、作品社、二〇〇六年。

（5）山本薫「ハビービーのハイファ——都市の記憶と文学」『日本中東学会年報』第二三巻二号。

（6）Anton Shammas, *Arabesques*, trans. by Vivian Eden, University of California Press, 2001.

13　祖国と裏切り

サフィーヤ、祖国《ワタン》とは何か、きみは知っているかい。祖国とはね、
こういうことの一切が決して起こらないことなのだよ。
ガッサーン・カナファーニー『ハイファに戻って』

アントン・シャンマースの『アラベスク』は、イスラエルとなったパレスチナで生きるパレスチナ人一族三代の物語をヘブライ語で綴った小説だった。だが、作中で「ナクバ」について語られるのは、ユダヤ人がいかにしてパレスチナ人から故郷を奪ったかという物語ではない。一九三六年の対英反乱において拷問を受け瀕死の思いを味わったはずの反乱部隊の司令官が、その十二年後、ユダヤ軍のパレスチナ進攻に際しては敵の協力者に変貌し、パレスチナ人から巻き上げた金品を自宅に隠し持っていたという逸話である。

著者はパレスチナ人であるにもかかわらず、アラビア語ではなく、敢えてイスラエルの国語であるヘブライ語でこの小説を著した。ヘブライ語で書かれることでイスラエルのユダヤ人もこの作品を読むことができるとすれば、作者はなぜわざわざ同胞の恥をさらすような逸話を、作品を構成する主要な物語のひとつとしたのだろうか。祖国を裏切るそうした不実な同胞が実際に存在したのだとしても、そのような逸話を敢えて記すことのほうが、祖国に対して不実な行為と言うこともできるだろう。一〇世紀初頭から八〇年にわたるパレスチナの歴史物語において、なぜパレスチナ人自身による「裏切り」の物語を書くことが、言い換えるならば、「祖国」を裏切ることが必要だとシャンマースは考えたのだろうか。

制裁される女たち

ナチスによる占領から解放された直後のフランスやベルギーで、占領中にドイツ兵を恋人に持った女性たちが市民に制裁されたことはよく知られている。四人のように髪を剃られ、市中を引き回され、さらし者にされる彼女たちの姿が記録映像に残されている。それが彼女たちに対する「罰」であるなら、彼女たちの「罪」とはいったい何なのだろう? 彼女たちは何に対して罪を犯したのだろう? 金貸しの老婆を殺めたことを告白したラスコーリニコフにソーニャは言う。「行って、あなたの汚した大地に赦しを乞いなさい」と。では、ドイツ兵を恋人に持つことで、彼女たちは何を汚したのだろうか。敵兵を恋人にしたことで、彼女たちは何に対して赦しを乞わねばならないのだろうか?

これらの女たちの周りで囃し立てている者たちは、他者を辱めることのサディスティックな歓びに酔い痴れているように見える。にもかかわらず、彼らの表情に微塵も疚しさがうかがえないのは、彼らが自らの振る舞いの「正当性」に疑いを抱いていないからだろう。敵兵と情を通じた女たちは祖国の「裏切り者」なのだから、祖国が解放された今、彼女たちはその罰を受けねばならないと彼らは信じているかのようだ。解放された「祖国」が彼らに、彼女たちを辱めることの「正義」を担保する。しかし、彼女たちが純粋な愛情からであれ生き延びるためであれ——だが、果たしてこの二つは矛盾するのだろうか——ドイツ兵を愛したということ、それがなぜ、祖国を裏切ることになるのだろうか。人が誰かに惹かれ、その人を愛するということが、人が祖国を愛し、あるいは裏切るということと致命的なまでに重なってしまうのはなぜなのか。祖国の解放が彼女たちにこのような辱めを加えたのだとしたら、「祖国」とは何なのだろう。祖国とは、まるで極右の排外主義者のように不寛容なものなのだろうか。そこは彼女たちにとってほんとうに解放された祖国だったのだろうか。祖国が人を辱めるのなら、人間にとって祖国とはいったい何なのだろうか。

協力者《コラボレーター》

ナチスの絶滅収容所で、カポ（ナチス親衛隊の協力者）として働いたユダヤ人は、解放後、皮肉にも「祖国」イスラエルにおいて、ナチス協力者として裁かれることになった[1]。カポとなることでかろうじてホロコーストを生き延びた彼らは、同胞の迫害者、民族の裏切り者として裁かれたのだった。イスラエルはすべてのユダヤ人の祖国を自認するが、これらの者たちにとってイスラエルは果たして、祖国でありえたのだろうか。

一九四八年のイスラエル建国時、ユダヤ軍による攻撃に見舞われた街で、混乱の渦に巻き込まれ、自宅に赤ん坊を置き去りにしたまま難民となってしまったパレスチナ人の夫婦がいる。それから十九年後、イスラエルは第三次中東戦争における電撃的勝利により西岸とガザをさらに占領する。国境が開放され、昨日まで国境線によって隔てられて行くことのできなかった故郷の街を難民たちは訪れることができるようになる。皮肉にも、待ち望んだ故郷への帰還は、祖国の解放ではなく、祖国のさらなる敗北、さらなる占領によって可能になったのだった。こうしてサイード・Sとサフィーヤの夫婦は十九年ぶりにハイファの自宅を訪れる。そこで彼らを待っていたものは、ホロコーストを生き延びたポーランド系ユダヤ人の女性と、彼女によってユダヤ人として育てられた息子だった。息子はサイードに言う。自分を育ててくれた親以外に自分の親はいない、と。あなたたちは二〇年間、何をしていたのか、ただ、おめおめと泣いていたのかと息子はなじる。西岸に戻る車のなかでサイードは妻に言う。「祖国とはこのようなことの一切が、決して起こらないこと」であると。

ガッサーン・カナファーニーの小説『ハイファに戻って(2)』の主人公サイード・Sが言うように、祖国とは、そのような不条理の一切が決して起こらないことなのだとしたら、ユダヤ人市民がユダヤ人であることを理由に、人間として平等な権利を剥奪され、強制収容所へと追放されるような国が、彼らにとって真の「祖国」でありえようはずがない。同時に、絶滅収容所という極限状況を、カポとなって同胞の抑圧に加担することでようやく生き延びた者たちを「犯罪者」「裏切り者」として裁く国もまた、彼らにとって真の「祖国」ではないだろう。

イスラエルのパレスチナ人監督ハーニー・アブー・アスアド監督の映画『パラダイス・ナウ』(二〇〇五年)にも、この裏切りのモチーフが書き込まれている。占領下のヨルダン川西岸、ナブルスの街で自動車整備工として働くサイードとハーレドにイスラエル市街での自爆作戦の任務が下る。映画は作戦遂行までの二人の四八時間を追う。難民のサイードが熟考のすえに自爆を抵抗の手段として是認するのは、彼の父親がイスラエルの協力者だったからだ。極貧の難民の家長にとって家族を養うために唯一残された道はイスラエルの協力者になることだった。「占領」の暴力は、このようにして、家族という、人間にとってもっとも大切な存在、もっとも弱い部分につけこむことで、占領に抗して生きるという被占領者に残された唯一の誇り、人間として残された最後の尊厳までをも破壊する。その卑劣さに抗するには自爆という手段しかない、それがサイードの下した結論だった。

『パラダイス・ナウ』において「協力者」の存在は、占領という暴力の卑劣さの本質を象徴するものとして登場する。同時に映画は、「協力者」が祖国の裏切り者、民族の裏切り者として同胞によって処刑されることも描いている(市中のヴィデオ屋では、協力者の処刑シーンを収めたテープが、通常のテープよりも高価な値段で売られている)。やがて祖国が解放されたとき、果たして国民の正史は彼らについて語るだろうか。自らが生き延びるために、そして、愛する者たちを生き延びさせるために、祖国を裏切り、同胞によって殺されねばならなかった者たちの悲劇は、国民の正史のなかに居場所を持つだろうか。彼らもまた、占領という暴力の被害者でありながら、彼らの死はむしろ、輝かしい祖国解放史に泥を塗る、もうひとつの「汚辱の歴史」として抑圧されるだろう。だが、パレスチナ人が祖国の解放を求めるのはなぜなのか。それは、自らが人間として全的な解放を遂げるためではないのだろうか。だとすれば、解放までのその長い道のりのなかで、もっとも弱い者たちが、その弱さゆえに犠牲になった、その死を悼むことも記憶することも出来ない祖国であるならば、そのような祖国は、人間にとって真に解放された祖国であると言えるのだろうか。

国民の正史が加害の歴史を抑圧し排除するのは、そうした汚辱の歴史が、祖国の至高性を裏切るからである。したがって、イスラエルのナショナル・ヒストリーにおいては、ユダヤ人国家の建設に孕まれたパレスチナ人に対する暴力の記憶——ナクバの記憶——は徹底的に抑圧される。その暴力を暴き、パレスチナ人に対する民族浄化の事実を明らかにしようとするイラン・パペのようなユダヤ人は、敵の「協力者」であり、イスラエルにおいては祖国の裏切り者にほかならない。パレスチナ人とは、ユダヤ人国家という「祖国」の、そして、ユダヤ人国家の「ナショナル・ヒストリー」の犠牲者なのである。「祖国」とは何か、「歴史」とは何かという問いが、パレスチナの解放というパレスチナ人の民族的課題において根源的に重要なものとなるのはそのためである。

「祖国」なるものが必然的に他者の排除と抑圧を肯定し、ナショナル・ヒストリーがそうした他者排除の事実を隠蔽して、至高の祖国、無謬の祖国という神話を支えるのなら、パレスチナ人にとって真の解放とは、ユダヤ人国家に対抗して別の至高の「祖国」を、別のナショナル・ヒストリーを構築することではないのではないか。むしろ、まったく別の「祖国」のありようを、「こうしたことの一切が決して起こらないこと」としての祖国を想像／創造すること、ナショナル・ヒストリーとは別の歴史のありようを構想することにこそ、全的な人間解放の可能性が賭けられている。近代国民国家が人間にとって至高の存在として君臨するかぎり、「祖国」なるものは、必然的に「裏切り者」を生み出さずにはおかない。しかし、ナショナル・ヒストリーが排除する「裏切り」の物語を「私たちの歴史」の一部として記憶することは、今ある至高の「祖国」とは別の「祖国」の可能性へと私たちを開いていくだろう。

ファーカハーニー広場を見下ろすバルコニー

パレスチナ人作家リヤーナ・バドル（一九五〇年〜）の連作短編集『ファーカハーニー広場を見下ろすバルコニー』（*shurfa 'alā al-fākahānī* 一九八三年）を読んで、本人に会うことができたらぜひ訊きたいと思っていたことがある。その機会は思いのほか早く訪れた。二〇〇〇年六月、占領下パレスチナの人権問題を考える国際シンポジウムに参加するためエルサレムを訪れることになり、そこで、彼女と会うことになった。

リヤーナとその家族は、一九六七年の第三次中東戦争で故郷を追われ、難民となった。戦争が勃発し、エルサレムに住んでいたリヤーナの一家は、戦火を逃れるためヨルダン川を渡り東岸に避難した。戦争が終わればすぐに戻るつもりだった。だが、一家が東岸に渡った直後、橋は爆破され、東エルサレムも西岸もイスラエルに占領され、以来、リヤーナは故郷に戻ることができなくなった。さらに、その三年後、ヨルダン王政による大弾圧（「黒い九月」事件）により、パレスチナ解放勢力はベイルートへと移ることを余儀なくされ、リヤーナもこのときベイルートへ渡る。そこでジャーナリストとして活動していた一九八二年、イスラエル軍がレバノンに侵攻しベイルートを占領、拠点を置いていたPLOを放逐する。リヤーナもまたベイルートを離れ、ダマスカス、チュニスと漂泊を重ねる。一九九三年のオスロ合意によって西岸とガザで暫定自治が始まったことで、リヤーナは四半世紀ぶりに西岸に「帰還」したのだった。

ラーマッラーにあるリヤーナの自宅にうかがった。オスロ合意から七年目、「和平」は資本投下を促進し、自治政府の置かれたラーマッラーの街は、ホテルやレストランの建設ラッシュに沸き立っていた。第二次インティファーダが勃発し、占領下パレスチナの全土を悲劇が襲うことになるのは、そのわずか三ヶ月後のことなのだが、二〇〇〇年六月のラーマッラーの街は、自らを待ち受ける運命をいまだ知らず、初夏の陽光に照らされて真新しいレストランのテラスには色とりどりの花々が咲きほころんでいた。

『ファーカハーニー広場を見下ろすバルコニー』の冒頭もまた、ヨルダン渓谷に咲き乱れる野花の光景で始まる。だが、その花々は一九七〇年、「黒い九月」事件におけるヨルダン軍の攻撃で踏みにじられる。作品は、リヤーナ自身の生の足跡をなぞるように、ヨルダンを追われ、ベイルートに移り、十二年後、イスラエル軍の侵攻に見舞われる一組の男女の姿を描いている。解放戦士《フェダーイー》である主人公の青年は戦闘で意識を失い、イスラエルに拉致される。人知れぬまま病院に監禁されていた彼は、ある日、国際赤十字の視察団が病院を訪れていることに気づき、大声で援けを呼び、自身の存在を外界に知らしめることに成功する。レバノンに送還されるその日、車窓を通して彼ははじめて「祖国」を目にする。彼や、彼と同じような無数の青年たちが生を賭して、その解放のために闘っている祖国の風景。それは眼の前に現れるや次々に後ろへと流れ去っていく。今いちど、ただ奪われるためだけに、青年の前に差し出される、あまりに美しすぎる祖国の風景だった。

レバノンに送還された彼は怪我の治療のためフランスに送られる。病院で治療にあたったフランス人の女医と彼は情を通じあう。だが、ベイルートの、ファーカハーニー広場を見下ろすアパートにはパレスチナ人の妻子がいる。初めから、結ばれることなどありえないと分かっている恋だ。治療を終えベイルートに戻ってからも、彼と女医とのあいだの文通は続く。物語の最後、主人公夫婦のアパートを砲弾が見舞い、書きかけの白い便箋が部屋のなかに舞い散る場面で作品は終わる。

私が気になっていたのは、主人公の青年とフランス人女医のこの恋愛、いや、彼が妻子ある身であることを考えれば「不倫」の逸話だった。いったいどのような文学的必然性があって、作者は主人公と外国人女性の不倫の逸話を作品に挿入したのだろうか？ 私には、このような不倫物語を書き込むことで、作品にメロドラマ的な味付けが施され、物語はリアリティを失い、作品の強度が損なわれているように思えてならなかった。

「でも、これは本当のことなのです」。それが、作家の答えだった。「非現実的に思えても、それが実際に起こったことなのです」。

私はなおも釈然としなかった。主人公のモデルとなった人物がいて、その青年が実際に経験したことだとしても、それと作品における文学的必然性は別の問題ではないのかと思えてならなかった。

至高の祖国、宿命の愛

パレスチナの解放戦士も人間なのだから異邦で外国人の女性と恋に落ちることもありうるだろう（事実、作者によればそれは「実際に起こったこと」なのだ）。そう言えばアフラーム・モスタガーネミーの小説『肉体の記憶』でも、パリを訪れたパレスチナ人解放戦士、ズィヤードは、主人公ハーレドの恋人であるアフラームと運命的な恋に落ちていた。少なくともハーレドはそう考えて苦悶したのだった。だが、ズィヤードは革命に生きることを選び、ベイルートへ戻り、その一年後、イスラエル軍のレバノン侵攻によって殺されるのである。

アフラームという宿命の女と、祖国の解放という大義のあいだで究極的な選択を迫られたとき、ズィヤードは革命を選び、革命に殉じた。アフラームに出会わなくても彼は死んでいたかもしれない。だが、アフラームとの出会いは、彼の死の意味を決定的に変えてしまった。なぜなら、彼女への抗し難い思いがあったればこそ、逆説的にも彼はベイルートに戻ることを決意し、その結果、革命に殉じたのだから。その意味でアフラームは彼にとって文字どおりのファム・ファタルだった。ズィヤードは、アフラームと肉体的関係をもったわけではない。彼は親友を裏切ってはいないし、革命より恋愛を選んで大義を裏切ったわけでもない。だが、彼にとってアフラームを愛すること、それは、親友を裏切り、大義を裏切ることだった。だからこそ、彼は革命に生きることを選択し、革命に殉じた。それがために、彼の死はアフラームという存在によって過剰に意味づけられることになる。アフラームへの愛を禁忌とし抑圧することで、ズィヤードの祖国への愛は、単なる祖国愛以上のものになる。そして、アフラームに対する愛もまた、単なる恋愛にとどまらぬ意味を獲得する。彼がその愛を犠牲にして革命に命を賭けることで、アフラームは祖国とならぶ至高の存在となるのである。「祖国」と「恋愛」は共犯しながら、互いに互いを至高の存在とせしめるのだ。思えば、主人公ハーレドのアフラームに対する思いも、祖国への愛が重ね書きされたものだった。アフラームが祖国のメタファーなのか、それとも、祖国がアフラームのメタファーなのか。アフラームと祖国は互いを鏡像としつつ、ハーレドにおいて愛の至高性を具現する。そして、革命後の祖国が彼を裏切ったように、アフラームもまた彼を裏切る。祖国に裏切られた彼の痛みは、至高の恋愛に裏切られた男の痛みとして形象化される。モスタガーネミーの作品においては「恋愛」が「祖国」と弁証法的に対立するものであれ、メタフォリカルな鏡像であれ、「恋愛」は「祖国」によって、「祖国」は「恋愛」によって、重層決定されているのである。

だが、リヤーナ・バドルの『ファーカハーニー広場を見下ろすバルコニー』において、離散パレスチナ人である主人公の祖国解放への思いとフランス人女医との恋愛とは、モスタガーネミーの作品における「致命性」を一切、欠いている。妻がありながら別の女性を愛したという意味では——二人のあいだには肉体的なふれあいもあったかも知れない——それはたしかに不倫だが、彼は妻子を棄てたわけではなく、ドイツ兵と情を通じたフランスの女のように敵国の異性を愛したわけでもない。異国の女性との恋愛を選んで、祖国の解放という大義を棄てたわけでもない。それは成就しない愛という意味では悲恋であるかもしれないが、ベイルートに戻り、愛する妻子とつつがなく暮らしながら、彼はフランスの女医と手紙を通じて友情以上の関係を続けている。そこには、モスタガーネミーの『肉体の記憶』におけるズィヤードとアフラームの関係が喚起するドラマチックな宿命性が欠けている。そこにあるのはただ、凡庸な日常である。作品には、パレスチナ人解放戦士とフランス人女性があるとき出会い、愛し合ったということがただそれだけの出来事として淡々と描かれている。恋愛以外の何ものでもない恋愛。解放戦士だからといって、彼が生きることの何もかもが革命によって意味づけられているわけではないというように。

主人公の恋愛がある種の収まりの悪さという感覚を与えたのは、彼が解放戦士であるにもかかわらず、その恋愛が、ズィヤードのアフラームに対する愛のように革命によって意味づけられず、革命を意味づけもせず、一切の宿命性、致命性を欠いた出来事として描かれることで、「祖国」の至高性を裏切っているからであると言えるかもしれない。だが、それこそが作者の意図するところであったのではないか。リヤーナ・バドルは、「ナショナリズム」と「恋愛」の共犯関係を敢えて断ち切ってみせることで、女と祖国が互いのメタファーであれアンチテーゼであれ、「祖国」と「恋愛」が互いに至高性を備給しあうことを否定したとは言えないだろうか。なぜなら、それが「本当に起こったこと」だから。言いかえれば、人間とはそのように生きているのだから。人は人であって、祖国のメタファーではない。人間が生きることの一切が至高の祖国の存在によってのみ意味づけられ、還元されてしまうとき、人は果たして真に解放されていると言えるのだろうか。むしろ、祖国の真の解放も、人間の全的な解放も、人間が生きるということのリアリティを祖国なるものの至高性から解放してやることから始まるのだという思想をそこに読み取ることはできないだろうか。

裏切りとジェンダー

レバノンの作家エリヤース・ホーリー（一九四八年～）の小説『太陽の門』（*bāb al-shams* 一九九八年）は、ナクバから四〇年にわたるパレスチナ難民の生の記憶を綴ったものだ。だが、シャンマースの『アラベスク』がそうであったように、アラビア語原著で五〇〇頁におよぶ『太陽の門』という作品もまた、四〇年の難民の歴史を通時的に描くわけではない。物語の舞台はベイルートのシャティーラ難民キャンプにあるガリレア病院という架空の病院である。昏睡状態に陥り植物状態となった往年の解放闘争の英雄ユーヌスが眠る病室で、ハリールはユーヌスに向かって無数の物語を語り続ける。ユーヌスの物語、自分の物語、そして難民たちの物語を。連想によって紡ぎだされるそれらの物語は、想起されたそばから断片のまま投げ出され、語られるやいなや否定され、修正される。とりとめなく語られる無数の物語が小説『太陽の門』の全編を構成している。

語り続ければ、いつかユーヌスがその昏睡状態から目覚めるとでも言うように、ハリールはただひたすら物語り続ける。それは、『アラベスク』の物語に込められた、あの奇跡への願い――物語ることで生き延び、物語ることで今ある世界とは別の新たな世界を創生しようというシェヘラザードのあの願い――を想起させもしよう。しかし、『アラベスク』の物語が『千夜一夜』の物語同様、物語ることの、そして物語に身を委ねることの快楽に彩られていたのに対し、いつ果てるとも知れず延々と紡がれ続けるハリールの記憶の物語はむしろ、それ自体が彼を記憶の囚人とせしめているかのようだ。それは、この世界で人間として真に生きることから切断されて、いつ終わるとも知れない「難民」という「永遠の暫定状態」に据え置かれたまま、記憶を物語ることしかできない、自らの記憶の囚人となっているパレスチナ人自身の姿であるとも言えよう。だとすれば、パレスチナ難民の解放とは、この記憶の牢獄からいかにして自らを解き放ちうるか、ということでもあるだろう。

無数に語られる物語のなかで、作品の全編を貫く主要モチーフとなるのが、ユーヌスとその妻ナヒーラの関係、そしてハリールと恋人シャムスとの関係である。ユーヌスが解放戦士となり、パレスチナの外でパレスチナの解放闘争に生きるのに対し、妻のナヒーラはイスラエルとなったパレスチナに家族とともにとどまる。ユーヌスは妻に会うために、危険を冒したびたび国境を越え、イスラエルに潜入し、「太陽の門」という名の村外れの洞窟で逢瀬を重ねる。その逢瀬で妻は幾度となく孕み、子どもを産む。「妻」「母」としてではなく、「女」としてユーヌスの前に現れるナヒーラ。二人を媒介するのは、エロスである。子宮のような洞窟のなかで二人は愛し合う。太陽が日々、新たなものとして世界に再生する生命の謂いなら、「太陽の門」と名づけられた洞窟を訪れるたびに、ユーヌスはその生命を新たなものにしていたのだろう。

一方、ハリールはシャムスとの結婚を望んだが、もう結婚はしたくないという彼女の希望で、二人は結婚に縛られない自由な恋愛関係を続ける。ハリールが結婚に固執しなかったのは、いや、より正確には固執できなかったのは、そうすることでシャムスを永遠に失うことを恐れたからだった。だが、シャムスは殺される。彼女との結婚を約束しながら、それを果たさなかった男を自らの手で殺し、男の一族にその復讐として殺害されたのだった。ハリールは、恋人だと信じていた女に欺かれ、裏切られたことになる。

ユーヌスもハリールも解放戦士だが、ハリールが語る二人の物語のなかに、解放戦士がいかにパレスチナ解放のために英雄的に闘ったかという話――祖国が解放された暁には、祖国解放の正史として国民に記憶されるであろう物語――はない。それだけに、一九七二年、ミュンヘン・オリンピックにおけるイスラエル選手を人質にした「黒い九月」による作戦について言及されていることが注意をひく。この作戦は、ただユーヌスだけが、それに対して明確な異議を唱えた出来事として回想されるのである。「他者の命を尊重しない者に、自分自身の命を尊重できるのか?」それが、ユーヌスが作戦に反対した理由だった。イブラーヒーム・ナスラッラーの『アーミナの縁結び』におけるアーミナと同じ生の思想がそこには流れている。それはまた、祖国解放という大義によって民間人に対するテロ――それはやがて国民の正史において祖国解放の聖戦として語られることになるだろう――を正当化するような考え方全般に対する、作者自身の明確な「否」であるだろう。

この二人の解放戦士の物語として語られるのは、ナヒーラ、そしてシャムスという二人の女たちとのエロス的な関係の記憶である。とりわけハリールとシャムスの関係は、祖国解放や革命に重層決定されることなく、ただ純粋にエロスの関係としてのみ存在している。そこには、祖国解放とジェンダーの問題に対するホーリー自身の批評が込められているように思われる。女たちはこれまで、彼女自身が闘士であるか、そうでなければ、戦士の母か妻だった。いずれにせよ、彼女たちの生も恋愛も、彼女たちの存在すべてが、祖国の解放という至高の目的においてのみ意味づけられていた。祖国の剝奪という出来事の暴力性とは、単に人から祖国を奪うだけではない。その剝奪を生きる者たちが、剝奪に抗して祖国の解放を求めるとき、彼らの生もその存在も、すべてがナショナルなものとして意味づけされ、祖国の至高性に還元されてしまうことだ。ホーリーはそこに、祖国の剝奪がもたらす暴力を見る。では、人は祖国の至高性という暴力と抑圧からいかに自らを解放するのか。

好むと好まざるとにかかわらず、パレスチナ人が流す血がすべて「シャヒード」（祖国解放に殉じた者）の血となってしまうなかで、シャムスが流した血──彼女を裏切った恋人の血、そして彼女自身の血──は、祖国解放の大義とは何の関係もない。彼女はただ、女としての自らの欲望のために愛している男を殺し、殺されたのだった。言いかえれば、彼女は自らのエロスに殉じたのだ。だからと言ってシャムスが、祖国の解放や民族的な闘いと無関係に生きていたわけではない。口減らしのために親に命じられるまま、見知らぬ男に嫁がされ、夫の暴力にただ耐えるしかなかったシャムスが意を決し、幼い娘を婚家に残して家を出たあと、家父長制のくびきから自由になった彼女は解放戦士《フェダーイーヤ》として、シャティーラ・キャンプが攻囲されたときには連絡係として活躍する。だが、フェダーイーヤでありながら、シャムスは、自らの命が祖国に殉じるべきものとは思っていなかった。ガッサーン・カナファーニーの『あなた方に残されたもの』（mā tabaqqā la-kum 一九六六年）において、女性主人公が家父長主義から解放されるために夫を殺害することが、パレスチナの民族的解放と重ねられて描かれていたこととは対照的である。そこでは、女の家父長制からの解放は、祖国の解放という至高の目的のなかで意味づけられる。だが、自らのエロスのために殺し、殺されたシャムスは、家父長制から自由だっただけではない。彼女は至高の祖国からも自由だった。シャムスの「裏切り」とは、彼女がまったき自由を生きた証だった。その自由は、最愛の娘を奪われるという痛みに満ちた代償によって得られたものだった。しかし、だからこそ彼女は、何ものからも自由に生きようとしたのだとも言える。

ユーヌスとナヒーラの関係も、ある種の「裏切り」によって終わる。ユーヌスの父親が故郷の村を離れることを拒んだために、ナヒーラは、盲目の義父の世話をするためイスラエルとなったパレスチナにとどまった。そして、解放戦士の夫がイスラエルに指名手配されながら、数ヶ月あるいは半年に一度、国境警備隊の目を盗んで祖国に戻ると、「太陽の門」で、変わらぬ愛で夫を包むのだった。国境による分断も歳月ものり超えて続くナヒーラとユーヌスの愛は、解放戦士たちのあいだの美談だった。だが、あるとき、ナヒーラが言う、終わりにしましょう、もういいでしょう、わたしも若くないわ、私を自由にしてちょうだいと……。ユーヌスは衝撃を受ける。

英雄的解放戦士と自他ともに認めるユーヌスに妻がつきつけた「三行半」。ユーヌスが祖国解放の武装闘争に明け暮れたこの三〇年間、ナヒーラはユダヤ人国家で、当局から指名手配されている男の妻という困難な立場に置かれながら、夫のいない家庭を独りで支え、幼い長男を事故で亡くすという悲しみに耐え、ユーヌスの年老いた両親を看取り、女手ひとつで何人もの子どもを育てあげ、そして、夫が「太陽の門」を訪れるたびにエロスを湛えた女として現れて、深い愛で彼を迎えていたのだった。これこそ真実の愛の関係だと思っていたものが実は彼の独りよがりで、彼女はそれに疲れ果て、そこから解放されることを望んでいたとは……。子どもたちも今ではもう大きくなり、イスラエル社会のなかにそれぞれの場所を見つけて生きようとしていた（それもまた、ユーヌスにとって「裏切り」であるにちがいない）。ナヒーラはユーヌスから、そして英雄的解放戦士を愛で包む女という役割からも解放されて、イスラエルにある自宅で子どもたちの母として、祖母として、安らぐことを求めていた。

民族解放の運動において祖国の至高性を否定することが最大の裏切りであるとすれば、『太陽の門』は裏切りの小説である。ハリールの物語もまた「裏切り」によって終わる。彼は、死にかけているユーヌスを置き去りにして、ゆきずりの女との情事に溺れるのである。快楽を貪ったあと、病院に戻ったハリールはユーヌスの死を知る。だが、人々が葬儀に集うなか、ハリールは女の行方を求めてさまよう。あたかもユーヌスの死を往年の解放闘争の英雄の死として悼んで、彼の人生をそのようなものとして完結させることを拒否するかのように――「物語はそのように終わってはいけないのだ」。

（1） Idith Zertal, *Israel Holocaust and the Politics of Nationhood*, Counbridge, 2005. 特に第二章を参照。

（2） ガッサーン・カナファーニー「ハイファに戻って」奴田原睦明訳、『現代アラブ小説全集7』河出書房新社、一九七八年。「ハイファーに戻って」岡真理訳、『前夜』九―十二号、二〇〇六―二〇〇七年。

14　ネイションの彼岸

糸で縫い合わされたパン――そんな常軌を逸した代物が、エリヤース・ホーリーの『太陽の門』には登場する。

一九四八年、イスラエル建国前夜のパレスチナ、ガリレア地方。村を占領したユダヤ軍に住民が虐殺される。かろうじて生き延びた住民たちは、進軍を続けるユダヤ軍の目を逃れながら避難の旅路を続ける。あるとき、腹を空かした子どもが泣きじゃくる。母親が必死でなだめすかしても子どもは泣きやまない。その声がユダヤ軍の耳に届いて居場所が知られることを恐れる村長は、泣きやめさせろと母親に強硬に命じる。母親は家から携えてきた貴重なパンを半分にちぎって子どもに与える（アラブのパンは厚みがなく、平たい円形をしている）。いったんは泣きやんでパンを手にしたものの、子どもはパンが半円形であることに気づくと、丸いパンでなければいやだと言って再び泣き出す。幼い子どもの容赦のない泣き声が辺り一帯に響きわたる。母親は大慌てで半円形のパンを針と糸でひとつに縫い合わせる。子どもは縫い綴じられてかろうじて円形になったパンを食べ始めるが、糸はすぐに緩みはじめ、パンはまた二つに分かれてしまう。子どもは再び泣き始め、泣きやまぬなら殺すぞと村長が恐ろしい形相で母親を恫喝する。激しく泣きじゃくる子どもを抱きかかえ、母親は声が外に洩れないように子どもの顔を自分の胸に強く押し当て歩き続ける。ようやくレバノンの村にたどり着き、虐殺の危険から人々が解放されたとき、母親は子どもが息をしていないことに気づき狂乱する……。

赤ん坊は生きるために、生き延びるために、全身全霊で泣く。その声は空間を貫いて世界に響きわたる。赤ん坊が渾身の力で泣くとき、その泣き声の周波数は、人の耳がもっとも敏感に感知する周波数の帯域と重なるのだという。赤ん坊の泣き声にはその小さな命の維持が賭けられているのだ。だが、まさにそれゆえに、生き延びるために神から与えられたその泣き声が、ときに赤ん坊を殺すことになる。丸い全形のパンを欲しがった子どもは「赤ん坊」とは言いがたいかもしれない。だが、ガッサーン・カナファーニーの短編「悲しいオレンジの実る土地」の語り手の少年が、子ども心にも情況を敏感に感じとり、何かを欲しがるということが自分にとって文字どおり致命的な危機をもたらすと察することで自らを護りえていたのとは対照的に、パンが欲しいと言って執拗に泣き続ける子どもは、その生命の維持が全的に他者の意志に委ねられているという意味でまだ「赤ん坊」なのだ。糸で縫い合わせたパンという「異常」な代物は、いつなんどき虐殺されるかもしれないという異常な情況に置かれた集団の異常な心理、その重層する異常さのなかで母親がわが子を殺めるという、あってはならない出来事という意味での「異常さ」の換喩なのである。

ナクバとは何か

一九四七年十一月に国連で採択されたパレスチナ分割決議案では、ユダヤ人が多数居住する諸都市が「ユダヤ国家」の領土に組み込まれたが、「アラブ国家」側の諸都市にユダヤ人がほとんどいなかったのに対し、ユダヤ人が集住する諸都市にはアラブ人もまた数多く居住しており、「ユダヤ国家」におけるユダヤ人とアラブ人の人口比率はほぼ拮抗していた。さらに、イスラエルは分割決議案が「アラブ国家」の領土と定めていたガリレア地方を占領したため、領土内に大量のアラブ人を抱えることになった。領土内に住まう非ユダヤ人、すなわち「アラブ人」として人種化されたイスラーム教徒とキリスト教徒のパレスチナ人をイスラエル領から排除することが、新生「ユダヤ国家」が「ユダヤ人国家」として成立するための必要不可欠な条件だった。こうして、「ユダヤ人国家」イスラエルの建国により、この地に生きるユダヤ人ならざる者たち八〇万余が故郷を追われ、難民となったのだった。

第四章で論じたカナファーニーの「悲しいオレンジの実る土地」は、ユダヤ軍の攻撃にさらされ、ある朝、あわただしく家財道具をトラックに積み込んでパレスチナをあとにした家族の物語だった。レバノン国境に向かう途上、「ぼく」の家族は、道端でパレスチナ人農夫からオレンジを買う。その実を、手放さねばならない愛しいわが子であるかのように、胸に抱えて嗚咽する女たち。夕方、一家は国境を越え、レバノンに辿り着く。荷台に積まれた荷が無情に路上に放り出され、トラックが去って行ったとき、「ぼく」は知る、自分たちにはもはや雨露をしのぐ軒先さえないことを――「ぼくたちは、難民になったのだ……」。

だが、八〇万もの人間たちが一朝一夕に祖国から放逐されたわけではない。都市部の中産階級が車列をなして、いち早く国境の向こうに避難していたとき、ガリレア地方の農夫はまだ、路肩でオレンジを売っていた。やがてユダヤ軍が進軍し、占領され、民族浄化の嵐が吹き荒れることになるこの地方で、このときまだ農民たちはその日常を続けていたということだ。「悲しいオレンジの実る土地」に、この農夫やその家族、隣人たちのその後は描かれていない。だが、彼らはどうなったのか？　パレスチナは民なき土地、いるのは定住生活とは無縁な遊牧民《ベドウィン》だけ、というシオニズムのプロパガンダとは裏腹に、パレスチナの住民の大半が土地に根ざして生きるこれら農民たちだった。

ホーリーの作品に描かれた糸で縫い合わされたパンの物語とは、カナファーニーが「悲しいオレンジの実る土地」で、語り手の家族にオレンジの実を売った道端の農夫という形で作品にその存在を書きこみながら、具体的に描くことのなかった、ガリレア地方の農民たちの「その後」の物語であり、彼らが経験した「ナクバ」の悲劇のひとつである。六〇年という歳月が過ぎ去り、ナクバ以前のパレスチナを記憶し、故郷の剥奪を直接体験した世代が次々に鬼籍に入る今でこそ、「記憶」をめぐる研究の世界的な興隆という学術的背景も相俟って、難民一世のオーラルヒストリーの収集がさかんに行われている。しかし、ホーリーがベイルートのパレスチナ問題研究センターに勤めていた一九七〇年代当時、ナクバについて書かれた文献はほとんどなかったという。ナクバとはいかなる出来事であたのか、ホーリーが五〇〇頁にも及ぶ浩瀚な小説に著す背景には、この悲劇の表象の不在があった。

ホーリーは、一九四八年のイスラエル建国によってパレスチナ人を襲った悲劇の具体的細部を描いた文学作品もまた絶無だと語っている。だが、カナファーニーの「悲しいオレンジの実る土地」や「ラムレの証言」「まだ幼かったあの日」といった作品も、ナクバの記憶を描いたものではなかっただろうか。たしかに八〇万という人間が故郷から放逐され難民となるという出来事の圧倒的な規模からすれば、これらの短編が描いているのは大海の一滴に過ぎない。しかし、ナクバを描いた文学作品がこれまで存在しなかったというホーリーの言明は、カナファーニーがいくつかの作品でナクバを描いていたにしても、出来事の総体からすればその表象は「無きに等しい」という意味ではなく、ナクバの記憶を描いたカナファーニーの作品に、真の意味でパレスチナ人のナクバの経験は描かれていないとホーリーが考えているためではないか。『太陽の門』には、カナファーニーが描いた「ナクバ」に対する、ホーリーの批判的超克が企図されていると思われるのである。糸で縫い合わされたパンの物語とは、その一例として読むことができるのではないだろうか。

女たちの経験

一九四八年七月、イスラエル建国の二ヶ月後、イスラエル軍はラムレの街を攻撃する。占領されたラムレの街で何が起こったのか、カナファーニーの「ラムレの証言」では、少年がその日、目撃した、街のすべての人々に敬愛されていた床屋アブー・オスマーンが妻と娘のファーティマをユダヤ兵に無惨に殺されるという出来事に象徴させる形で、ラムレの住民たちを見舞った悲劇を描いた。虐殺を免れた数万もの人々は街を追放される。七月の炎天下、街を放逐された彼らを襲うさらなる悲劇について「ラムレの証言」は何事も語ってはいない。ただ作品の最後に、「母は人づてに聞いた。ぼくを連れて、ヨルダンを目指して丘陵地帯を越えているときだった。アブー・オスマーンが妻を埋葬する前に店に行ったとき、持って出てきたのは白いタオルだけではなかったのだ」という一文があるのみである。難民たちの旅路は、イスラエル軍司令部に対して自爆攻撃を決行したアブー・オスマーンがどこで爆薬を手に入れたのかが語られる背景として言及されているに過ぎない。

だが、放逐された彼らを待ち受けていたのは死の行軍だった。七月の太陽が情け容赦なく照りつけるなか、ヨルダン領の西岸を目指してひたすら歩き続ける何万もの人々。体力が尽き果て、子ども、老人、病人が次々に斃れていった。道には累々たる遺体が残されたという。生き延びるためには歩き続けなければならなかった。斃れた子どもを置き去りにしなければならなかった母親もいただろう。さらに、井戸があれば、殺到する大人たちに内臓を踏み砕かれて死んだ子どももいれば、井戸に落ちて溺れ死んだ子どももいる。パレスチナ人が故郷を追われ難民となるまでに、泣きじゃくる子どもを図らずも窒息死させてしまった、ホーリー描く母親のように、現実には、パレスチナ人の子どもや弱い者たちのいくつもの命が、同胞が生き延びることと引き換えに奪われているのである。

それらの悲しい記憶は私的な場で語り継がれはしても、「イスラエル」や「ユダヤ人」を祖国解放のために打倒すべき敵として定め、その敵と闘う「パレスチナ人」というナショナル・アイデンティティを立ち上げていくナショナルな解放の言説のなかでは、パレスチナ人が生き延びるためにパレスチナ人が殺されたという記憶は抑圧されざるをえない。ユダヤ兵に妻子を惨殺されたアブー・オスマーンがイスラエル軍司令部を爆破するという物語として構成された「ラムレの証言」という作品が真に証言しているのは、パレスチナ人にとってナクバがどのような出来事であったかではない。語り手の「ぼく」にはその意味するところが「しかとは分からない」ままに、しかし、「ぼく」が目撃したものとは、敵を見定め、命を擲ってその敵と闘うことで尊厳を回復するアブー・オスマーンの姿であった。その姿を通してテクストが証言するのは、尊厳を賭けて抵抗する「パレスチナ人」という主体の生成なのである。

カナファーニーの死の三年前に書かれた短編「まだ幼かったあの日」では、イスラエル建国前夜のガリレア地方を舞台に、住民を突如襲うユダヤ軍のテロルと、死を免れた少年が見せる抵抗の意志が、文学的円熟を遂げた筆致で描かれていた。「ユダヤ軍」対「パレスチナ人住民」という二項対立のなかで、抵抗する主体として生成する「パレスチナ人」の姿が描かれるというモチーフは、「ラムレの証言」と変わっていない。一九六〇年代後半、占領された祖国を解放し、難民が帰還を遂げるためには、自ら銃をもって祖国解放のために闘う「パレスチナ人」という主体の形成が民族の急務だった。カナファーニーが生きた時代性と、PFLP（パレスチナ人民解放戦線）のスポークスパースンという彼の政治的立場を考えるなら、彼の作品がそのようなものとして書かれることは当然であっただろう。だが、抵抗する主体としての「パレスチナ人」アイデンティティの遂行的生成を企図するカナファーニーの物語において、パレスチナ人が生き延びるためにパレスチナ人が殺されるという出来事の記憶は居場所をもたない。しかし、パレスチナ人が同胞に殺されるという出来事もまた、まぎれもなく、ナクバという出来事の一部にほかならない。ナクバがパレスチナ人にとって民族未曾有の悲劇であるなら、その悲劇の本質には、この、パレスチナ人がパレスチナ人によって殺されるという出来事が否定しがたく存在しているのではないだろうか。

パレスチナ人の祖国喪失というナクバ Nakba が、ユダヤ人国家建設によってもたらされた民族的悲劇であるにしても、パレスチナ人一人ひとりが経験したナクバ nakba の悲劇とは、「ユダヤ人」による暴力だけに還元されるものではない。生き延びる途上で泣きじゃくるわが子を殺したこと、それこそが、この母親にとっての「ナクバ」(大破局)ではないのか。ホーリーは作品の別のところで、戦闘現場の近くをたまたま通りかかって、同胞の撃った銃弾で夫を殺された妻についても描いている。彼女にとっての「ナクバ」とは、ユダヤ軍との戦闘の流れ弾で新婚間もない最愛の夫を奪われたことだ。だが、その戦闘はユダヤ軍に対し輝かしい勝利を収めた民族栄光の闘いであり、流れ弾に当たって死んだ男の死は共同体に記憶されない。自らの「他者」として「敵」を同定し、それに対して抵抗する主体として「パレスチナ人」というアイデンティティを立ち上げようとするナショナルな解放の言説においては、この女性たちが経験した暴力の記憶は居場所をもたない。そして、パレスチナ人のナショナル・ヒストリーがそのようなものとして想像される限り、彼女たちにとってのナクバの経験は、パレスチナ人の歴史のなかにも居場所をもたないのである。文学作品においてもナクバが描かれてこなかった、というホーリーの言葉は、このような意味において解されるべきものではないだろうか。

パレスチナ人とは、シオニズムというナショナル・イデオロギーに支えられたイスラエルのナショナル・ヒストリーの犠牲者であった。「ユダヤ人」の「人種的他者」として「アラブ人」という「敵」を同定し、彼らをパレスチナから徹底的に排除することによって、パレスチナに対して超歴史的な権利を有する「ユダヤ人」という主体を立ち上げるシオニズム史観において、祖国を剝奪され難民となって離散と流浪を強いられるパレスチナ人の悲劇は居場所をもたない。パレスチナ人の人間解放とは、このイスラエルのナショナル・ヒストリーにおいて抑圧され、否定される「パレスチナ人」の記憶を「歴史」のなかにいかに回復するかに賭けられている。だが、シオニズムの合わせ鏡のように、パレスチナ人の解放の言説において、自らの他者として敵を同定し、抵抗の主体として「パレスチナ人」というアイデンティティが構築されるとき、その対立の枠組みに収まらない女たちの経験は排除され、抑圧される。ホーリーの作品は、これら女たちの経験をもパレスチナ人のナクバとして作品に刻み、パレスチナの解放の言説が抑圧する出来事の記憶を回復することで、「歴史」というものの別のあり方、別の可能性を描いている。極言すれば、それは、ネイションによる占有から歴史を解放する試みと言えるだろう。

占有に抗して

赤ん坊がその泣き声ゆえに殺されるという出来事、それは東アジアの歴史にも刻まれている。アジアの西の果てでパレスチナ人がナクバの悲劇に見舞われる三年前、地上戦となった沖縄で、日本兵と同じ壕に避難した住民のなかには、泣きやまない赤ん坊を皇軍兵士に殺された者、あるいは自らの手で子どもを殺めることを兵士に強要された者たちがいた。日本の敗戦で満州を追われ、ソ連軍の目を逃れながら逃避行を続けた日本人難民たちのなかにも、集団が生き延びるために、泣きやまぬ赤ん坊を殺さざるをえなかった親たちがいる。そして、西の果てでパレスチナ人がナクバの悲劇を生きていたのとまさに同じ頃、東アジアでは日本の植民地支配から解放された済州島で島民たちが凄惨な虐殺に見舞われることになった。「アカ」の「暴徒」の係累と見なされれば、皆殺しにされることも少なくなかった。見つかれば虐殺されるという恐怖のなかで、殺された小さな命もあったかもしれない。

二〇〇一年九月十一日、ニューヨークとワシントンで起きたいわゆる「同時多発テロ」の直後、出来事が猛烈な勢いで「アメリカの悲劇」に収斂されていくなかで、チリ出身の作家、アリエル・ドルフマンは「世界には無数の9・11がある」と語り、二〇〇一年九月十一日にアメリカ合州国で起きた出来事を、世界に無数に存在する9・11の記憶へと開いていくことの大切さを説いた。ドルフマンに倣えば、「世界には無数のナクバがある」。ナクバの記憶が全形のパンを欲しがって殺されたパレスチナ人の子どもの物語として語られるとき、それは、満州の日本人移民の、沖縄の人々の、そして、済州島の人々を襲った悲劇、それぞれのナクバの記憶へと私たちを導いて行くだろう。

だが、そのように語ることによって、帝国主義的侵略の先兵であった満州移民と、植民地化され本土防衛の捨石にされた沖縄の歴史的差異を、赤ん坊が殺されるという一事によって情緒的に無化するのかという批判もありうるだろう。侵略した者とされた者の、植民地主義の暴力を行使した者とされた者の、その歴史的差異を無化することに抗いながら、しかし、全形のパンが欲しいと泣き続け、それがために殺されざるをえなかった子ども――その子は自分がパレスチナ人であることも知らなかっただろう――の泣き声に耳を澄ますこと、言い換えるなら、ナショナル・ヒストリーが抑圧する、母親にとってのナクバを見つめることは、満州を追われた日本人難民の、壕に追い詰められた沖縄の人々の、済州島の人々の記憶へ、世界に無数に存在するナクバの記憶へと私たちを開いていく。このとき、「歴史」がネイションに占有されている限り、つながることのない出来事が、人間によって生きられた悲劇の歴史として立ち現れてはこないだろうか。ナチスによって追われたヨーロッパのユダヤ人の中にも、泣きやまずに周囲の同胞を虐殺の危険にさらしたがゆえに殺された赤ん坊がいたのではないか。だが、その出来事が「ユダヤ人の悲劇」として「ユダヤ人の歴史」に占有されている限り、その子どもの記憶が、パレスチナ人の母親の胸で窒息死した子どもの記憶と出会うことはない。

母語という祖国

自分が何者であるかも知らないままに――沖縄の壕で、満州のどこかで、ナチス占領下のヨーロッパのどこかで——殺されてしまった赤ん坊の記憶を手繰り寄せるとき、六〇年前のガリレア地方で、全形のパンを欲しがって泣いたために殺されたこの子どもの死を「パレスチナ人の死」として悼むことに躊躇を覚えざるを得ない。パレスチナ人であったがゆえに彼らなければならなかった死であるという意味で、それはまぎれもなく「パレスチナ人の死」である一方で、自分が「パレスチナ人」であることなど、その子にとって与り知らないことであったのだとすれば、それを「パレスチナ人の死」と民族化し、「民族の死」として占有することは果たして妥当なことなのだろうか。子どもが殺されるという出来事は、人間にとって「なに人」であるとはどういうことなのかという問いを提起せざるをえない。ホーリーはこの問題を作中、別の形で描いている。

シャティーラ・キャンプにフランスの劇団の一行が訪れる。一九八二年のシャティーラの虐殺について ジャン・ジュネが著した文学的ルポルタージュ『シャティーラの四時間』(1) を舞台化するために、女優や演出家が現地の視察に来たのだった。その晩、女優のカトリーヌはキャンプを案内し、どの路地でどのような虐殺があったか、ハリールは彼らに説明する。カトリーヌは一冊の本を持ってきて彼に訊ねる。パレスチナ人と結婚し、シャティーラの虐殺で殺された九人のユダヤ人女性たちのことを教えてほしいと。二千有余名のパレスチナ人が殺された出来事を前にして、彼女が九人のユダヤ人女性の死を問題視するという事実にハリールは衝撃を受ける。カトリーヌはハリールに説明する。フランス人である自分は、ホロコーストに対して罪悪感を覚え、ホロコーストの犠牲者が行ったシャティーラの虐殺に対しても罪悪感を覚える。だが、虐殺で九人のユダヤ人女性が殺されたと書かれているこの本はそんな自分を救ってくれた。ユダヤ人はパレスチナ人を殺すことでユダヤ人自身をも殺していることが分かったから。だから、それが事実かどうか、パレスチナ人の口から聞きたいのだと。

カトリーヌの問いに対する応答として、ハリールは「リビア人ジャマール」の話をする。リビアで落下傘部隊の訓練を受けたために「リビア人」というあだ名がついたジャマールは、ガザの出身だが難民ではない。イスラエル建国前、エルサレム出身の父が結婚後、ガザに土地を買って移り住んだのだった。その後、パレスチナがイスラエルに占領され、さらにその十九年後、ガザが占領されることになる。ある日、ジャマールら子どもたちを前に母が告白する、自分はムスリムでもなければアラブ人でもない、ドイツ出身のユダヤ人であると。一九三〇年代、サラは家族とともにドイツからパレスチナに移民し、エルサレムで、ムスリムの青年と出会い、恋に落ちる。二人は愛を貫き、サラは家族から絶縁されながらもイスラームに改宗し、結婚したのだった。そして、ガザに移り住んだあと、彼女は故郷を追われてガザに難民となってやってきたパレスチナ人の誰よりもガザ方言を流暢に話し、アラブ人として、パレスチナ人として、ガザ人として、そしてムスリムとして生き、息子をパレスチナの解放戦士にしたのだった。ジャマールもその兄弟も、母がパレスチナ人であることをついぞ疑ったことはなかった。リビア人ジャマールは、パレスチナ人でありアラブ人であると同時に、母系の系譜で見ればユダヤ人でもあり、イスラエルにはユダヤ人の伯父や従妹がいるのである。だとすれば、彼は一体なに人なのか。

ジャマールとその母が生きるナショナル・アイデンティティの重層性、決定不能性を作者はさらに複雑化する。サラは癌を患いながらも「この国の女性たち」、すなわちパレスチナ人女性のつねとして痛みが耐え難くなってようやく医者にかかる。手術を受けたが痛みは治まらず、死期が近いことを悟った彼女はドイツに行きたいと夫に言う。治療のためではない。生まれ故郷のドイツで死を迎えたかったのだ。夫は最愛の妻をドイツに連れてゆく。人生最後の日々、サラは半世紀以上、忘れていた母語であるドイツ語を急速に取り戻し、母語のなかで安らぎながらあどけない幼女のように幸福に浸って亡くなったのだった。彼女の遺体は、生まれ故郷のユダヤ共同体の墓地に葬られる。「祖国とは母語のことなのか」と作者はジャマールに語らせている。

　ドイツはサラとその宗教的同胞を迫害した国である。一九三〇年代にパレスチナに移民したということは、その背景には当然、ナチズムの存在があっただろう。たとえ彼女がドイツ語を母語とし、自らをドイツ人と見なしていようが、彼女の祖国は彼女がドイツ人であることを、そしてドイツが彼女の祖国であることを認めなかったのだ。彼女もその宗教的同胞たちも「ユダヤ人」という別の人種、別の民族とされ、そして、「ユダヤ人」には、人間として生きる権利さえ否定されたのだった。母語を祖国とし、人生の晩年、ナチズムが暴力的に剝奪したその祖国への幸福な帰還を果たすサラの生が明かしているのは、彼女にとってナチズムとは、キリスト教とは異なる信仰を持つドイツ人がドイツ人として、ドイツを祖国として生きる権利を否定する暴力であったということだ。彼女がドイツ人であるなら、その息子であるジャマールもドイツ人であるにちがいない。ハリールがカトリーヌにリビア人ジャマールとその母サラの物語を語るのは、パレスチナ人と結婚し、サブラーとシャティーラの虐殺で殺された九人の女性たちの死を自明のことのように「ユダヤ人の死」として語る女優に問うためだ。果たして彼女たちはほんとうに「ユダヤ人」であったのか、「ユダヤ人」としてのみ死んだのかを。

未来の祖国《ワタン》

カナファーニーもまた、『ハイファに戻って』において、パレスチナ人でありながらユダヤ人として育てられた、主人公の息子を通して、ナショナル・アイデンティティのある種の重層性を描いている。主人公サイード・Sとその妻は、ナクバの混乱のなかで、赤ん坊ハルドゥーンをハイファの自宅に置き去りにしたまま難民となってしまった。赤ん坊は、ポーランドから移民してきたユダヤ人夫婦に引き取られ、ドヴと名づけられ、ユダヤ人として育てられる。それから十九年後、イスラエルが西岸を占領し国境を開放したことで、ハイファの自宅を十九年ぶりに訪れた夫婦は、そこで成人した息子に再会する。だが、息子は、自分はユダヤ人であり、自分を育ててくれた親以外に親はいないと言い放ち、サイードを拒絶する。

ドヴがユダヤ人国家となってしまったパレスチナのメタファーであるとすれば、息子であるはずの彼がサイードを拒絶することは、祖国であるはずのパレスチナが、パレスチナ人を拒絶するということである。作中、「罪」dhanb という言葉が幾度となくサイードの口から語られる。どんな理由があろうと大切な息子を置き去りにしたこと、それは我々の罪であったのだと。言い換えるなら、パレスチナがユダヤ人国家となってしまったのは、どんな致し方ない理由があろうと、パレスチナを離れてしまったわれわれパレスチナ人の罪にほかならないということだ。扉は正しいやり方で開かれねばならないのだ、とサイードは言う。イスラエルによるさらなる占領という事態によって国境が一方的に開放されることで、たとえ難民たちが故郷へ戻ることができたとしても、祖国を取り戻すことはできない。ハルドゥーンが息子として戻ってはこないように。祖国を取り戻すためには正しく扉を開かねばならない。ここにおいてサイードは、難民キャンプで生まれた次男ハーリドが解放戦士に志願したことこそ正しい選択であったことに気づくのである。

パレスチナ人でもありユダヤ人でもあるハルドゥーン／ドヴという存在を作品に書き込みながら、しかし、カナファーニー作品におけるナショナル・アイデンティティは、「パレスチナ人」か「ユダヤ人」かの二者択一を迫らずにはおかない。パレスチナ人であったことを知ったドヴが、それでも自分はユダヤ人であると断言するに至るまでに、あるいは断言するそのさなかにも葛藤があったかもしれない。だが、その葛藤は作品には描かれていない。サイードとドヴが対話する場面は、パレスチナ人とユダヤ人という二つの、相対立するナショナル・アイデンティティの対決として構成されており、一人の人間が複数の「なに人」でもありうるという、ホーリーが描くナショナル・アイデンティティの重層性、あるいはどれか一つのアイデンティティに決定することの不可能性という可能性は、そこには、ない。

シオニズムは、パレスチナは神がユダヤ人に与えた約束の土地であるという神話を根拠に、パレスチナ人を「アラブ人」という、ユダヤ人の人種的他者にすることで、彼らがパレスチナに対して権利を持っていることを否定する。アラブ諸国出身のユダヤ教徒はアラブ人でもあるのだが、イスラエルにおいて、これらアラブ系ユダヤ人のアラブ性は否定され、彼らのアラブ人アイデンティティも否定されることになる。一つの土地が一つのネイションによって排他的に占有されるとき、同時に、人間個々の存在もまた、一つのアイデンティティに占有されざるを得ない。一人の人間がアラブ人でもユダヤ人でもありうることは、アラブ人を排除することで成立する「ユダヤ人国家」の根幹を揺るがさずにはおかないからである。

シオニズムとは、ユダヤ人を「ユダヤ人」という単一のナショナル・アイデンティティで占有する思想のことだ。さらに言えば、そうした単一のアイデンティティに占有された者たちによってパレスチナという土地を領土化する思想である。だが、シオニズムがユダヤ人に強制する単一のアイデンティティに抗して、アイデンティティの複数性を生きようとする者たちもいる。たとえば、モロッコのユダヤ人作家、エドモン・アムラン・マーレフ（一九一七〜二〇一〇年）は、イスラエル建国後もモロッコ人であることを貫き、母国にとどまり続け、モロッコのユダヤ教徒の作家としてフランス語で書き続けている。また、イスラエルのユダヤ人作家、サミール・ナッカーシュ（一九三八〜二〇〇四年）は、母語という祖国に生きた作家だった。

イラクのユダヤ教徒として生を受けたナッカーシュは、一九五一年、十三歳のときにイスラエルに移民するが、終生、母語であるイラク方言をふんだんに交えたアラビア語で書き続け、自らが「アラブ人」「イラク人」であることを手放しはしなかった。故国イラクから引き剝がされて、やって来た「祖国」イスラエルで——十三歳だったサミール少年は、イスラエル建国時、すでに三〇代だったマリーフとは違って、家族とともにイスラエルに移民するしかなかったのだろう——バグダードの中産階級の一家は一転して、テント暮らしの難民となった。持てるもののすべてを故国の喪失とともに失った父親は——バグダードで夢見ていた子どもたちの将来設計も「祖国」帰還で彼が奪われたものの大きな一部だった——失意に陥り、移民してわずか二年後、絶望から癒えることなく亡くなった。

カナファーニーは「悲しいオレンジの実る土地」で故郷の大地から暴力的に断ち切られたオレンジの実が乾涸びていくさまに、パレスチナの大地から引き剝がされた難民の父親の姿を重ねたが、それは、イスラエル建国でパレスチナを追われたパレスチナ人だけでなく、ナッカーシュのような、「祖国」建設によって母国から引き剝がされ、暴力的にイスラエルに移植されたユダヤ教徒のアラブ人たちの姿でもあった。「ユダヤ人国家」イスラエルで生きながら——イスラエルにいてひとたびも故郷だと思ったことはないと彼は言う——ナッカーシュは生涯アラビア語でイラクの記憶を書き続けることによって、母語という祖国にアラブ人として、そしてイラク人として生き続けた。シオニズムは彼から祖国を奪うことはできなかった。それは、シオニズムに対するささやかではあるが、しかし、根源的な勝利ではないだろうか。サラの「帰還」がささやかだが、しかし、ナチズムに対する根源的な勝利であるように。

「無差別、ごたまぜ」を意味する英語の promiscuity（プロミスキュイティ、形容詞はプロミスキュアス）は同時に「性的な乱交」のことでもあるが、人が「ユダヤ人」であると同時に「アラブ人」であったり「イラク人」「モロッコ人」でもあるというアイデンティティの複数性を生きることもまた、単一のナショナル・アイデンティティというイデオロギーからすればプロミスキュアスなことだ。ちょうど、敵国の男を恋人にする女が、「誰とでも寝る女」という意味でプロミスキュアスであるように。それは、至高の祖国への忠誠という純潔を尊ぶネイションにとってスキャンダルであり、裏切りである。だからこそ真の解放とは、人がセクシュアリティにおいてであれ、ナショナル・アイデンティティにおいてであれ、プロミスキュイティを生きることにあるのではないか。そう考えるなら、ホーリーの『太陽の門』において、フェダーイーヤとなったシャムスが二人の男を恋人にして、プロミスキュアスな関係を生きていたことの意味もまた見えてこよう（現実のフェダーイーヤたちは、至高の祖国はもちろん、女に貞節を求める家父長制からも解放されてはいないのだが）。

人間が「なに人」であるとはどういうことなのか？ ジャマールの母サラはドイツに生まれ育ったという意味でドイツ人であり、ユダヤ教徒であるという意味でユダヤ人であり、改宗したことでムスリムでもありうるにしても、唯一「パレスチナ人」に関しては、彼女は「血統的な」同一性を持たない。だが、癌を患った彼女についてジャマールは言う、母は「この国の女たちのつねとして」、つまりパレスチナの女のつねとして、痛みが耐え難くなるまで医者にかかろうとしなかったと。ジャマールにとって母がパレスチナ人であることは異論の余地がない。それは、母がドイツ人でありユダヤ人であることが分かってからも変わらない。パレスチナで生まれ育ったわけでもなく、パレスチナ人を両親にもつわけでなくても、パレスチナ人と結婚し、祖国を喪失した夫の妻、子どもたちの母として、そして彼らとともに自らも占領下を生きるなかで、彼女はその生のありようによってパレスチナの女なのである。人はそのようにして「パレスチナ人」になることができる、ホーリーが描いているのはそのことである。

ジャマールもそうだ。ドイツ人でもユダヤ人でもムスリムでもありうる彼が、なににも増してパレスチナ人にほかならないとすれば、それは単に彼の父親がパレスチナ人であるからではなく、パレスチナ解放のために闘うという、その生のありようによってであるだろう。だが、パレスチナ解放の闘いに参与するのはパレスチナ人だけとは限らない。レバノン人のホーリーもかつてPLOに参加していたし、シオニズムに反対しPLOに参加したユダヤ人もいる。ジャマールがパレスチナ人であるなら、パレスチナの解放を希求し、パレスチナの解放のために闘う者は、その生のありようによってみな、パレスチナ人となるだろう。

人間が「なに人」でもありうるという可能性、そして、血統や信仰の同一性によってではなく、自らの生き方によって「なに人」にもなりうるという可能性を描くことで、ホーリーは、ナショナル・アイデンティティを宗教やエスニシティという同一性から解放し、新たな未来のネイションを想像／創造しているのだと言える。ネイションを構成する人間個々の存在それ自体が複数性に開かれている、そのようなネイション。そして、そのような解放的なネイションを希求する生のありようによって結ばれるネイションである。それは、カナファーニーの言う、「このようなことの一切が起こらない世と」としての祖国《ワタン》へ、ホーリーが示した、未来における帰還の道筋であるとも言える。同一性に基づいた排他的な一つのネイションによる占有から解放されたワタン、一つのナショナル・アイデンティティの呪縛から人間自身が解放されたワタンへの。

（1）ジャン・ジュネ「シャティーラの四時間」鵜飼哲訳、『インパクション』五一号、インパクト出版会、一九八八年。

15　非国民の共同体

二〇〇〇年十二月、旧日本軍性奴隷制を裁くため、東京で女性国際戦犯法廷が開催されたとき、被害を受けたアジアの女性たちだけでなく、同法廷の国際公聴会で戦時性暴力について証言するために世界各地から女性たちが来日した。その機会に私が住む京都でも、証言者として来日したグアテマラの女性と東ティモールの女性をお招きして、お話をうかがう会が持たれた。証言者の一人、ヨランダ・アギラルさんは内戦下のグアテマラで、十五歳だった一九七九年、政府軍に拉致され、監禁されて何人もの男たちから強かんされた。

三〇代半ばとなったヨランダさんは人類学者となり、内戦の真実を究明するための「歴史的記憶の回復プロジェクト」にも参加し、内戦下での暴力をジェンダーの観点から考察する論考を発表している。壇上で彼女が語る二〇年前の出来事の痛ましさとは対照的に、ヨランダさん本人は自信に満ち、すがすがしい笑顔を絶やさなかった。けれども、東ティモールから来られた女性はヨランダさんの明朗さとは対照的だった。登壇したものの、終始俯いたまま、ほとんど一言も発しなかった。彼女がインドネシア国軍に拉致され暴行され、子どもも傷つけられたのは、つい前年のことだった。彼女の証言は通訳者が代読した。

その会場に、グアテマラ内戦に関する一連の写真が展示されていた。そのとき目にした一枚を今でも覚えている。それは、数人の人間たちをどこか下の方から見上げて撮ったものだった。それがいったい何を撮ったものなのか、カメラの方を向いている者たちが何を見ているのか、すぐには分からなかった。そこにあるのは奇妙な沈黙だった。彼らの表情やまなざしもまた、何を意味しているのか、容易には読み解き得ない、奇妙な感情の欠如があった。

やがて彼らが、遺骸の転がる壕の底を覗き込んでいるのだということが理解されてくると、にわかに落ち着かない気持ちになった。内戦時代、グアテマラでは多くの住民が拉致され、行方不明になった。その多くは殺害され、人知れず野山に埋められた。内戦が終わり、行方不明者たちの遺体の発掘作業が進められ、証言をもとに虐殺現場が掘り返される。写真は、その掘り起こされた壕の底に写真家が降り立って、壕の縁で中を覗きこむ者たちの姿を撮ったものだった。だが、壕の縁から中を覗く地上の人間たちをまなざし返すその視線とは、誰のものなのか。それは、壕の底に散らばる遺骨のまなざしではないのか。写真の真相が分かったとき、妙に落ち着かない心持ちに襲われたのは、この写真を見ることは、そうすることによって私自身が、虐殺され、埋められ、白骨化したグアテマラの死者として、死者の側から、死者のまなざしで、この世界を、そして、そこに生きる人間たちを観るという経験にほかならないからだった。壕の縁の生者たちと、彼らを見つめる「私」を隔てているのは、壕の深さという物理的距離ではなく、生者の世界と死者の世界という二つの世界の懸隔だった。写真を支配する静寂とは、遺骨を前に声を発し得ない生者たちの沈黙のみならず、死者自身の——あるいは、死者となった私自身の——声も言葉もない世界の静寂さでもあった。

演じるということ

済州島四・三事件から六〇年目の二〇〇八年四月、大阪で催された六〇周年の祈念行事に参加した。事件の直後から四・三事件を小説に描いてきた在日の作家、金石範さんのお話に続いて、第二部は、舞台で犠牲者の慰霊の儀式が執り行われたのだが、それに先立って、済州民族芸術団による「百祖一孫の墓」の芝居が演じられた。ようやく掘り起こされた集団虐殺の現場で、しかし、どれが誰の遺骨であるのか、もはや判別することはできない。見えない骨を胸にかき抱いて、「アイゴー、アイゴー」と悲嘆の叫びを洩らす舞台の役者たちの声に触れたとき思った。他者であるということの意味、演じるということの意味を。

その叫びは、事件後半世紀にわたり、金石範さんの言葉を借りれば「記憶を殺され」てきた当事者たち、六〇年という歳月を経てようやく、その痛ましい記憶を語ることができるようになった今もなお、しかし、容易には語りえない者たちが上げる魂の叫びのように聞こえた。舞台の役者たちは、五〇年間、その叫びを心の中で抑えつけてきた、そしていまだに抑えつけている者たちに代わって、彼ら彼女らのために、その悲しみの声を、そして、再び金石範さんの言葉を借りれば、悲しむ自由を取り戻した喜びの声を、上げているのだと思った。

少なく見積もっても住民の一割が殺害されたという事件である。舞台の上の役者たちの中にも、事件で親族が犠牲になった者がいるにちがいない。そうであったとしても、彼らは、六〇年前の事件の暴力を直接、体験した当事者ではない。彼らが舞台上で、その悲劇の出来事を演じることができるのは、まさに、彼らが当事者ではないからだ。だが、そこにこそ、可能性があるのではないか。

オードリー・ヘップバーンが『アンネの日記』のアンネ役のオファーを断ったのは有名な話である。アンネと同い年のオードリーは、ナチス占領下のオランダで欠乏生活に耐えながら暮らし、レジスタンス活動に従事した親族をドイツ兵に射殺されている。アンネを「演じる」ことなど彼女にはできなかった。それは、彼女自身が生きている痛みであったからだ。逆に言えば、人は当事者ではないからこそ、出来事の他者であるからこそ、当事者がただ生きるしかない痛みを、舞台の上で自らの痛みとして再現してみせることができる。「迫真の演技」という言葉があるが、演技の「迫真性」を可能にするのは逆説的にも、それが「真実」ではない、という事実である。舞台で役者が、迫真の演技で悲劇を何百回でも演じることができるのは、それが彼あるいは彼女に実際に起きた出来事ではなく、舞台で起きていることが真実の出来事ではないからである。だから役者は、自我を瓦解させることなく、強制収容所で生きた屍となった人間をも演じてみせることができるだろう。

舞台の上で「泣いている」のは当事者ではない。当事者がもし泣くとすれば、それは、自らが抱え持つ痛みのゆえであるだろう。極言すれば、当事者は自分自身の痛みゆえに、自分自身のために泣く。しかし、舞台の上の役者が「泣く」のは、役者自身の痛みのためではない。彼あるいは彼女は、自分ではないほかの誰かの痛みのために、その痛みを想像し、分有し、その痛みを生きる者の代わりに泣いているのだ。私の痛みのために、私ではない別の誰かが、私のために泣く。それは私の痛みの完全なコピーではありえない。だが、そうである必要などないのだ。もしそれが、私のクローンのような者による私の痛みの単なるコピーに過ぎないのだとしたら、他者が泣くことの意味はどこにあるだろう。他者が私の痛みのために泣く、それは、「あなたの痛みがこの世界にたしかに存在していることを、そして、あなたの痛みが、哀しみが、どれほどのものであったか、そのすべてを分かりはしないかもしれないけれども、でも、私はそれを分かちもとうとしている」というメッセージなのだから。

遺骨を胸に「アイゴー、アイゴー」と舞台の上で「泣く」役者たちは、そうすることで、国家に記憶を殺され、また生き延びるために自らの手で記憶を殺したまま生きてきた者たち、そして、記憶をからだの底におし殺したままこの世を去らねばならなかった死者たちのために、彼らが叫ぶことのできなかった悲嘆を彼らの代わりに叫んでいる。会場には、六〇年前、事件を逃れて日本へ渡り、以後、固く口を閉ざして生きてきた在日の人々がいた。芝居は何よりもまずこれらの者たち、四・三事件という暴力の当事者であった者たち――今なお生きる者たちと、「悲しみを表す自由を取り戻した喜び」を分かち合うことなく、すでに他界してしまった者たち――のためにあった。それは、慰霊であり、また、鎮魂の祈りだった。

東西冷戦のもと、「反共」をナショナル・イデオロギーとする新生国家が立ち上げられていくなかで、米軍の占領に抗って朝鮮の独立を求め、国家権力によって惨殺された済州《チェジュ》の人々は長いあいだ、ナショナル・ヒストリーのなかで、「アカ」の「暴徒」という形でしか語ることを許されなかった。済州島の空港の下にはいまだ、この四・三事件で集団虐殺された犠牲者たちの遺骸が数多く埋められているのだという。国家によって「アカ」の「暴徒」とされた彼らの真実の記憶それ自体を抹殺し、地中深くに埋め、文字どおりコンクリートで塗り固めてしまったのだ。犠牲者の遺族たちは、その死を嘆き悲しむことすら禁じられていた。

一九八二年九月、レバノンのベイルート郊外にあるサブラーとシャティーラの二つの難民キャンプで、レバノンの右派民兵組織によって虐殺された二千人以上のパレスチナ人難民たちの遺族もまた、肉親の死を公然と悼むことを長きにわたり禁じられてきた。イスラエルのレバノン侵攻とベイルート占領にともなって、イスラエルと同盟するレバノンの右派勢力が、PLO（パレスチナ解放機構）が撤退し住民だけが残されたキャンプで、わずか四二時間のあいだに二千数百名もの難民たちを虐殺したこの出来事は、パレスチナ人に対するまぎれもないジェノサイド（民族根絶を企図した大量虐殺）であった。ジェノサイドであってみれば、パレスチナ人にとってこの事件は、レバノン社会に暮らす限り自分たちに突きつけられた、いつ執行されるか分からない死刑の宣告でもあった。事件の直後、遺体が集められ、葬られたキャンプ外れの集団墓地は、虐殺犠牲者の墓地であると公言することもできぬまま、長らく子どもたちのサッカー・グラウンドになっていた。のちに虐殺事件について浩瀚な研究書『サブラーとシャティーラ――一九八二年九月』（Bayan al-Hout, *Sabra and Shatila ; September 1982*, 2004.）を著すことになるバヤーン・アル＝フートによれば、遺族たちは当初、聴き取り調査のため訪れた彼女に、事件について語ることさえ恐れて、調査は難航したという。二〇〇二年、虐殺事件二〇周年の記念式典に出席するためベイルートを訪れたイタリアとスペインの代表団を前にした会見でアル＝フートは、「まさか、事件について外国の代表団を前に、このように公然と語りうる日が訪れるとは思ってもいなかった」とその感慨を述べている。

エリヤース・ホーリーの小説『太陽の門』に登場するフランス人女優カトリーヌは、この虐殺事件についてジャン・ジュネが著した文学的ルポルタージュ『シャティーラの四時間』を一人芝居で演じるため、虐殺現場であるシャティーラ・キャンプを訪れたのだった。無数の蝿が舞い、腐臭が漂うキャンプをジュネは四時間にわたり彷徨し、虚空を見つめる死者たちの姿を視線によって愛撫しながら、無言の死者と親密な対話を重ねていく。『シャティーラの四時間』は、その対話の記録である。『太陽の門』のカトリーヌは、難民の看護師ハリールに虐殺現場を案内されながら、それぞれの場所で起きた出来事の子細を聞く。その晩、彼女はハリールに、自分にはこの芝居は演じられないと言う。現場で語られる出来事の生々しい記憶は、彼女の想像をはるかに超えたものであったからだ。だが、四・三事件六〇周年の祈念行事で「百祖一孫の墓」の芝居を観た私は思う、カトリーヌは『シャティーラの四時間』を演じるべきではなかったかと。

二〇〇二年九月、シャティーラ・キャンプで開かれた二〇周年の証言集会の席上で、娘の遺影を前に、「娘のゼイナブです、十六歳でした」と言うなり、ただただ嗚咽するしかなかったゼイナブの母、最後にただ一言だけ、絞り出すような声で「娘が殺されたのと同じようにシャロンを殺してほしい……」と言い残した彼女（虐殺事件の当時、イスラエル国防相であったシャロンは、占領下の住民の安全に対し責任を負っており、のちに虐殺事件の責任を問われ、罷免されている）。ゼイナブの母がただ生きるしかない痛みを、彼女のために、彼女に代わって、そして、十六歳で、おない歳の夫といっしょに身体を切り裂かれて殺された、彼女の娘ゼイナブの痛みを、彼女のために、彼女に代わって、カトリーヌに演じてほしかった。それは、あなたたちの痛みがここにあることを私は知っていると彼女たちに伝えるということであり、同時に、彼女たちが抱えもつ痛みを世界に向けて公共化するということでもある。それは彼女たち自身によってはなしえないことだ。死者となってしまった者はもちろん、痛みをただ耐え忍んで生きるしかない難民の母にとってもまた。それは、女優であるからこそカトリーヌが彼女たちに対してできることなのだ。日本に暮らす四・三事件の犠牲者遺族の前で演じられた芝居とは違って、フランスで、フランス語で演じられるであろうその芝居をシャティーラの女たちが観ることはないだろう。しかし、そうであったとしてもなお、それは、意味があるのだ。どこで何語で演じられようと、死者であればもとより、それを観ることはない。だが、死者のために祈るということが人間にとって意味のあることなのだとしたら、他者のために、他者に代わって演じることもまた、意味があるにちがいない。それは、祈りと同じことなのだから。

祈りとしての小説

小説もまた、そのようなものであるとは言えないだろうか。痛みをただ生きることだけしかできない者たちのために、彼らが耐え忍ぶ痛みゆえに、彼らの知らないところで、彼らに捧げられるひそやかな祈り……。だとすれば、アフリカで飢えている子どもたちを前にして文学に何ができるのか、というサルトルの問いに、私たちはこう答えることができるのかもしれない――小説は、祈ることができる、と。だが、祈りとして書かれた小説が、今まさに餓死せんとしている子どもを死から救うのかと問われれば、祈りが無力であるのと同じように、小説もまた無力であるにちがいない。

孤独のなかに打ち棄てられている者にとって、自分のために祈る者がいると知ることは、ひとつの救いだろう。たとえその祈りが、今ある境遇から自分を物理的《フィジカル》に救い出してくれなくとも、自分が耐え忍んでいる痛みを知り、そのために祈ってくれる人がいると知ることは、魂の救いとなる。だが、祈りの多くは、祈りを捧げられる者たちがそれと知ることなく、ひそやかに捧げられるものだ。この点において、小説は祈りに似ている。祈りを込めて小説が書かれたとしても、その事実が、祈りが捧げられた者たちにとって、その生を支える希望の灯、魂の救いとなることはほとんど、ない。

ある作品が、それが祈りとして捧げられた者たちの手に届き、彼あるいは彼女の生を支えることも時にはあるだろう。イブラーヒーム・ナスラッラーの『アーミナの縁結び』におけるランダは、ガッサーン・カナファーニーによって描かれた難民たちの生の物語をそのようなものとして受け取っていた。また、小説が書かれ、読まれるということが、現実を変革するための実効的な力となって実際に貢献することもあるだろう。だが、それは、小説の「本質」とは別のところで発揮される効果であるように思う。祈りを込めて小説が書かれたとしても、多くの場合、祈りが捧げられる人々――今日を耐え忍んで生き延びることだけで精いっぱいの小さき人々――は、自分たちのために小説が書かれたということすら知る由もない。小説を書き、読むという営みは、これらの人々が耐え忍んでいる生の現実とはあまりに隔たったところにある。彼らは字など知らない、たとえ知っていたとしても、彼らが日々、生きる現実は、小説を読むなどという「贅沢」を彼らに許さないのである。スピヴァクをもじって言うなら、「小説が読めるのなら、幸いなことに、彼らはもう、祈りを捧げられる必要などないのです」。

極言すれば、今、すでに起きていることがらに対して祈りそれ自体が無力であるように、小説は無力である。小説は、出来事のあと、つねに遅れてやって来ざるをえない無能なものたちだからだ。リブラーとシャティーラの虐殺の六年前、東ベイルート郊外のタッル・エル＝ザァタル難民キャンプにおける虐殺事件（半年間に及ぶ攻囲のあと、キャンプ住民が降伏したその日、キャンプの出口で四千人が殺された）を描いたリヤーナ・バドルの小説『鏡の目』のアラビア語原著がモロッコの出版社から刊行されたのは、事件からようやく十五年後の一九九一年のことだった。本が書かれたからと言って、タッル・エル＝ザァタルの死者たちが蘇るわけではない。いや、虐殺の犠牲者たちばかりではない。タッル・エル＝ザァタルの悲劇を生き延びながら、その後、サブラーとシャティーラの虐殺で犠牲になった者、あるいは、これを生き延びたのち、八〇年代半ばに起こるキャンプ戦争で殺された者たちもいる。祈りが届くまでに、生きていた者までも死んでしまう。それが、たとえばレバノンの難民キャンプに生きる者たちの現実である。小説を読もうと思えば読める者たち、大学を出たソーシャル・ワーカーたちもまた、これら、日々を生き延びるのに精一杯のキャンプの同胞を支えることだけに、彼女たちの時間と労力のすべてを傾注している。

では、祈ることが無力であるなら、祈ることは無意味なのか、私たちは祈ることをやめてよいのか。しかし、いま、まさに死んでゆく者に対して、その手を握ることとさえ叶わないとき、あるいは、すでに死者となった者たち、そのとりかえしのつかなさに対して、私たちになお、できることがあるとすれば、それは、祈ることではないのだろうか。だとすれば、小説とはまさに祈りなのだ、死者のための。人が死んでなお、その死者のために祈ることに「救い」の意味があるのだとしたら、小説が書かれ、読まれることの意味もまた、そのようなものではないのか。

薬も水も一片のパンも、もはや何の力にもならない、餓死せんとする子どもの、もし、その傍らにいることができたなら、私たちはその手をとって、決して孤独のうちに逝かせることはないだろう。あるいは、自爆に赴こうとする青年が目の前にいたら、身を挺して彼の行く手を遮るだろう。だが、私たちはそこにいない。彼のために祈ること、それが私たちにできるすべてである。だから、小説は、そこにいない者たち、いなかった者たちによって書かれるのだ。もはや私たちには祈ることしかできないそれらの者たちのために、彼らに捧げる祈りとして。

だとすれば、逆説的にも人は、出来事を経験したから小説に書くのではない、それを経験しなかったからこそ書くのかもしれない。タッル・エル＝ザァタルがレバノンの右派民兵組織に攻囲され、虐殺が起きたとき、リヤーナ・バドルはベイルートにいたが、キャンプで生活していたわけではない。同事件を描いた小説『鏡の目』が出版されるまでに十五年もかかったのは、ひとつには、攻囲さなかの封鎖されたキャンプ内の生活を再現するために、当事者の証言を集めるのに七年もの歳月を要したからだ。バドルが出来事の渦中に当事者としていたならば、その出来事を伝えるために、果たして小説などという迂遠な表象の形をとっただろうか。事実、四半世紀ぶりに西岸に「帰還」を遂げた彼女は、第二次インティファーダが始まり、イスラエル軍に子どもたちが次々に殺されていく情況を目の当たりにして、「今、ここ」で起きている現実を世界に知らしめるために映像作家となっている。だが、それ以前に、彼女がもし当事者としてキャンプにいたならば、出来事を生き延びえなかったかもしれないのだ。

あるいは『アーミナの縁結び』で第二次インティファーダにおけるイスラエル軍侵攻下のガザに生きる難民たちの生と死を描いたイブラーヒーム・ナスラッラーは、ヨルダン在住のパレスチナ人である。苦難を耐え忍ぶガザの同胞たちのために幸福な結婚を願うアーミナの祈りとは、ヨルダンにあって、ガザの同胞の苦難を思う作者ナスラッラー自身の祈りにほかならない。この小説が、カナファーニーを敬愛し、パレスチナ難民の生の記録を小説として書き綴ったカナファァーニーのようにガザの難民たちの生の形を書き残そうとするランダと、愛する者たちの縁結びを祈り願うアーミナという二人の主人公を配し、二人の語りが交互に語られることで小説全体のナラティヴを形成していることは、書くことと祈ること、それがナスラッラーにおいて一つのものであることを物語ってはいないだろうか。そう、この二人の女性たちは作者の分身なのだ。四・三事件をテーマに『火山島』を著した金石範さんもまた、事件のさなか、その地にはいなかった。「そのとき、そこにいなかった」という決定的な不在性こそが、『火山島』という一大巨編が創造される根源にあるのではないか。

ジャーナリズムと小説は、どちらも同じように「出来事」を伝えるものでありながら、そして、どちらも、このようなことは決して人間の身に起きてはならないのだ、人間は決してこのように死んではならないのだという思いを伝えるものでありながら、両者の本質的な違いとは、「今、ここ」で起きている出来事を伝えるジャーナリズムがそれゆえ、自らが伝える現実それ自体に対して、世界が今、介入する可能性に開かれているのに対し、「かつて、そこで」起きた出来事を伝える小説は、作品が伝える出来事を、そうでないものに変える可能性をあらかじめ閉ざされていることにある。ジャーナリズムの力によって、苦難を生きる者たちがその境遇から救われることはあるが、小説が書かれても、起きた出来事はとりかえしがつかない。小説のなかで、いかに事実とは違う結末を描いたとしても、現実が変わるわけではない。とりかえしのつかない出来事の、そのとりかえしのつかなさこそを小説は証言する。だから、ナスラッラーの小説のアーミナは作品の最後、死ななければならなかったのだ。遺されたランダと同じように私たち自身が、アーミナの死によって、出来事をとりかえしのつかない形で体験するために。そして、祈るために。そうすることしかできないアーミナが、愛する者たちのために祈ったように。

だが、死者のための祈りとして小説を書くとは、作者が死者の口寄せになることであって、作者が死者を自分の口寄せにすることではない。自らは証しえない、彼、彼女が被った痛みを、可能な限り理解し、分かちもとうとすることである。しかし、当事者自身がそれを自ら語りえないとするならば、他者がそれを理解することは、本質的に不可能な営みだということになる。その不可能性を前提としつつ、それでもなお、当事者が生きた出来事を、当事者が生きたように全的に理解しようと努めること。それは、作家の文学的想像力といった魔法の杖の一振りで雲散霧消する問題ではない。タッル・エル＝ザァタルの悲劇を小説として再現するまでに十年以上の歳月を要さざるを得なかったリヤーナ・バドルのように。そして、死者に向き合い、死者の無言の声に耳を澄ますこと、シャティーラのジュネのように、あるいは、済州の国際空港の遺骸発掘現場の金石範さんのように。

眼のまえに鉄の錆びた色の遺骸たちが、私の眼に入るがままに並んでいた。相手もものをいわぬ物質の存在、私もものいわぬ息をする存在。私はすぐ直下に見える近しい感じの全身遺骸の頭蓋骨を真上からそっと蔽うように掌を触れるか触れまいかに置いて触れた。力を入れると、毀れそうな錆びついた物体の人骨の表面にふれている触感だけで、心は無心、空だった。ともに空、一つだった。

私は外へ出て、ただなすことなく漢拏山の上にひろがる天空のなお涯を、目尻が裂けんばかりに眺めた。遠く漢拏山を望みながら、このチョントゥル飛行場で処刑された若者たち。

（金石範「私は見た、四・三虐殺の遺骸たちを」『すばる』二〇〇八年二月号）

想像の共同体

アラビア語の小説を訳しながら、いつも不思議に思うことがある。アラビア語で創造された作品世界を日本語によって理解することができるというその一事だ。小説とはつねに、ある特定の言語で書かれながら、しかし、小説が書かれる他のいかなる言語にも翻訳することができる。それは、小説というものが、個別の作品としては特定の言語で書かれていながら、しかし、その根源においては、ある普遍的な「文法《コード》」によって書かれているからであるだろう。

それと同じように、小説はつねに、ある特定の時代の、特定の社会の、特定の人間の物語として語られる。主人公はつねに、彼あるいは彼女が生きる個別具体的な歴史的、社会的、文化的、さまざまな文脈によってどうしようもなく規定されている。にもかかわらず私たちは、主人公がいつの時代のどこの社会の誰であろうと、自らを重ね合わせて、主人公の生に、その痛みに、共感することができる。想像力という人間がもつ大いなる力によって、私たちがなに人であろうと、小説を読むかぎりにおいて、私たちはなに人にもなれる（舞台の上の役者がなに人にもなれるように）。想像力とはその本質においてプロミスキュアスなものだ。小説を読むことで私たちは、人間が人間に対して寄せる共感共苦にネイションは関係ないことを知る。偏狭なナショナリズムを煽る小説作品はたしかに存在するし、実際のところ小説はナショナル・イデオロギーを備給し、「国民」を形成する装置として貢献した。とはいえ小説は、その本質において反国家的なものである。私たち自身がいかなるネイションに属そうと、小説を読むことで作動する人間の想像力は、人間的共感を「われわれと同じネイション」のあいだだけにとどめて他者の人間性を否定するイデオロギーと、根源的に対立せざるをえないからである。だから、小説を読む者たちは潜在的に非国民である。

ホロコーストで弟を殺され、夫とともにパレスチナへ渡ったポーランド系ユダヤ人のミリヤムはその朝、ユダヤ兵が子どもの亡骸を無造作に荷車に投げ置くのを目撃する。「あれはアラブ人の子どもよ。ユダヤ人だったら、あんなふうに投げ捨てたりするはずがない」。そのときから、ミリヤムの精神の失調が始まる。彼女は夫にポーランドに帰りたいとせがむが、夫はなぜだか分からない（ガッサーン・カナファーニー『ハイファに戻って』）。無造作に投げ捨てられたパレスチナ人の子どもの亡骸は、ミリヤムのなかで、ドイツ兵に無造作に撃ち殺された弟の姿と重なり合わずにはおかない。ミリヤムが精神を失調させるのは、新生ユダヤ人国家が、自分たちと同じ者たちのあいだにしか人間性を認めないという点において、弟を殺したナチス・ドイツの似姿であることを、その一事によって看破したからだった。小説を読むこと、それはこのミリヤムのように、ポーランドでドイツ兵に殺されたユダヤ人の少年と、パレスチナでユダヤ兵に無造作に投げ捨てられるパレスチナ人の少年に、同じように人間の尊厳を見出し、踏みにじられた尊厳に痛みと怒りを覚えることであり、それを禁じる国家に対して「否」ということにほかならない。

「かつて、そこで」起きた、もはやとりかえしのつかない、痛みに満ちた出来事の記憶。もう帰ってはこない人々。彼らはどのような思いでその出来事を生きたのか。ナショナル・イデオロギーによって扼殺され、地中深くに埋められ、コンクリートで塗り固められたそれらの記憶を作家は掘り起こす。掘り返されたその壕の底に横たわる死者たちの眼にこの世界はどのように映るのか。作家は、頭蓋骨に穿たれた二つの眼窩に湛えられた深い闇からこの世界を幻視し、彼岸と此岸のあわいで、起こらなかったけれども、もしかしたら起こりえたかもしれない未来を夢見続ける死者たちの息づかいに耳を澄ます。同胞を見舞った苦難、その苦難を免れえた自分、五臓を引き裂くようなその痛みが作家に小説を書かせるのだとしても、死者たちの痛みと夢を分かち持つかぎりにおいて私たちはみな、このようなことが決して起こらないこととしての祖国と、起こらなかったけれども起こりえたかもしれない別の世界の可能性を想像する共同体の一員となるだろう。

二〇〇八年　ナクバから六〇年目の五月に

あとがき

まだほんの十年前のことなのに、はるか昔のような気がする。あの頃の世界はなんと無邪気だったことか。新たなミレニアムの始まりが目前に迫っていた当時、巷には二〇〇〇年記念グッズがあふれ、街角には二〇〇〇年まであと何日とカウントダウンする電光掲示板が点滅していた。だが、世界がその後、目撃することになるのは、パレスチナにおける第二次インティファーダの勃発であり、二〇〇一年九月十一日のニューヨークとワシントンの同時多発テロ、そして、それを受けたアメリカ合州国の一連の「対テロ戦争」だった。アフガニスタンが空爆され、同時に、国際的に認可された「対テロ戦争」という錦の御旗を手に入れたイスラエルはヨルダン川西岸とガザに対する侵攻を激化させていく。そして二〇〇三年三月にはイラクに対する戦争が始まった。パレスチナで、アフガニスタンで、イラクで、日々、人々が痛ましく命を奪われていく。それが新たな世紀を迎えたこの世界の現実だった。

学生時代にパレスチナ文学に出会い、アラブ文学研究の道に進んだ私にとって、とりわけパレスチナで人々が理不尽に殺されている現実は耐えがたかった。この破壊的な現実を前に、文学研究者である自分に何ができるのか。この頃、世界の若者たちが占領下のパレスチナに駆けつけ、パレスチナ人の人権と命を守るための活動にかかわっていた。かつてサルトルは、作家たるもの、筆を折らねばならぬ時もあると語った。私もそうすべきではないのか？　パレスチナ人が、あるいはイラク人が圧倒的な暴力の只中で傷ついているこのとき、日本で小説を読んだり、それについて研究したりすることにいったいいかなる意味があるのか。私は問わずにはいられなかった。この八年間ずっと、私はこの問いとともに生きてきたように思う。そんな中で現代アラブ小説について論じることは、私にとって、この問いを読者と共有することであり、そして、小説を読み、語るという営為を通じて、その答えを見つけることだった。

それにしても、小説を読むと、その土地に行ってみたくなるのはどうしてだろう。リヤーナ・バドルの『鏡の目』を読んでいなければ、レバノンに行ったとしても、今はもう、ただ雑草が生い茂るだけのタッル・エル＝ザァタル難民キャンプ跡にわざわざ足を運ぶことはなかっただろう。アフラーム・モスタガーネミーの『肉体の記憶』を読むまでは、コンスタンティーヌは私にとって、そのような名の都市がアルジェリアにあるといった程度の存在でしかなかった。しかし、作品を読んだ今、自然の要塞のように深い谷間の底から聳え立つこの街を訪れて、ハーレドが憑かれたように描いた吊り橋の姿をぜひこの目で見てみたいと思う。そしてガザ……。パレスチナは何度か訪れたことがあるが、ガザにはまだ行ったことがない。パレスチナ問題について語るなかで、ガザという名を私自身、数え切れないほど口にしてきたが、イブラーヒーム・ナスラッラーの『アーミナの縁結び』を読んで、ガザは私のなかで、何かこれまでとはまったく違う存在に変わった。

小説それ自体は現実を変えはしない。しかし、小説を読むことは私たちのなかの何かを、たしかに根源的に変える。コンスタンティーヌにせよガザにせよ、行ったこともないそれらの土地が、小説を読むことで変貌を遂げる。私のなかで大切な、かけがえのない存在になる。変貌するのは土地だけではない。土地とともに、その地に住む人々、会ったこともなければ言葉を交わしたこともないそれらの人々が、あたかも旧知の間柄のように、私たちの親しい友人になる。小説を読んだ私たちは想像することができる、彼、そして彼女が私たちの友人であり兄弟であり姉妹として傍らにあるような未来を。小説を読むことで世界と私の関係性が変わるのだ。それはもしかしたら、この世界のありようそれ自体が変わるための、ささやかな、しかし、大切な一歩かもしれない。

イラク戦争から五年が過ぎた今年二〇〇八年、アメリカではイラク人作家の短編小説を集めた英訳アンソロジーが出版された。フセイン政権時代の生活を描いたものから、近年のイラク戦争、そして戦争を逃れて亡命したイラク人の異郷の生――ゴルバ――を描いたものまで多様な作品が収められている。アメリカの若者がイラクでイラク人を殺し、イラク人に殺されている今だからこそ、イラクの小説が読まれねばならないという、アラブ文学に携わるアメリカの編者、訳者たちの強い意思をそこに感じる。イラクでイラク人が、パレスチナでパレスチナ人が、日常と化した例外状況のなかでその人間性を否定されている時だからこそ、私たちは小説を必要としている。

本書は書き下ろし単行本として構想され、『みすず』に二〇〇六年十二月から二〇〇八年六月まで足かけ三年、計十五回にわたり連載した文章を大幅に加筆修正の上、まとめたものである。連載中、毎月のように、アラブ小説をめぐってみすず書房の鈴木英果さんといろいろ語らい合えたことはとても楽しい経験だった。鈴木さんの感想や疑問から示唆を得たことも数え切れない。心から感謝をささげたい。

二〇〇八年十一月

岡 真理

新装版へのあとがき

二〇〇八年十二月半ば、本書を上梓してその十日後、ガザはイスラエルによる壮絶な破壊と殺戮に見舞われた。攻撃は三週間以上にわたって続いた。完全封鎖されたガザに閉じ込められた一五〇万（当時）もの人間たちを、ミサイルや砲弾で一方的に殺戮したその攻撃は、人間が人間であることの閾値を超えた出来事にさえ思われた。だが、それから五年半のあいだに、ガザに対するイスラエルの大規模軍事攻撃は三度繰り返される。二〇一四年夏の五日間に及ぶ三度目の攻撃は、人間の想像を絶すると思われた最初の攻撃がのどかにすら思える、文字どおりのジェノサイド攻撃だった。

ガザの人々が「生きながらの死」と呼ぶ封鎖は今も続き、今年で九年目に入った。他方、二〇一一年以来、三つ巴の内戦が続くシリアでは、すでに四〇〇万人以上が難民となっている。内戦下のシリアから、あるいは封鎖下のガザから、小舟にすし詰めになって地中海の北を目指す難民たち。彼岸で「欧州の難民問題」になれるのはまだしも幸運な者たちだ。その陰に、地中海の藻屑となって消え果てて行く数知れぬ者たちがいる。さらに、難民になることもできずに、瓦礫の街にとどめ置かれている者たち……。

こうした状況を前にして文学に何ができるのかという問いは、今の私にはもうない。文学は、今、まさに飛んでくるミサイルを止めることはできない。だが、人間が人間としてあることの意味が極限的に問われているこのような状況だからこそ、文学が何にも増して必要とされている――私たちにとっても、そして、この例外状況の只中でそれを日常として生きる者たちにとっても――ということを確信しているからだ。

二〇〇九年、京都の市民や学生有志を募り、平和をめざす朗読集団「国境なき朗読者たち」を立ち上げた。その背景には、前年暮れから新年にかけて起きたガザに対するあの人間性の臨界を超える出来事に、文学研究者として文学によって応答したいという思いがあった。ガザをテーマに、カナファーニーの短篇小説など複数のテクストをコラージュして脚本を作り、劇団の仲間と朗読劇の上演活動をこの六年間、京都を中心に続けている（http://readers-without-borders.org/）。朗読は祈りだ。肉声によって語られる祈りを通して、遠くの他者が召喚される、その他者に私たちは想像力のなかで出会う、私たちと同じ人間として。それが文学の力でありアートの力なのだと、そして文学・アートとは人間の魂にかかわる営みであるのだと、上演を重ねるたびに実感する。

二〇一四年春、ガザに入る機会を得た。「占領さえなければ、海は本当の海になり、空は本当の空になるのに」とアーミナが語った、あの海と空をこの目で見た。私には伝えなければいけないことがたくさんある。ガザの海のこと空のこと、悲しい苺たちのこと、「ガザでいちばん安い物、それは私たちの命」と語ったメイサのこと、そして彼女やほかの女性たちが、このガザという二一世紀のゲットーで、人間が人間らしく生きることを可能にする生の諸条件をことごとく奪われてなお、人間の側に踏みとどまり続けようと闘っている、その闘いのこと……何よりも文学のことばで、文学を通して。

二〇一五年十一月

岡 真理

著者略歴

（おか・まり）

1960年生まれ．東京外国語大学大学院修士課程修了．京都大学大学院人間・環境学研究科教授を経て，2023年より早稲田大学文学学術院教授．専攻は現代アラブ文学，パレスチナ問題，第三世界フェミニズム思想．著書に『彼女の「正しい」名前とは何か』（青土社，2000），『記憶／物語』（岩波書店，2000），『棗椰子の木陰で』（青土社，2006），『ガザに地下鉄が走る日』（みすず書房，2018）．訳書にエドワード・サイード『イスラム報道　増補版』（共訳，みすず書房，2003），サイード・アブデルワーヘド『ガザ通信』（共訳，青土社，2009），ターハル・ベン＝ジェルーン『火によって』（以文社，2012）ほか．2009年，市民・学生有志とともに，平和をめざす朗読集団「国境なき朗読者たち」を立ち上げ，ガザをテーマとする朗読劇の上演活動を続ける．

岡 真理
アラブ、祈りとしての文学

2008年12月19日　初　版第1刷発行
2015年11月25日　新装版第1刷発行
2024年 3 月19日　新装版第5刷発行

発行所 株式会社 みすず書房
〒113-0033 東京都文京区本郷2丁目20-7
電話 03-3814-0131（営業） 03-3815-9181（編集）
www.msz.co.jp

本文印刷・製本所 中央精版印刷
扉・表紙・カバー印刷所　リヒトプランニング

Printed in Japan
ISBN 978-4-622-07969-9
［アラブいのりとしてのぶんがく］